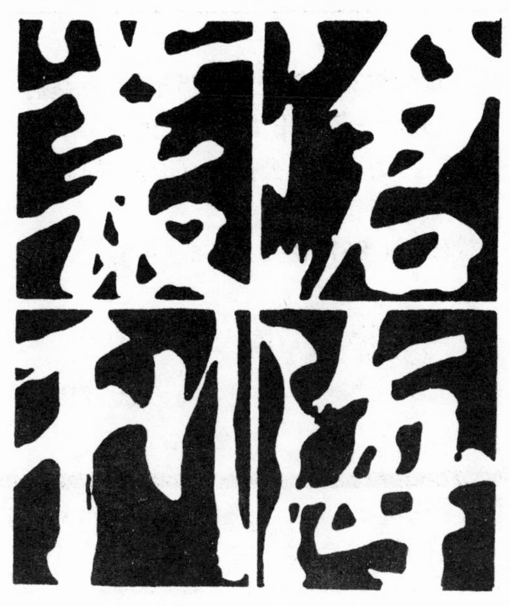

# 現代散文新風貌

楊昌年 著

東大圖書公司 印行

國家圖書館出版品預行編目資料

現代散文新風貌／楊昌年著. --修訂
初版. --臺北市：東大：民87
面；　公分. --(滄海叢刊)
含參考書目：
ISBN 957-19-2178-5 (平裝)

1.中國散文-評論

825.8　　86014450

網際網路位址　http://Sanmin.com.tw

© 現代散文新風貌

著作人　楊昌年
發行人　劉仲文
著作財產權人　東大圖書股份有限公司
臺北市復興北路三八六號
發行所　東大圖書股份有限公司
地　址／臺北市復興北路三八六號
電　話／二五〇〇六六〇〇
郵　撥／〇一〇七一七五──〇號
印刷所　東大圖書股份有限公司
總經銷　三民書局股份有限公司
門市部　復北店／臺北市復興北路三八六號
重南店／臺北市重慶南路一段六十一號
初　版　中華民國七十七年二月
再　版　中華民國八十二年三月
修訂初版　中華民國八十七年三月
編　號　E 81048
基本定價　肆 元
行政院新聞局登記證局版臺業字第〇一九七號

ISBN 957-19-2178-5 (平裝)

# 修訂新版序

自從六十二年返回師大母校執教，致力於開授現代文學系列課程，多年經營，對於文學理論的研究，稍具系統。

了解到人為的文學如人一般的具有始盛終衰的生物性；同時也如人一樣的優缺互見具有不全性。新風貌的興起常是針對舊風貌缺失的改進，而不斷因革的過程又形成了文學風貌的循環性。

五四文風以自由、語體反動舊文學的格律和與生活語言的脫節，但在一甲子之後，五四文風也已老化，時值二十世紀末葉，業已風行，日漸興盛的是與尖端科技、精緻文化相應的精緻文學，就潮流趨勢言，它的精緻形式，正是針對五四平易風貌而行的變革。

在精緻文學潮流中的散文一支，近年來已多有新開發的風貌，為便利青年們賞析、研究、教學、創作所需，自七十三學年度起，在師大國文系開授「現代散文」課程，披材析論，歷經了四年的教學研究，大致完成了析介現代散文新風貌的系統。

因為是析介風貌，選材不需全錄，而只是擷取所需，當然，新開發的風貌不止於此，選材及析論也難以周全妥善，容在今後賡續改進。付梓匆促，敬請我教育文化界各位先進，同道，不吝指教。

此書七十七年二月初版，八十二年三月再版，八十七年二月修訂時多有調整，希能接近理想。是為序。

八十七年二月於臺北

# 現代散文新風貌 目次

## 貳　意識流散文



## 參　寓言體散文

## 肆　揉合式散文

## 伍 連綴體散文



## 陸 新釀式散文

## 玖 手記式散文

## 拾　小說體散文



## 拾壹　譯述散文

## 拾貳 論評散文

# 壹 詩化散文

## 一、特色

在分析這類受現代詩影響的散文——詩化散文——之前；必須要明瞭詩與散文這兩種文體在創作手法上的差異，以至表達題材時所產生的不同效果。

散文與詩同為我國文學的兩大洪流。前者自先秦以來向為知識分子闡述思想識見的利器，流風所及不但要兼為敘事、說理、抒情的工具；至於公文、書信、廣告等等雜務都要一肩挑起。後者則較為專精，雖偶有旁騖但一直不離抒情的傳統。也由於詩專於抒情，發展出的技巧也較為精純豐美。

回顧我國璀璨的文學品粹，不乏形式內涵皆臻絕美至善的散文，論辭藻之優美、聲調之鏗鏘、想像之雄奇，皆足以媲美詩中極品。但是，每種文體必定有其基本筆調，由於散文以知識為基礎；以達意為本務；善於說理、敘事，若以一般散文平淡、直述的手法來寫景、抒情，想像空間常受到約束，而韻味有時而窮，不若詩之恣放無涯又能有餘不盡。一種文體要表達無限的題材必然有其侷限，這跟詩與散文相互的高下無關。因為文學作品之優劣，主要責任不在文體而在作者。況且，真正的文學大師，往往能突破樊籬，另開風氣。

反過來說，詩由於要求精鍊，比較無暇顧及人物情節的交代、剖析。有時要借力於典故，甚至割捨不提作凌空一擊的投入，張力較大，抽象層次也較高。因此，一般讀者遇到典故複雜、背景特殊的作品時，除非旁徵博引，多番研求；否則很難進入詩的核心。碰到用字淺白，但情義深遠的作品時，一般人是明白了，卻往往流於膚淺。但散文卻是漸入的，善於從繁雜的思緒中分析出秩序，從鬱結矛盾的情懷中抽絲剝繭地歸納出理路。讀者有跡可循，較易進入而產生共鳴。因此在處理由於人事錯綜而逼出的特異的複雜的情感時，散文或長篇的敘事詩較能勝任，短篇詩歌是難以負擔的。

文體既有優劣互見的限制，而藝術卻要求完美。因此，現代散文要提昇藝術深度，必須在其自由、靈活、理路清晰的基礎上，於修辭、音調、句法、意象等方面超越平淡、直述的單調手法。一方面取法傳統文學的傑作，另一方面吸收現代詩的精鍊與想像，來豐富它本身的韻味。

就詩化散文興起的背景及因素言：

各種文學風格由肇始以至極盛，無論它執領風騷的時間多長，總會衰落凋謝，而新興的文學潮流又往往是舊文體舊風貌的反動，文學史就在這種循環更迭的力量中運轉無窮。五四新文學運動，就以其自由創作的特性作為古典文學格律範限的反動力。但凡新風格的產生，必然有它獨特的文學主張和表現手法，奠定本身在文學史上的意義，但在正面揭櫫的方向之後，卻又常帶有反面的缺失。五四新文學提倡「我手寫我口」確實能從日趨僵化的舊文學窠臼中開闢一個自由、活潑的新局面，但當這一陣新鮮的浪潮湧過之後，人們開始反省，文學難道就只是口語的筆錄，平淡真的是最佳妙的創作手法嗎？

> 由文學史的演變看來，每逢舊有的文學到了僵硬甚至腐爛的時候，便有幾個先知先覺的青年作家出來，把老文學浸到新語言裡，使它再度年輕、發育，而且成熟。文藝復興的但丁，浪漫運動的華茲華斯，現代小說的海明威，現代詩的艾略特，莫不如此。……他們不但放逐了舊文字，抑且創造了新文字；不但是語言的革命家，抑且是語言的藝術家，胡適做到的只是前者。口語，在它原封不動的狀態，只是一種健康的材料而已。作家的任務在於將它選擇而且加工，使它成為至精至純的藝術品。

五四提供了文學的新養分，但要這株新文學的嫩芽得以茁壯，必須仰賴現代作家傾注更多的心力。以散文一環來說，白話文可以說是把藝術品還原到原料的階段，而現代散文的工作就是重新把原料加以藝術處理，把這些民族的喜、怒、哀、樂，重組成有血有肉，感性、理性交匯合融的有機體。

誠然，我國傳統以來，藝術皆重拙而輕巧，但白話文卻不是經歷過風霜雨雪，千錘百鍊後的反璞歸真，它只是一個急於忘掉過去的雛兒，急於拋卻一切傳統的束縛，夢想著建立自我的風貌。結果是四顧茫茫，舊的已經丟掉，新的還未建立，只能一面盲目抓緊任何自認足以依歸的物事；一面赤裸裸的反省。在寒冰烈火中，它開始理悟，盲目的否定或認同都只是無知和幼稚，現在，它仍然勇於求新求變，更勇於承認接受傳統中的精純豐美，它的腳步日趨堅毅而穩健。的確，現代散文在數十年的努力中，風格內涵競出爭艷，簇簇如滿園繁花錦繡，雖各有天地但皆能為人間添一分嫵媚。

毫無疑問，詩是文學王國中的貴族，是文學藝術中最純淨的精粹。現代散文在建立風格中；尤其要在平淡、直述中開展繽紛的姿采，順理成章的受到現代詩的影響與啟示而發展出詩化散文。把詩的表現重點（精鍊、想像）移來散文中，以濃美的語彙辭藻、新力的句法、深密的意象聯想、鏗鏘起落的音節等等……構成散文世界中一個嶄新而且充滿潛力的新品種。一方面滿足讀者對美感的要求；另一方面也能使作者高超勃發的才思慧感有更淋漓飛騰的展現，最最重要的是，使得主題中所傳達的思想情感，能有深刻的拓展和廣大的詮釋。

## 二、表現重點分析

㈠以詩句的精鍊擺脫散文舊樣的鬆散冗瑣，從而產生生力與美來饗宴讀者。

㈡意識流動跳接迅捷，超越散文舊樣平敘明晰的舊軌。

㈢有如詩作一般的有餘不盡，意象密度要求較高，保留有深廣的想像天地，引領讀者循著作者想像聯想的軌線自去想像聯想。使得讀者不僅能有自得式的參與感，而所獲致的感性理性自然也更為強大。

㈣具有彈性，對各種文體、各種語言能有兼容包蓄的高度適應力。文體語氣愈是變化多姿，散文的彈性也就愈大。

㈤意象豐奇，善用複疊意象，不用單一意象。

㈥使用各種詩作中常用的修辭技巧：如詞性混用、擬人擬物、代稱，譬喻隱喻象徵等……。

㈦新詞彙的使用符合現代的要求，甚至以不避俚俗來達成鮮活要求。新詞與古典詞彙相間使用，不但表現了新舊鎔合的可行應行，亦且造成了散文的繁富之美。

㈧除了古典僻典以外，不避用典實，同時使用現代的新事典。

㈨標點使用打破常規：以長句造成氣勢；以短小詞語形成切頓。

(一〇)句法講求如詩作一般的割裂，倒裝、移換、轉折、複疊與歐化；也講求如古典散文一般的簡潔渾成。

(一一)注意到人為文學理應符合大自然的律動性，講求如詩作一般的音響感以造成韻律感受。同時也注意到色彩點染，視覺感受的效果。

㈢鮮活的動感顯示最能與現代人的生活、心態相配合。

㈢承祧使用著古典散文豪婉兼具，剛柔相濟的手法。可與古典散賦作比較。

㈣有近似詩作的濃縮堅實，「點」的精美深刻；但不似詩作抽象，保留有散文「線」的延展引領的具象完足性，明朗度遠較詩作為高。

㈤使用第一身敘述時較單一，不重結構，除非以感覺發表，否則不易客觀涵蓋。

## 三、作家作品例舉分析

### ㈠余光中：咦呵西部（節錄）

1.文例：

一過米蘇里河，內布拉斯卡便攤開它全部的浩瀚，向你。坦坦蕩蕩的大平原，至闊，至遠，永不收捲的一幅地圖。咦呵西部！咦呵咦呵咦——呵——我們在車裏吆喝起來。是啊，這就是西部了！超越落磯山之前，整幅內布拉斯卡是我們的跑道。咦呵西部。昨天量愛奧華的廣漠，今天再量內布拉斯卡的空曠。

芝加哥在背後，矮下去，摩天樓群在背後，舊金山終會在車前崛起，可兌現的預言。七月，這是，太陽打鑼太陽擂鼓的七月，草色吶喊連綿的鮮碧，從此地喊到落磯山那邊。穿過印地安人的傳說，一連五天，我們朝西奔馳，踹著篷車的陳跡。咦呵西部。滾滾的車輪追趕滾滾的日輪。日輪更快，旭日的金黃滾成午日的白熱滾成落日的滿地紅。咦呵西部！美利堅大陸的體魄裸露著。如果你嗜好平原，這裏有巨幅巨幅的空間，任你伸展，任你射出眺望像亞帕奇的標槍手，抖開渾圓渾圓的地平線像馬背的牧人。如果你癮在山岳，如果你是崇石狂的患者米顛，科羅拉多有成億成兆的岩石，任你一一跪拜。如果你什麼也不要，你說，你仍可擁有猶他連接內瓦達的沙漠，在什麼也沒有的天空下，看什麼也沒有發生在什麼也沒有之上，如果你什麼也不要，要飢餓你的眼睛。

咦呵西部，多遼闊的名字。一過米蘇里河，所有的車輛全撒起野來，奔成嗜風沙的豹群。直而且寬而且平的超級國道，沒遮攔地伸向地平，引誘人超速、超車。大夥兒施展出七十五、八十英里的全速。霎霎眼，幾條豹子已經竄向前面，首尾相銜，正抖擻精神，在超重噸卡車的犀牛隊。我們的白豹追上去，猛烈地撲食公路，遠處的風景向兩側閃避，近處的風景，躲不及的，反向擋風玻璃迎面潑過來，濺你一臉的草香和綠……。

2. 分析：

(1)主題：節錄的部分以異國自然的景與車駛的動態表現力與美的感受。

(2)內布拉斯卡便攤開它全部的浩瀚，向你——擬人動感，倒裝。

(3)永不收捲的一幅地圖——譬喻。

(4)咦呵咦呵咦——呵——音響感，引發讀者與西部片的經驗連結，感受豪力。

(5)整幅內布拉斯卡是我們的跑道——譬喻。

(6)七月，這是太陽打鑼太陽擂鼓的七月，草色吶喊連綿的鮮碧，從此地喊到落磯山那邊——擬人，動感的鮮活。

(7)我們朝西奔馳，踹著篷車的陳跡——與開拓西部的背景歷史連結，但並無懷古的感慨。

(8)旭日的金黃滾成午日的白熱滾成落日的滿地紅——去掉標點連成長句，以色彩的視覺感受著時間的變化。

(9)任你射出眺望像亞帕奇的標槍手——形容視線之直而遠，亞帕奇，印地安族名。

(10)如果你「癮」在山岳——詞性混用，名詞作動詞。

(11)崇石狂的患者「米顛」——典實使用。

(12)在什麼也沒有的天空下，看什麼也沒有發生在什麼也沒有之上——使用類疊的新穎設計。

(13)要「飢餓」你的眼睛——詞性混用，名詞作動詞。

(14)奔成嗜風沙的豹群——譬喻。

(15)猛烈地撲食公路——譬喻，動感。

(16)遠處的風景向兩側閃避，近處的風景，躲不及的，反向擋風玻璃迎面潑過來，濺你一臉的草香和綠——擬人的形容，結尾以動感表現視覺、嗅覺的感受。

## ㈡余光中：聽聽那冷雨（節錄）

1.文例：

驚蟄一過，春寒加劇。先是料料峭峭，繼而雨季開始，時而淋淋漓漓，時而淅淅瀝瀝，天潮潮地溼溼，即連在夢裏，也似乎把傘撐著。而就憑一把傘，躲過一陣瀟瀟的冷雨，也躲不過整個雨季，連思想也都是潮潤潤的。每天回家，曲折穿過金門街到廈門街迷宮式的長巷短巷，雨裏風裏，走入霏霏令人更想入非非。……不過那一塊土地是久違了，二十五年，四分之一的世紀，即使有雨，也隔著千山萬山，千傘萬傘。二十五年，一切都斷了，只有氣候，只有氣象報告還牽連在一起。

……………………

這樣想時，嚴寒裏竟有一點溫暖的感覺了。這樣想時，他希望這些狹長的巷子永遠延伸下去，他的思路也可以延伸下去，不是金門街到廈門街，而是金門到廈門。他是廈門人，至少是廣義的廈門人，二十年來，不住在廈門，住在廈門街，算是嘲弄吧，也算是安慰。……再過半個月就是清明。安東尼奧尼的鏡頭搖過去，搖過去又搖過來。殘山剩水猶如是。皇天后土猶如是。紜紜黔首紛紛黎民從北到南猶如是。那裏面是中國嗎？那裏面當然還是中國永遠是中國。只是杏花春雨已不再，牧童遙指已不再，劍門細雨渭城輕塵也都已不再。然則他日思夜夢的那片土地，究竟在哪裏呢？

在報紙的頭條標題裏嗎？還是香港的謠言裏？還是傅聰的黑鍵白鍵馬思聰的跳弓撥弦？還是安東尼奧尼的鏡底勒馬洲的望中？還是呢，故宮博物院的壁頭和玻璃櫥內，京戲的鑼鼓聲中太白和東坡的韻裏？

…………………………

聽聽，那冷雨。看看，那冷雨。嗅嗅聞聞，那冷雨，舔舔吧那冷雨。雨在他的傘上這城市百萬人的傘上雨衣上屋上天線上雨下在基隆港在防波堤在海峽的船上。……

……溪頭的山，樹密霧濃，蓊鬱的水氣從谷底冉冉升起，時稠時稀，蒸騰多姿，幻化無定，只能從霧破雲開的空處，窺見乍現即隱的一峰半壑，要縱覽全貌，幾乎是不可能的。至少入山兩次，只能在白茫茫裏和溪頭諸峰玩捉迷藏的遊戲，回到臺北，世人問起，除了笑而不答心自閑，故作神秘之外，實際的印象，也無非山在虛無之間罷了。雲繚煙繞，山隱水迢的中國風景，由來予人宋畫的韻味。那天下也許是趙家的天下，那山水卻是米家的山水。而究竟，是米氏父子下筆像中國的山水，還是中國山水上紙像宋畫。恐怕是誰也說不清楚了吧？

…………………………

……饒你多少豪情俠氣，怕也經不起三番五次的風吹雨打。一打少年聽雨，紅燭昏沉。兩打中年聽雨，客舟中，江闊雲低。三打白頭聽雨在僧廬下，這便是亡宋之痛，一顆敏感心靈的一生：樓上，江上，廟裏，用冷冷的雨珠子串成。……

……至於雨敲在鱗鱗千瓣的瓦上，由遠而近，輕輕重重輕輕，夾著一股股的細流沿瓦漕與屋簷潺潺瀉下，各種敲擊音與滑音密織成網，誰的千指百指在按摩耳輪。「下雨了，」溫柔的灰美人來了，她冰冰的纖手在屋頂拂弄著無數的黑鍵啊灰鍵，把晌午一下子奏成了黃昏。

……雨來了，雨來的時候瓦這麼說，一片瓦說千億片瓦說，說輕輕地奏吧沉沉地彈，徐徐地叩吧撻撻地打，間間歇歇敲一個雨季，即興演奏從驚蟄到清明，在零落的墳上冷冷奏輓歌，一片瓦吟千億片瓦吟。

在日式的古屋裏聽雨，聽四月，霏霏不絕的黃霉雨，朝夕不斷，旬月綿延，濕黏黏的苔蘚從石階下一直侵到他舌底，心底。到七月，聽颱風颱雨在古屋頂上一夜盲奏，千噚海底的熱浪沸沸被狂風挾來，掀翻整個太平洋只為向他的矮屋簷重重壓下，整個海在他的蝸殼上嘩嘩瀉過。不然便是雷雨夜，白煙一般的紗帳裏聽羯鼓一通又一通，滔天的暴雨滂滂沛沛撲來，強勁的電琵琶忐忐忑忑忐忑忑，彈動屋瓦的驚悸騰騰欲掀起。不然便是斜斜的西北雨斜斜，刷在窗玻璃上，鞭在牆上打在闊大的芭蕉葉上，一陣寒瀨瀉過，秋意便瀰漫日式的庭院了。

……回憶江南的雨下得滿地是江湖下在橋上和船上，也下在四川在秧田和蛙塘下肥了嘉陵江下溼布穀咕咕的啼聲。雨是潮潮潤潤的音樂下在渴望的唇上舐舐那冷雨。

因為雨是最最原始的敲打樂從記憶的彼端敲起。瓦是最最低沉的樂器灰濛濛的溫柔覆蓋著聽雨的人，瓦是音樂的雨傘撐起。……雨來的時候不再有叢葉嘈嘈切切，閃動溼溼的綠光迎接。鳥聲減了啾啾，蛙聲沉了閣閣，秋天的蟲吟也減了唧唧。……

2. **分析：**

(1)主題：懷鄉。

(2)驚蟄一過，春寒加劇——古典詞語意象，古典的承祧。

(3)料料峭峭、淋淋漓漓、淅淅瀝瀝等——疊詞使用。

(4)走入霏霏令人更想入非非——同音詞連接不同的意象。

(5)即使有雨，也隔著千山萬山，千傘萬傘——音似詞連接不同意象，傳達懷鄉情緒。

(6)不是金門街到廈門街，而是金門到廈門——街名聯想地名。

(7)再過半個月就是清明。……殘山剩水猶如是。皇天后土猶如是。紜紜黔首紛紛黎民從北到南猶如是。那裏面是中國嗎？那裏面當然還是中國永遠是中國。只是杏花春雨已不再，牧童遙指已不再，劍門細雨渭城輕塵也都已不再。然則他日思夜夢的那片土地，究竟在哪裏呢？——古典的詞語、詩句典實的化用。

(8)還是傅聰的黑鍵白鍵馬思聰的跳弓撥弦——聯想，現代音樂家的琴與弦中可見故土。

(9)聽聽，那冷雨。看看，那冷雨。嗅嗅聞聞，那冷雨，舔舔吧那冷雨——以類疊方式表感覺與感情的混合。

(10)雨在他的傘上這城市百萬人的傘上雨衣上屋上天線上雨下在基隆港在防波堤在海峽的船上——去掉標點以長句強化。由雨衣到屋頂到天線是向上攀升，從基隆港到防波堤到海峽的船上是往外伸展，合起來成為全體形象。

(11)笑而不答心自閑……山在虛無之間——古典詩句化用。

(12)一打少年聽雨，紅燭昏沉。兩打中年聽雨，客舟中，江闊雲低。三打白頭聽雨在僧廬下，這便是亡宋之痛，一顆敏感心靈的一生：樓上，江上，廟裏，用冷冷的雨珠子串成——化用南宋蔣捷〈虞美人〉詞意象，連結今古，表露鄉愁。

(13)至於雨敲在鱗鱗千瓣的瓦上，由遠而近，輕輕重重輕輕，夾著一股股的細流沿瓦漕與屋簷潺潺瀉下，各種敲擊音與滑音密織成網，誰的千指百指在按摩耳輪。「下雨了，」溫柔的灰美人來了，她冰冰的纖手在屋頂拂弄著無數的黑鍵啊灰鍵，把晌午一下子奏成了黃昏——以疊詞與形容表現細密感受，其後聯想為人的動作使時間改變。

(14)雨來了，雨來的時候瓦這麼說，一片瓦說千億片瓦說，說輕輕的奏吧沉沉地彈，徐徐地叩吧撻撻地打，間間歇歇敲一個雨季，即興演奏從驚蟄到清明，在零落的墳上冷冷奏輓歌，一片瓦吟千億片瓦吟——以疊詞，擬人，聯想成細密的音響與感覺、感情。

(15)到七月，聽颱風颱雨在古屋頂上一夜盲奏，千噚海底的熱浪沸沸被狂風挾來，掀翻整個太平洋只為向他的矮屋簷重重壓下，整個海在他的蝸殼上嘩嘩瀉過。不然便是雷雨夜，白煙一般的紗帳裏聽羯鼓一通又一通，滔天的暴雨滂滂沛沛撲來，強勁的電琵琶忐忐忑忑忐忑忑，彈動屋瓦的驚悸騰騰欲掀起。不然便是斜斜的西北雨斜斜，刷在窗玻璃上，鞭在牆上打在闊大的芭蕉葉上，一陣寒瀨瀉過，秋意便瀰漫日式的庭院了——聽颱風颱雨……不然便是雷雨夜……不然便是斜斜的西北雨，層纍句法。修辭以強力意象顯示陽剛，以之與本文柔婉的底色作剛柔之濟。

(16)回憶江南的雨下得滿地是江湖下在橋上和船上，也下在四川在秧田和蛙塘下肥了嘉陵江下溼布穀咕咕的啼聲。雨是潮潮潤潤的音樂下在渴望的唇上舐舐那冷雨——感覺與懷念的連接，以長句，不同意象的連接，音響感，疊詞的使用綜合表現感情。

(17)因為雨是最最原始的敲打樂從記憶的彼端敲起。瓦是最最低沉的樂器灰濛濛的溫柔覆蓋著聽雨的人，瓦是音樂的雨傘撐起——歐化的句法，敲起與撐起前後呼應。以聯想之深密與擬人，疊詞表現感情。

(18)雨來的時候不再有叢葉嘈嘈切切，閃動溼溼的綠光迎接。鳥聲減了啾啾，蛙聲沉了閣閣，秋天的蟲吟也減了唧唧——使用音近的疊詞造成音響參差錯落的感受。以模擬事物的聲音來製造文字的節奏。

(19)全篇統一的特色在疊詞使用，韻律特性，句式綿密，擬人而使自然物生命化，感覺與感情的混合。

(20)由於主題側重悲感，表現偏重於情，所以氛圍呈現迷離。

## 四、參考書篇

望鄉的牧神　余光中　藍星
逍遙遊　余光中　文星
左手的繆思　余光中　文星
聽聽那冷雨　余光中　純文學
焚鶴人　余光中　純文學
青青邊愁　余光中　純文學
年輪　楊　牧　四季

# 貳　意識流散文

## 一、特色

意識流(Stream of Consciousness)，是直敘體的一支，根據作者（或是作者所創造的人物）的意識為展開情節的線索，順著意識的流動，感覺的進展而進行，可以說是一種「無形式的形式」。纔說原為美國人詹姆士所創用之心理學術語，把人類的心念比喻為流水，瞬刻萬變、無法捉摸。把捉者已為新水而非原水；但雖謂人的精神作用變動無常，而其現象則永流不斷，相繼推湧以起。諸種精神現象之在在顯現絕非偶然、孤立的，實有其內在的理路思源而融匯統合成流，正如無數之水滴合成一流連為一體而不露痕跡，故名之為意識流。

文學創作的途程必然是作者面對浩悠宇宙的一切人事而有所思索、有所感動，遂發為語言繼而以文字記錄、修飾之。因此在文學作品尚未成形之前，最原始的自然就是尚存於作者腦海的感情、思想、事件、人物等，唯其原始，所以最為真實，最為純粹。

意識流文學的本質就是透過文字，重現作者遭遇外界事物時內心所激起的反應。如果是以散文方式表現，很可能只是一個片段，一些錯綜事件引發的思路和感情反應，而沒有完整的結論或答案。如果事件、人物雖然複雜，但對作者卻代表同樣的意義，在處理這些情節時，為了作品的表現效果及層面的深廣，往往會以一種象徵意義來替代涵蓋所有的枝節。

文學創作者處於現今多元化的社會背景，他的衝擊必然是錯綜而複雜。要一一解析現實上紛擾的問題，以散文的篇幅實難以負荷，必然要留待小說與戲劇才能逐步消融這些困擾而達到觀照的層面。其次，源於時代的推演，教育程度的普遍提昇，個人及自由主義的昂揚，人性尊嚴的自覺等等，我們已不能也不必強調個人的見解而欲求別人追從。即使真有一點從切身苦痛經驗中掙扎而得的結晶，也只能提供作為參考而已。由於文化背景不同、生命情調互異，每個人自有其獨特的對存在意義的詮釋，因此意識流散文所顯示的重點在於作者的感覺，透過作品讓讀者在同樣的情境中去經驗，而後做出反省。儘量剖白而不誘導、不煽情、不濫指路向。

一般而言，散文的出發點不外是思想、情感、生活。從思想肇始，必然有主線脈絡供我們追索；而情感亦一定如逝水涓涓，雖有翻湧沉潛但必定歸匯於海；至於生活，縱使對我們完全陌生，但只要透過想像、沈思，描模也必定能得其十之六、七。惟獨以感覺出發的散文最難表現，也最難掌握，但一旦融進作者的世界，其共鳴與震撼也必然最深！

現代文學發展中，意識流手法已由少見陌生的新格漸漸蔚為大國，普遍地被接受使用。不僅是散文主要表現方式之一；更在小說創作中佔有不可或缺的地位，用以替代鬆散老舊的敘述成份，使得小說語言更為濃縮堅實。

## 二、表現重點分析

(一)以迅捷、流動、飄忽、放任自由為特色，最足以表現現代人焦慮、矛盾、彷徨等的精神世界。

(二)企圖以文字趕上意識最近的一種新樣，隨著敘述者意識的流動，想到哪裡寫到哪裡，情節進行常是跳動而不規則的（蒙太奇使用）。

(三)代替傳統敘述手法，使讀者能直接參與，因之參照悟得的共鳴及快感均能提高。

(四)以自由聯想表感覺、表現包括獨白與心理成份，不但有表現細密心理的功能，甚且更能把握想像轉換時細微部份的表現。意識層面的隱秘部份（潛意識與下意識）也能昇浮呈現。

(五)主詞省略，盡量不出現或延緩出現。象徵手法大量使用。

(六)動作、對話、形容、敘述、心理成份等全予混列，甚至也不依情節程序而分段。

(七)對話不須單列，不加主詞說明，亦不加特定的標點（冒號與提引號）。

(八)去掉時空連接的說明，不必要的動作、形容、敘述全刪。

(九)安排伏線，使有前後呼應的功能。

㈩功能綜合處理雖然零碎，但具有價值的各類題材（人、事、物）仍在，使表現豐美而不致影響結構。由於零碎結構常易影響藝術性，必須注意修飾。

㈡雖有旁支衍伸，但全篇仍須有明確的主線以表現主題。

㈢可以散文、短篇方式呈現，但不宜以此創作長篇。

## 三、意識流與樂府詩

意識流的鮮活，或許讀者會以為只是來自域外的獨創。其實域外引入的並非首創獨創，早在一千八百多年前的漢代，我古典文學中的樂府詩就已做到、建立起這種手法的規格。與今相較，不同的只是詞彙的使用，創作手法原理、原則、技巧都是相同的。

現以現代作家蕭正儀的〈遺忘〉與漢樂府相和歌瑟調曲〈婦病行〉為例，進行分析：

### ㈠蕭正儀：遺忘

1. 文例：

ㄅ

手握久已不用的鈍剪，嘎然一聲之後，及肩的長髮瞬即落下，望著焦黃歧亂的髮絲，散落一地，再也不用撿起的這撮頭髮，真的已經毫無用處？

在生活的磨蝕下，早已鏽黃的剪刀，仍能一再地剪斷歲月的軌跡，剪斷我漫長的等待，是地上散亂的髮絲，禁不住時間的呼喚，兜不住滿心的悵惘，終將落入深長幽然的時間漩流裏，在生命闃暗的底處迴繞。至於曾有的髮式與容顏，我當我已經遺忘，並且在記憶的匝道中逐漸褪色。

原本期望能於糾結的髮絲中，找出一些有關於妹妹的事，但是妹妹呢？妹妹是從來不需要自己整理頭髮的，她只要躺在母親懷裏，就能被打扮成公主一般，紮著兩條小辮子，展示於大人中間。尤其是每年過生日，媽媽和爸爸會帶著妹妹，去「國際攝影」照相，買一個大蛋糕，包下整個西餐廳，爸爸會牽著妹妹，一桌一桌去敬酒，每位叔叔伯伯都想抱起妹妹，親親她胖嘟嘟的小臉。那年，妹妹六歲，最後一次過生日。

妹妹從來不知道什麼是玩伴，只知道爸爸媽媽，所以無論妹妹要什麼，無論多遠多貴，媽媽一定叫爸爸要立刻買來，除了買不到一個妹妹或弟弟外；妹妹也從不喝白開水，她的白開水就是橙黃的柳丁原汁，她的早餐是一杯五百CC的牛奶及一粒克補，因為，妹妹有一個媽媽。

妹妹是公主，但她的媽媽卻每天穿著破舊的睡衣。

妹妹有的只是一個媽媽！

## ㄆ

妳走了，並不是妳自願要走的，是他們把妳抬走的，抬進了火化爐裏！

那天，最後一次見到妳，他們幫妳化了粧，掩去妳蒼白憔悴的容顏，幫妳穿上一件寶藍色旗袍，是妳最喜歡的一件；幫妳戴上的假髮，是妳半年前訂做的，不曾正式地戴過。而今，在這莊嚴肅穆的場合裏，妳全都穿戴起來了，卻沒有笑容，像具蠟像般地躺在這具長形木盒子裏。

妳帶走了妳最喜愛的東西，獨獨遺漏了我！我跪在地上低著頭，思忖著母親是什麼？是妳拿著一條毛巾，幫我墊在背上吸汗；是妳握著一根湯匙，一瓢一瓢地挖美國蘋果餵我吃，是妳蒼白的唇喝令我不准頑皮地亂爬亂跳。而妳真的不再言語了嗎？不再逼我吃任何東西？我相信這絕對是一個騙局，妳會以另一種身分出現，帶我走向另一個人生，妳既沒有走，也不會走！

妳走了，而我沒有哭，因為我不知該給無言的妳怎樣的回應？如何相信那具蠟像竟是拍著我睡覺的妳!?但在蓋棺的那一剎那，我終究是哭了，當乾媽打我時，她說妳是為我而死的，是我把多病的妳給折磨死的，我努力使自己哭，很努力地！

是否妳也相信這樣的說法？

妳沒有說，沒有喊我，沒有叫我喝牛奶，直到火化爐裏的火焰熊熊燃起時，妳還是沒有喊我！

ㄇ

假使她沒有死，今天的妳又會是怎樣的景況？

她以一種過於絕對的愛來愛妳，超乎於她自己生命之上的，把妳供養在一間無菌室裏，不能隨便跟小朋友出去玩，不能流汗吹風，不能在別人掃地時走過去，不能有任何的細菌或傷害，妳是她生命全部的希望與寄託，她唯一的至寶，於是妳不知天高地厚，只能在她所創造的無菌室裏，幻想著外面的世界。

她對於妳的一切，也就成為妳對於愛的詮釋，妳用這樣的愛去衡量周遭的人事，世界就不再屬於妳的了！這樣的人格塑造，這樣絕對的愛，加諸一個六歲大的孩子身上，是幸抑或不幸？她為妳所創造的一個世界，難道不是她為自己所創造的一個夢？

她的夢結束，妳的世界也就碎裂！

妳看，妳身上一直罹患的過敏症，難道不是她所造就的嗎？是她使妳對真實的世界敏感，無法適應。如果她還活著，在她長久的重重圍護下，妳將是一個更為驕縱、任性、頑劣，只知茶來伸手，飯來張口的孩子，不知世事人情，對外界毫無抵抗力，這樣的人又能做些什麼？

她的夢必須結束，而妳的世界也必須經過碎裂！

## 七

我盼望今晨的雨能持續地落著，那點點雨絲在風中翻飛，混雜著泥土香味，風一吹，從紗窗外飄了進來，深吸一口氣，隨著雨點飛出窗檐，進入迷濛的畫境，那是一片積水的泥濘地，在泥地裏，我跟小朋友們用蓋房子的黑沙，做成一個個泥球，被打爛後又揉起，正沉浸於童年的懽悅中時，媽媽叫了我：「妹妹，下雨不要趴在窗口。」我離開紗窗到母親身邊，仍然想著，今晨的雨或許會下個不停，但下或不下，都沒有太大的差別。

媽媽的手正一針一針地織著毛衣，毛衣的樣式我並不喜歡，媽媽那雙手的樣式我也不喜歡，那是雙乾癟枯黃，佈滿皺紋的手，而且有著濃重的藥味，令我幾乎不敢正視或暱近，但總在我疲倦欲睡時，媽媽的一隻手會拍著我的背，另一隻手放在我的胸前，讓我撫摸她的附關節外側皺摺處，如此我才能入睡。

一上午，我盼望能有客人來，常常，我偷偷傾聽媽媽跟客人說話，學習他們的應對言語，想像大人的世界，於是我學會了「謝謝」、「不敢當」等語。但是這一上午，沒有人來，我只有趴在爸爸的單人床上，練習寫ㄅ、ㄆ、ㄇ、ㄈ，大、中、小等字，直到媽媽累了，叫我跟她一起睡覺，只好從爸爸的窄床上爬到我跟媽媽的大床上，等媽媽渾然入睡時，我再起來自己玩辦家家酒。

今晨，風雨聲聲交奏的樂章中，沒有歌聲和笑聲，因為不必去幼稚園上學，因為下雨，因為睡晚了，這樣也好，這樣媽媽就不用在教室門口陪我直到放學。媽媽說：「路上壞人很多，專門拐騙小孩子，妹妹千萬不可以跟陌生人說話哦！」我說：「好，謝謝，不敢當！」

媽媽始終不放心，她怕失去我，我更怕失去了她。

## ㄉ

妳卸下了藍色碎花格子的軟舊睡衣，換上寶藍色旗袍，妳說：「再不穿，怕沒有機會了！」然後把早上剛沖泡的牛奶，倒進我的兩個舊奶瓶裏，等妳做完檢查後喝的。待出了計程車進入榮總，爸爸穿著白色制服在等我們，帶我們到診察室後，妳躺在診察床上，叫我一定要把奶瓶裏的牛奶喝完。

剛進病房未躺下的妳，用虛軟的手，幫我整理被風吹亂的頭髮，梳成一條紮實的辮子，梳完後妳高興地說：「妹妹將來把頭髮留很長時，再剪下來給媽媽做假髮好不好？」我說：「好，可是要很久！」

夜晚，躺在白色病床上的妳，面色蠟黃枯槁，一雙泛黃的眼睛，如同月光般地注視我，拍著我的頭說：「妹妹，妳累不累？躺上床來，媽媽拍妳睡覺。」我說：「不要……，那是病人的床！」

無言的妳坐在輪椅上，被爸爸推出病房，朝花園中陽光下的我走過來，妳用盡了力氣叫住我：「妹妹，不准爬樹，多危險啊！」我一跑一跳地過去，妳又大聲喝斥我：「走路要好好走，跌破了流血怎麼辦？」妳撫住脹起的腹部，爸爸趕緊把妳推進病房打針。

乾媽說妳手術後就可以出院的，我想了想說：「媽媽什麼都沒有，那她出院時我幫忙拿藥罐子好了！」

氧氣罩掙住了妳的嘴，使妳無法言語，無法呼喚我，並且阻擋了妳對我的承諾，妳說要等我的頭髮留很長很長……。但是氧氣罩下的妳，只能對我伸出一隻手，而我卻站得遠遠的，不知手足何以措，因為妳不再需要藥罐子了，妳要的只是一個我！

## 去

她最需要的是妳，因為一個女人一生中最重要的是她的孩子。但不能生育的她，又長年患有肝病，縱使對丈夫濃厚的愛情，對朋友深重的情義，也不能彌補急欲付出母愛的虧憾，所以在她中年時擁有了妳，妳是她全部的生命，她將她的缺憾給了妳！

人生最圓滿絕對的是一份愛，造成人生最大缺憾的也是一份愛。於是，在這個周而復始的圓裏，愛原是要經過時空的洪流，周而復始地傳承延續。

宇宙是一個圓地球是一個圓萬物諸生是一個圓愛是一個圓人生是一個圓人是迴旋在這個但大的圓裏一個虛渺的圓點。

她將她的缺憾創造一個圓留給了妳，而妳如何用一份缺憾創造出另一個圓？

ㄋ

我所有的等待只因為一個恆久的夢一個永不歇止的圓在昨日陳舊的影像中一再重現遺忘已久的影子經過空氣的凝結陽光的重組建造出一座堅固的房子孕育大腦所有的細胞以求能夠在每一個屬於風的日子期盼自亙古以來生命底無盡尋求。

我知道我已經遺忘已經遺忘已經遺忘遺忘遺忘遺忘在長而密的黑髮中在蒼白飄渺的夢中在擁擠的人群裡在躍動不止的心脈間在氧與二氧化碳在空氣在生命在宇宙無盡底黑洞裡。

ㄌ

妳不再言語不再笑容不再蹣跚而行行行在黃土高原上行在長江流域中行在臺灣海峽裏行在嘉南平原上行在台北市的街道中無論是泥土是河流是海洋是草原是街道是妳煢煢孤影是妳的路是妳

一切一切一切的腳步已經走盡。

妳繼續地行走繼續地飄浮在這無盡的圓裏如一條隨時幻滅的黑影再也無法掩藏只因為妳就是我跟妳同樣的一雙腳走在同樣的道路上。

ㄍ

還諸天地的是一份無怨無尤無止境的愛愛愛……。

時空的煉獄並無法阻擋所有的符號，譬如注音符號中的ㄇ與ㄚ，在昨日的朝陽下形組成ㄇㄚ，在今日的狂風中即崩解成無影無形，但在明日裏，明日又將化為一隻精靈的手，於無形中緊緊抓住朝起夕落的——

陽光——祂——從來不曾遺忘。

ㄎ

媽媽，好遠好遠，彈珠滾得好遠好遠，再也滾不回來了！——洋娃娃的肚子，怎麼不唱歌？——像火一般紅的，教我畫一個太陽吧！鉛筆好禿好禿，畫不出一個完整的圓——！ㄎ下面的一個注音符號是什麼？——爸爸叫我，跪在病房門口，妳禿白的頭髮，怎須覆上白布？——我跪著，一直地等，等頭髮留很長很長，媽媽——！

ㄏ

十八年生死路上兩茫茫，暗自迴旋在晝夜無盡的思量時，妳不再從我夢中走出，縱使相逢，那塵滿面的是我，而鬢如霜的是妳，妳我無法相識，只因妳不再為我拭去臉上的塵埃嗎？只因我任歲月流逝卻仍無法為妳做一頂假髮嗎？還是……，還是我們將在某一個時空相會！

ㄐ

我不再拾起地上雜亂的髮絲，不只因為毫無用處，而是頭上的髮絲還會長得更密更黑更長！

妹妹總是頂著一頭烏黑的長髮，奔躍在陽光下。

我確信我活在兩個世界當中過，而妹妹，真的是第一個世界中的我嗎？

2.**分析：**

(1)**ㄅ節：**敘述者的自白，以第一身敘回憶，意識流動由「髮」及「妹」。敘妹之得寵，顯示妹死於六歲，一二兩段多有詩化之句，焦黃歧亂的髮絲喻時間之久。

(2)**ㄆ節：**以「妹」的立場，敘被寵女對亡母的獨白。敘亡母之死。由「妳帶走了妳最喜愛的東西，獨獨遺漏了我」，可證妹是母唯一的愛。又由三段中母對女的付出，可證「她說妳是為我而死的，是我把多病的妳給折磨死的」。

(3)**ㄇ節：**敘述者對妹的話，顯示「過於絕對的愛」正反面，親情的獨佔，籠罩同時具備著殺傷性。「她為妳所創造的一個世界，難道不是她為自己所創造的一個夢？」，說明母之塑女，即是自我表現的變型。結尾一句警意沉重。

(4)**ㄈ節：**以妹為敘述者的回憶。三段中「爸爸的單人床」「我跟媽媽的大床」顯示家庭關係的不自然。由二段母手的「濃重的藥味」可知有病。

(5)ㄉ節：繼續上節，進行妹的回憶，述母入院至死。「爸爸穿著白色制服在等我們」，身份似是醫生。全節敘母在病中猶不忘關懷，照顧其女。結尾顯示大去時的戀女，真切強烈。

(6)ㄊ節：敘述者對妹，述母對妹的心態。首段證實母所患的是「肝病」。二段述人生之愛憂缺互見的一體兩面。三段標點全去，意識流張力強大。

(7)ㄋ節與ㄌ節：敘述者（或是妹）對亡母的囈語，標準的意識流，標點全去，散文張力強大，顯示感慨與人生理念。

(8)ㄍ節：全篇的理念重點所在，「ㄇㄚ」的人生組合與崩離，說明無常沉重。

(9)ㄎ節：以妹為敘述者的意識流，敘母臨終時她的失落。

(10)ㄏ節：敘述者的意識流，暗示年齡為十八歲，是敘述者對母，亦是妹對母。

(11)ㄐ節：結句點明「妹妹」就是「我」。「我」是十八歲的現在，母死於愛女六歲時，六歲的另一個被寵之女已隨母死，新的自我自此掙脫獨立成長。

## (二)樂府詩例舉分析：婦病行

1.詩例：相和歌瑟調曲婦病行

婦病連年累歲傳呼丈人前一言當言未及得言不知淚下一何翩翩屬累君兩三孤子莫我兒饑且寒

有過慎莫笪笞行當折搖思復念之亂曰抱時無衣襦復無裏閉門塞牖舍孤兒到市道逢親交泣坐不能起從乞求與孤買餌對交啼泣淚不可止我欲不傷悲不能已探懷中錢持授交入門見孤兒啼索其母抱徘徊空舍中行復爾耳棄置勿復道

**2.分析：**

婦病連年累歲（一般敘述，婦病多年），傳呼丈人前（病婦動作，傳喚找她的丈夫來），一言當言，未及得言，不知淚下一何翩翩（病婦的心理與動作，話未出口，由於悲傷，淚流不息），屬累君（囑托拖累你），兩三孤子，莫我兒（莫使我兒）饑且寒，有過慎莫（孩子如有過錯，請你千萬不要）笪笞（均是打人用的竹器，此處作動詞，意為責打），行當（即將）折搖（夭折，婦人自謂將死），思復念之（希望你常想著我的這番話，多多可憐孩子們吧！）——自屬累君一句起，都是病婦的臨終遺言，如果譯為語體，是應加上主詞和對話特定標點冒號，提引號的。

亂曰（樂之卒章）：抱時無衣，襦復無裏（跳接省略病婦之死，此言病婦死後，其夫本想抱著孩子去市上的，但孩子們沒有長衣，只有短衣，而短衣又是沒有裡子的單衣。與前「莫我兒饑且寒」一句中「寒」字相應，敘寫貧窮實況，在其夫的動作感覺中呈現，病婦之夫的主詞省略），閉門塞牖（夫的動作，無奈只好把門窗關好），舍孤兒到市（把孩子留在屋裡，夫來到市上），道逢親交（親友），泣坐不能起（形容夫的悲傷動作），從乞求與孤買餌（夫向親交乞求，請親交給錢替孤兒買糕餅以延續活命。與前莫我兒饑且寒一句中「饑」字相應。使用敘寫而省略了對話），對交啼泣，淚不可止（敘寫夫的悲傷動作），我（指親交）欲不傷悲，不能已（親交感覺，做不到，不能不傷悲），探懷中錢持授（親交動作，拿出錢來給夫）。交入門（此處兩人分道及夫持錢買餌一線均已省略，跳接到親交來家裡探視），見孤兒啼索其母抱（親交所見，年幼孤兒不知母死，猶哭著要亡母抱），徘徊空舍中（親交的無奈徘徊），行復爾耳（親交的感慨，想到孤兒失恃，貧窮難以保全，不久也將和他們的亡母一樣），棄置勿復道（親交的自言自語，古詩樂府常用的結尾，丟開它不去想它，煩惱無奈時的自遣之詞）——這一段敘述病婦死後的情景，人物方面增加了親交，而孤兒也有了動作。

## 四、參考書篇

| | | |
|---|---|---|
| 中國人 | 叢甦 | 時報 |
| 想飛 | 叢甦 | 聯經 |
| 玉米田之死 | 路平 | 聯經 |
| 幻想的男子 | 隱地 | 爾雅 |
| 擁抱我們的草原 | 季季 | 皇冠〈屬於十七歲的〉 |

# 參 寓言體散文

## 一、特色

由於人性的排拒權威，不易接受正面理念，早在孟子即已善用譬喻，迄至莊子的多用故事，這一種新的散文線路，即是淵源前述，而以超現實題材中造境一面設計形成的。

寓言體散文創作重在題材，必須找到一個雅俗共賞，廣度具夠的敘事來表徵中心理念。那是一個故事（沒有故事、形容，即易成為純說理的雜文），敘述者不是站在指導地位的崖岸高層，而是站在與讀者們平等的地位，顯示他和大眾一樣的平凡，一樣的會犯錯甚至不能自覺。藉著這份平等的親切感來影響讀者，把理念藏在取材現實的事件之中，揭示人性的弱點、原型或是潛能，顯示人類生活的一些原理原則，使讀者藉著故事的快感（感官作用）、進至會意，終而自然領悟而具備美感（心智作用）的永恆性。

形式和作用有如小小說，形容功能已遠較古典時代的寓言故事進步精采，部份對話甚至已突破散文規格進展到小說、戲劇的領域，但它簡單的結構與衝突性仍不如小說戲劇，它的質料仍是散文。

當然在創作時也不無顧忌：如故事不能不精采，但太精采了又容易寵壞讀者使理念淹失；不能沒有抒情成份，但又不宜溺於情而坐使理念不明。

還有，在寓言體散文的結尾，是否有必要加上作者的說明評估？古典時代常是如此，如史記中的「太史公曰」，聊齋中的「異史氏曰」，雖然有時因題材之故不得不加以闡明，但時至今日，已是沒有必要的多餘。基於尊重人性中的反對權威，要求自主，文學創作者必須克制「好為人師」的原型，在作品中避免說教，不下結論，保留廣大的想像天地，讓讀者自去思忖追尋，使能享受到自得的珍貴的成就感。美感的恆存將由此而益形堅固，調適的效應也將因此而益彰。

## 二、表現重點分析

㈠形式、內涵類同於雜文（方塊）。

㈡形式短小，適合現代讀者經濟閱讀時間之需求。

㈢表現趣味性，常以寓言、故事為敘事成份。

㈣理念顯示常在最後，結構如極短篇，小小說，升起之後即不再降落。

(五)表現自然，不說教，結尾甚至不加說明。

(六)要求修飾、美化，具備現代感，使用幽默媒體但要求恰當不過份。

(七)主題多為現代人性、人生之提昇調適。

(八)只是片段，系統完足性不夠。

(九)予讀者的是「點」的刺戟引發，而非「線」的引領（說明少），或「面」的震撼（情事理等題材少）。影響讀者深思不足。

(十)拘於形式，作者的感性、觀念未能恣放深廣。

## 三、作家作品例舉分析

### (一)小川未明：紅手套　朱隆興譯

1.文例：

姊姊贈送政雄一雙用紅毛線織成的手套，但當政雄戴著它到學校後，在回家的路上，不知遺失到哪兒去了。那是個寒冷而積雪的日子，整天，天空是陰暗的，連陽光都沒有。大家精神飽滿的從學校回家，有的擲雪球，有的玩摔跤，政雄也和大家一起扔雪球玩。那時，脫下手套，彷彿裝入外套的口袋裏，可是一定是放得不太牢靠，所以似乎在中途掉落了。

政雄回家以後，才發覺遺失了手套，一旦手套沒有了，才懷念起紅手套來。說的也是，每天往來於家和學校之間，都戴在手上，去城裏買東西時，也戴著這副手套，去洗澡時，也戴著它，晚上，為了玩搶紙牌的遊戲而被叫到鄰居家時，也戴著它呀！雖然，對自己親密的東西，政雄是不珍惜的。可是想到天氣這麼寒冷，掉在雪地上，對手套來說卻是可憐的。

「手套是多麼想回家呀！」政雄不禁思考著，覺得要設法找回來。不過，那時候，溫柔的姊姊安慰他說：「我為你再做好一點的代用品，在這寒風颼颼的日子裏，不必特地去尋找啦！」因此，政雄終於對紅手套的事兒就死心哪！

恰好是那天的黃昏，天空多雲，寒風正在吹著，街上的行人不多，在雪地上，兩隻紅手套一同掉在那兒。從前都裝在暖和的外套口袋裏的手套，對被暴露在寒冷的雪地上，感到吃驚。

這時，從城裏來了一位七、八歲的男孩，手腳指頭凍得通紅，穿著髒衣服，拖著小草鞋，蹣跚的走著。這孩子是住在遠方的村子，一位乞丐的孩子，白天出城去，乞討些錢或食物。因為太陽已下山了，所以回自己的家。小孩蹣跚的一到那兒，發現雪地上一雙深紅的手套掉落在那兒。他馬上為了到底要不要撿起來，而一直望著，可是不久，就伸出小手把它撿起來，彷彿珍寶似的看得入迷，他在這之前，從未拿過這麼美的東西，即使出了城，通過並排著各式各樣漂亮東西的店舖前面，店內的東西也只能看，連名字都不知道！小孩想了什麼呢？他把紅手套在自己的兩頰摩擦一番，又好幾次的吻著它！不過，看起來絕不把它戴在自己的手上！他如同握住重要東西般的把它拖住，孤獨的走在雪地上，朝向屬於自己家的村子方向，蹣跚的走下去。可以聽到遠方森林裏，傳來告知傍晚了的烏鴉叫聲。

不久，小孩來到一棵大樹下的破陋小屋子前，那是他的家。在小屋中，露出一副蒼白臉孔的母親沈默的坐著，在她旁邊，蓋著薄棉被，十歲左右的小女孩是小孩的姊姊，因為生病而躺著，她的臉因為瘦而更蒼白呀！

「姊姊，給妳帶來好東西啦！」小孩說，把紅手套放在枕邊。

不過，姊姊沒有回答，她細細的手牢牢的交叉在胸前，這時，姊姊已經去世了。

2. **分析：**

(1)安排一個「姊姊」，表徵人世的愛與溫暖。「姊姊」這身份有著母性的愛與照拂；而又無隔一代的阡格，這是任誰都希望能有的溫美又可信賴的人。

(2)二段結尾，由天氣的寒冷，想到掉在雪地上的手套的可憐，擬人細密，愛物之情足以引發忮求為人類世界「加溫」的心理。

(3)四段末，「從前都裝在暖和的外套口袋裏的手套，對被暴露在寒冷的雪地上，感到吃驚。」人格化的感覺，是寓言體，或是成人童話慣用的超現實成份；同時也是一種凸顯寒冷，忮求溫熱的手法。

(4)第五段中，遺失的紅手套被「貧窮」的男孩拾得，愈顯其「珍貴」。

(5)小男孩在冷凍中有手套而不用，顯示另有所待。

(6)五段末與六段頭的寫景，顯示底色黯淡。

(7)結尾揭出，小男孩希望能致送一點快樂給他的病姊，而姊已去世。頭尾兩相對比：在前是富有的姊姊對弟弟的關愛；在後是貧寒無奈的弟弟希望能給病姊的一點溫暖安慰。富有的康樂的姊姊所織的手套，輾轉到貧病淒寒的姊姊的臨終。早凋的貧苦與健在的富有鮮明對比，顯示無言之悲。

(8)姊的去世，無言的落空，一如童話中在除夕冬夜凍死的「賣火柴的小姑娘」。人世儘多的悲苦，填塞胸臆。

(9)作者不曾說教，也未在結尾時加說些什麼：但他意圖傳達的已十分足夠。而對姊弟的對比，一面是「不虞匱乏」的擁有溫愛；一面是淒冷飢寒的悄然辭世。貧苦的弟弟的溫愛禮物喚不回姊的生命，我們已然擁有著的，是否應在良知的甦醒之後，去關懷、付愛給這世界上需要溫愛的人。

## 四、作品例舉

### (一)海代泉：滅鼠的書

有一本專門講滅鼠的書，上面描繪有許多捕鼠的圖形。

一天，主人把他遺忘在廚房裡，一群牙齒很長的老鼠立刻把他包圍起來。

這本書感到自己的尊嚴受到冒犯，生氣地罵道：「該死的老鼠，你們知道我是誰嗎？」一隻老鼠回答說：「你不就是一本書麼，有什麼了不起。」

這本書只好自我宣布說：「我不是一本普通的書，而是一本專門研究如何捕殺鼠類的書，難道你們不怕我嗎？」

「嘻嘻，別在裝腔作勢了，誰管你是什麼書，書就是書唄！」老鼠們撲到這本書身上，啃起書頁來。這本書慌了，大聲呼喊：「我是一本專門講如何捕殺老鼠的書，你們想要自取滅亡？」

老鼠們仍然撕咬這本書，很快這本書就成了一團紙屑。

老鼠們不怕這本專門講如何滅鼠的書，那是因為懂得，無論紙上寫得多麼厲害，如果不實行總是不會產生任何效果的。

（原載《驢的憂慮》，廣西民族出版社一九八六年十二月第一版）

## (二)李繼槐：戰馬的遺言

一匹在戰火與硝煙中，度過了大半生的戰馬，是藐視一切的。

他曾踏著軍號的節拍，馳過荊棘遍地的莽原；他曾冒著槍林彈雨，衝上鮮血浸紅的山頭；他曾在隆隆的炮聲的掩護下，難以想像地飛越壁立萬丈的溝壑；他曾背負自己的戰友，躍過滔滔的江河湖海……

總之，大半生以來，還沒有什麼艱難險阻，能夠擋住他的前進腳步。

今天，他又在無邊的原野上豪邁地馳騁，勁風吹舞著他獵獵長鬃。他以震天的長嘯和高昂的頭顱告訴人們：他仍不減當年的威風。

突然有人高喊：「停下！停下！前面是一片沼澤！」

英雄的戰馬沒有理會人們的警告：泥濘和沼澤算得了什麼！他呼嘯著向前衝去。他很快陷進了無法自拔的淤泥中，而且越是拼命掙扎，陷得越深越快。

臨死的時候，他發出深深的慨嘆：「唉，鋼鐵和戰火沒有把我征服，柔軟的泥沼，卻陷我於絕境。」

（原載《當代少年》一九八一年第八期）

## (三) 凝溪：狼與狗

一天，獅子把狼和狗召去，問他們心中各自有什麼最喜歡和最害怕的事。

狼先開口道：「我心中最怕的就是聽見人們說我是狼；最喜歡的就是聽見人們說我像狗。」

「你呢？」獅子向狗問道。

狗說：「只要人們知道我是狗，我心裡就夠高興了；我心中最怕的事呢，就怕聽見人們說我像狼。」

「呵！我懂了。」獅子對狼說，「越是幹盡壞事的傢伙，越是想往好人裡混。」

（原載《狐狸的生日》，雲南人民出版社一九八四年版）

## (四)吳廣孝：獴

一隻瘦小伶俐的獴追蹤一條陰險的眼鏡蛇，來到農家的院子裡，眼鏡蛇飛快地鑽進柴堆躲了起來。正在劈柴的農民沒有發現蛇，卻看見了獴。農民以為他是一隻專門偷雞的大黃鼠狼，就扔出斧頭，砍傷了獴的一隻腳。這時，在農民背後，凶惡的眼鏡蛇「絲絲」有聲地從柴禾堆裡爬了出來。他揚起脖子，把囊鼓得大大的，那一雙假眼睛更顯得猙獰可怕。受傷的獴一見眼鏡蛇，立刻像箭一樣從農民的雙腳中間猛竄過去，狠狠地咬住了眼鏡蛇的腦袋。眼鏡蛇踡曲著，蠕動著，拼命地拍打著尾巴，垂死掙扎。這時，獴雖然腳上流著血，感到鑽心地疼，但是，他置之度外，仍死死地咬住蛇頭不放……

看見這一場驚心動魄的搏鬥，農民心裡十分不安，覺得太對不起獴了。可是，獴獲勝之後，卻抱著戰利品——毒蛇的屍體，悄悄地走了，只在柴禾堆旁留下了一個個鮮紅的血爪印。

農民望著遠去的獴的瘦小身影，說：「當誤解傷害了你的時候，你仍帶著傷痕苦鬥；當你的業績被人理解，你成為人們心目中的英雄時，你卻悄悄地離去了。獴啊，你的品質是多麼高貴啊！」

（原載《獴法官》，少年兒童出版社一九八三年一月第一版）

## (五)藍芝同：狐狸投稿

狐狸給森林城鳳凰出版公司投稿，稿件裡還特地附上了貓頭鷹教授對該稿的評價信。

貓頭鷹教授在信中寫道：

狸兄：

你好！羅漢果、辣椒醬、豆腐乳等全都收到了，十分感謝！

傑作《當代交際大全》一書我已粗略看過，全書洋溢著強烈的時代特點和濃郁的現代意識，它融思想性、知識性、趣味性、啟發性、教育性、科學性和信息性於一身，具有很高的藝術造詣，從內容到形式，該書堪稱國內首創，這是一部迄今國內甚至海外最為完整、最為系統、最為嶄新的交際工具書。……

鳳凰出版公司烏鴉編輯部收到狐狸投來的稿子及其附件後這樣回信：

狐狸先生：

你好！《大全》一書及其附件均收到了，但羅漢果、辣椒醬和豆腐乳均尚未收到，內容還不夠充實，過一段時間以後再研究。……

（原載《新書報》一九八七年三月十八日）

## ㈥葉永烈：偵探與小偷

一個大偵探由於屢破疑案，名聲大振。小偷和強盜一聽到這位大偵探的名字，就嚇得渾身發抖。

有一天，大偵探正在家裡，忽然響起了門鈴聲。

門口站著一位陌生的留著長鬍子的客人。大偵探很客氣地把他請了進來，遞了一隻香煙給他。

客人說明了來意：「偵探先生，我打心底裡敬佩你。我也很想當一名偵探，不知道該從哪兒學起？」

大偵探微微一笑，不假思索地答道：

「先生，為了答覆你的問題，請允許我打個比方。

「比如，你是一個小偷——

「你剛才按我的門鈴，就在門鈴上留下了你的指紋。根據指紋，就可以把你查出來。

「你走進客廳，在打蠟地板上留下了你的一行很清晰的腳印。根據腳印，我可以判斷你是男性還是女性，我還可以根據腳印的長度推算出你的身高。

「你坐在我的沙發上，留下了你的氣味。我可以讓警犬聞一聞這氣味，跟蹤追擊，把你抓住。

「你抽了我遞給你的香煙，把煙蒂扔在煙灰缸裡。在煙蒂上，就留有你的唾液。我可以從你的唾液中，查出你的血型。

「你剛才還用手捋了一下你的長鬍子。我注意到，在你捋鬍子的時候，有一根鬍子掉了下來。照理，根據這根鬍子，我也可以斷定你的血型。不過，我還注意到，你的鬍子是假的，是粘上去的……」

說到這裡，大偵探用手一把抓住客人的鬍子，用力一拉，把鬍子全部拉了下來。

客人渾身哆嗦，黃豆般的冷汗從前額滾了下來。

原來，這位「客人」是個小偷。他化裝成老頭兒，來到大偵探家裡，本來想摸大偵探的底，弄清大偵探破案的奧秘。誰知大偵探在門口一眼就看穿了這個假老頭兒的真面目。正因為這樣，當大偵探說「比如，你是一個小偷——」，就把「客人」嚇了一跳。當大偵探一一說明他的偵探技術時，把小偷嚇得魂不附體，坐立不安，冷汗不由自主地冒了出來。小偷一邊聽、一邊暗暗佩服，心想：「我已在門鈴上按了一下，在打蠟地板上也走了幾步，還在沙發上坐過，又抽了香煙，捋了一下鬍子……都給他留下了破案的線索！」

小偷原形畢露，狼狽極了，低頭哈腰向大偵探求饒。

大偵探倒很寬宏大量，並沒有把他抓起來交給警察局。

大偵探拿起筆，刷刷地在紙上寫了幾個字，然後把紙條裝進信封，封好，交給小偷。

大偵探對小偷說：「先生，我還是言歸正傳。你到我這兒來，是為了了解我的偵探經驗。現在，我已經把自己畢生的偵探經驗寫在紙上。你回到家裡拆開一看，就會明白，我的經驗並不保密，因此，你可以把我寫在紙條上的話，交給你的同伙們看。」

小偷實在猜不透大偵探會在紙條上寫些什麼。當他急急忙忙回到家裡，馬上拆開了信封，掏出了紙條。

紙條上寫著什麼呢？

寫著這樣十個字：

「若要人不知，

除非己莫為！」

（原載《偵探與小偷》，少年兒童出版社一九八三年一月第一版）

## ㈦黃瑞雲：中國的鷹

北林動物園一位馴鷹專家訪問美國加利福尼亞動物園，觀看了動物園舉行的放鷹比賽。他對其中飛得最高的鷹極為欣賞，就想把這種強健的鷹種引進到中國來。經過協商，他把這頭鷹買下了。回到北林，園裡的一位老飼養員看了，告訴他：這頭鷹和自己園裡養的是一個品種，原是幾年以前加利福尼亞動物園從這裡買去的。

這位馴鷹專家上了當了，但他很納悶：為什麼同樣的鷹，在加利福尼亞的天空裡可以飛入雲霄，而他自己馴養的卻飛得並不出色？如此飼養員同他一道檢查這些鷹，他們發現，買回的這頭鷹也沒有什麼特別之處，而他們自己馴養的鷹也並不錯，只是後者的羽毛經過了修剪。修剪過羽毛的鷹看起來要順眼一些，然而它們的飛翔能力卻受到了影響。

老飼養員指出這一點後，說道：「我們應該相信，中國的鷹是能夠飛得很高的，只是今後我們再不要修剪他們的羽毛了。」

（原載《黃瑞雲寓言》，湖北少兒出版社一九八五年出版）

## (八)李繼槐：月亮的回答

一輪皎潔的明月掛在中天，把它那無盡的清輝灑在無邊的山野，照耀得如同白晝。

一個趕路的客人熱烈地贊美她：「多麼偉大啊，你是比太陽還要偉大的太陽，太陽只在白天放光，而你能把黑夜照亮。你是聖潔的天使，你是人類的希望，沒有你世界就會黑暗無光。」

但就在同時，一個瑟縮在人家牆角的小偷，卻瞪著仇恨的眼睛詛咒道：「滾開吧，你這冷冰冰的惡魔，要是我能扯來烏雲，我一定把你嚴嚴實實地裹起來，使你永世不得露面，你蒼白的亮光多麼妨礙我的行動自由啊！我要把你一萬遍地詛咒！」

聽了這兩種截然相反的意見，月亮平靜地回答說：「我不比太陽偉大，我的光還是從太陽那裡借來的；但我也不是惡魔，因為我並不妨礙好人。我是我，是月亮。」

（原載《人生與伴侶》一九八六年三月號）

## ㈨傅慶升：足球迷問答

甲：「你怎麼也迷上了足球？」

乙：「喜愛足球的精神！」

甲：「什麼精神？」

乙：「後門進的從來不算數。」

（原載《晉陽文藝》一九八五年第一期）

## ㈩凝溪：兩只氣球

一只藍氣球對黃氣球說：「朋友，你說世界上什麼對我們最有利？」

黃氣球說：「自然靠人們『吹』。要不，我們永遠是個癟東西。」

「我的看法跟你可不一樣。」藍氣球說，「自己是個癟傢伙有什麼關係，我看最可怕的就是人們的『吹』。你沒看見，所有炸了的氣球，不都是被人們『吹』的結果。」

（原載《狐狸的生日》，雲南人民出版社一九八四年版）

## (二) 樓飛甫：鵝卵石

秋天，河水落了，河灘上露出了一大片橢圓形的鵝卵石。

鵝卵石你瞧瞧我，我瞧瞧你，深有感慨地說：「我們出山的時候，都是有稜有角的，可現在，大家都磨成了這副樣子。這河水的力量真夠厲害喲！」

河水聽了，表示異議說：「事實並不完全如此。要知道，你們之所以變成圓溜溜的鵝卵石，主要是由於你們自己互相之間不斷碰撞摩擦造成的。一路上，你們互相撞擊、互相磨擦，最後把各自身上的稜角統統碰光磨光了。」

（原載《天山少年》一九八五年第六期）

## (三) 樓飛甫：鐵桿和鑰匙

一把堅實的大鎖掛在大門上，一根鐵桿費了九牛二虎之力，還是無法撬開。鑰匙來了，他那瘦小的身子鑽進鎖孔，只輕輕一轉，那大鎖就「啪」地一聲打開了。

鐵桿奇怪地問：「為什麼我費了那麼大力氣也打不開，而你卻輕而易舉地就把它打開了呢？」

鑰匙說：「因為我最了解他的心。」

（原載《寓言》第四輯）

### ㈢海代泉：落葉的風格

在那高聳入雲的大樹上，好幾片葉子慢慢地發黃了。黃葉毅然和樹枝告別。

樹枝對黃葉說：「我們在一起相處很久了，你為大樹的繁榮做了那麼多工作，在這個高位上享受榮耀是合理的嘛，為什麼要離開這裡呢？」

黃葉溫和地解釋說：「不，我過去在這個位置上並不是為了自己，而是為了給大樹做些有益的工作；現在我已經勝任不了過去的工作了，何必還占據這個位置呢？應該讓新的嫩葉來代替我。」

終於，一片片黃葉從高枝上飄落下來，化作肥料，貢獻給大樹做營養。

冬去春來，大樹的枝頭上漸漸地又長出了一片嫩葉，沒有多久，整棵大樹又變得蔥蔥綠綠起來……

（原載《鸚鵡的訣竅》，廣西人民出版社一九八五年五月第一版）

### ㈣樓飛甫：一個水蜜桃的故事

山路上，狐狸和猴子同時撿到一個水蜜桃。多逗人的水蜜桃呀，個兒那麼大，顏色那麼鮮，他倆別說沒吃到，連見都還是第一次見到呢！狐狸對猴子說：

「咱倆分了吃吧！」

猴子問：「怎麼分呢？」

狐狸說：「我吃皮，你吃心子，好嗎？」

猴子想了想說：「行！」

於是狐狸就狼吞虎嚥地吃光了全部桃肉，只留給猴子一個光禿禿的桃核兒。狐狸覺得自己占了大便宜，抹抹流在嘴角邊的汁水，高高興興地走了。

猴子沒說什麼，拿著桃核回了家。他把桃核兒種在門口的空地上。第二年，春雨一淋，空地上長出了一棵綠蔥蔥的桃樹苗。過了三年，那小桃樹長大了，結了一樹個兒很大的水蜜桃。這時候，狐狸心裡十分懊悔。連連說：「唉！想不到真正占便宜的倒是他！」

從此以後，猴子年年能吃到許許多多又大又甜的水蜜桃，而狐狸呢，只有遠遠看著饞得流涎水的份兒。

（原載《教學月刊》一九八三年十月號）

## (五)胡樹化：倒地的白楊樹

一場暴風雨把一棵挺立的白楊樹摧倒在大路旁。白楊茂密、蒼翠的枝葉眼見得枯萎了。他哭訴道：

「樹大招風呵！不是我長得高大，哪會有今天呢？」

土地說：

「孩子，看左右比你高大的樹木還有的是，他們在暴風雨的襲擊下都安然無恙。可見你倒地的原因並不在於樹大招風，而是在於根底太淺呵！」

（原載《弄蛇者與眼鏡蛇》，山東文藝出版社一九八四年一月第一版）

## (六)金江：蒲公英

蒲公英媽媽有許多孩子。她交給每個孩子一把小傘，對他們說：「去吧，孩子們。東西南北，天涯海角，到廣闊的世界上去闖吧，生活在等待著你們！」

一陣風吹來。蒲公英的孩子們告別了媽媽，快樂地撐著小傘，忽忽悠悠，高高低低地飛呀，飄呀，都走了。

住在旁邊的桃樹嬸嬸見了，大為驚奇地問蒲公英媽媽：「怎麼，你讓孩子們都走了？」

「都走了！」

「身邊一個也不留？」桃樹嬸嬸很不理解，為蒲公英惋惜。

「一個也不留。」蒲公英媽媽說。

桃樹嬸嬸又問：「他們這樣細小脆弱，能經得起風雨的摧殘嗎？你一點不為他們擔心嗎？」

蒲公英媽媽笑道：「用不著擔心，我們蒲公英家族，就是這樣才散布在全世界的……」

（原載《兒童文學》一九八六年第五期）

## 五、參考書篇

開放的人生　王鼎鈞　爾雅
我們現代人　王鼎鈞　四季
人生試金石　王鼎鈞　四季
靈感　王鼎鈞　四季
中國古代寓言故事　商務印書館
愛的教育　亞米契斯
伊索寓言

# 肆 揉合式散文

## 一、特色

有鑑於文學發展始盛終衰的生物性，可使我們警覺到一甲子之前興起的五四文風業已老邁衰微，即將在新起風貌的代興之下歸束沉潛，而成為文學史上的一段里程。盛衰之理是由於文學的不全性，昔年五四，以其自由語體的新異之姿，形成為格律拘限，而與生活脫節的古典文學的反動，雖然以它的優點糾改了上一文風的缺失，但先天的不全性仍然存在，自由語體化的另一面即是空泛平凡的藝術深度不夠。時至今日，五四文風業已逐漸老化，代興的精緻文學始兆已現，即將以其優美精深的藝術特性，風行現代，成為文學上新的主流。

現代文學既在這樣一個運會趨勢之下，進行著必然的改革，醞釀形成為壯闊的江河。而在散文發展之中，最具主流形相的就是揉合式散文，由於它的條件相當，很有可能成為文學巨流中新的洪峰。

揉合式散文，名稱的訂定表徵了現代文學三線綜合的規格（現代語言、古典承祧與域外移植）。顯具的特色第一是現代語言的使用，新的詞彙不斷產生，有以拼合方式重組的：如調適（調整適當）、墮失（墮落流失）；有以原有詞彙倒換組合的；更也有創新的詞（如共識、運作、頻率、龐沛等），這一項特色最足以表徵現代特性。特色之二是古典的承祧：古典的詞彙與句法，只要不屬艱深，儘多有可供延伸現代繼續使用的，如觀照、弔詭等詞彙，一般常用的成語、典實、韻文等，這一項特色，除了國族文學傳統承先的意義之外，古典的精鍊典麗又可以形成不同於五四平易的藝術性。特色第三是歐化的移植使用，如詞彙中的反諷、後涉、造型，句法中的倒裝等，目前而言，揉合式的縱橫兩線不成比例、橫面移植，還須在比較、採取的努力之下賡續加強。

由於三線相合而各自仍然明晰可見，所以它是揉合而非融合。這一種最具冠軍相的新樣，發展之中仍然不無缺失，諸如古典的使用容或造成讀者與作品之間的障礙，而精美的藝術講求又難免導致讀者有買櫝還珠之弊。好在這些顧忌並非絕對不能避免，在今後的發展中，相信必能有接近理想的修正完善。

## 二、表現重點分析

㈠有古典賡續承祧成份、表現典麗。

(二)有歐化移植成份。

(三)講究句法：如「或是——抑是——更或」的層累；「雖——卻——」的轉折，問句等等。

(常有由古典散文義法化來的句法)

(四)較長段落之後以短句一斷形成切頓，造成峰淵起伏，特能收取強化讀者感受的效應。

(五)要求「情」與「理」的充盈。(感情化的傾向常多用歎詞)

(六)長句造成氣勢，具備力與美。

(七)要求豪婉並具，剛柔相濟。

(八)新詞與典實兼用。(典實或古典成份同時可能造成讀者欣賞的障礙，故深奧處似應加註)

(九)選詞，修飾濃美鮮活，注重音響感與視覺感、動感。使用各種修辭技巧，如移情作用、詞性混用等，標點使用靈活。

(一〇)常以聯想方式進行扣結，注重含蓄刪節，提供讀者以深廣的想像天地。

(二)可能有文勝於質，使讀者有「買櫝還珠」之弊。溺於情、辭而坐使理念沉失不明。

(三)與詩化散文之不同，詩化新美而揉合典麗，詩化情重於理，揉合則必有古典之承祧。

## 三、作家作品例舉分析

### 柯翠芬：隨意小札(節錄)

1. **文例：**

向來愛的便是清曠自如的生活方式。「閒愛孤雲靜愛僧」，學生生活的從容自適裏，起坐間該常有掩卷忘機、神遊物外的逸趣，或是深思索默、精浮神淪的縱情天地吧？為此，我住的地方就叫「隨意居」。也為此，筆墨詩書之間，便常有我任情的痕跡了。

常常，我先聯想到酒。

也許，你很難找到像我這樣愛酒的女孩子。我之愛酒便如愛洪荒中流來的神話，愛弓弦上奏響的傳奇，愛浪莽放獷的豪情，愛美豔淒絕的戀歌；未必是淺酌或豪飲，常只是在手中小心翼翼的捧著，默默凝視著那種蜂蜜般剔透的晶瑩，遙想著「玉碗盛來琥珀光」的情致，抑或是「小槽酒滴珍珠紅」的溫柔。

雖然，我是不能喝酒的。朋友們都說，我空有酒膽，卻無酒量。然而亦喜歡酒意上湧，染紅雙臉乃至眉睫之間的暖意，更愛看朋友們酒到杯乾的爽朗，聽他們擊節讚賞美酒的甘醇。雖然，我是不懂得品嚐的。啤酒、高粱、紹興、大麴、竹葉青……在我嚐來一體沒有分別，總是辛辣嗆喉難以下嚥，真真能喝也愛喝的只有甜而不烈的果子酒。即使如此，我亦常是每飲必醉，只能昏沉沉地把自己埋入枕被之中；然而我是愛酒的。也許只為了酒上的詩情、蒼涼與絢麗，抑或只是為了一種低迴不去的纏綿，更或許只為了酒液本身的一種澄澈。

……………………………………

也許正因如此，常只需要一瓶未開封的酒，一爐未燃盡的香，一卷微黃的書冊，一盞熒熒的燈火，便足夠我擁被坐看一篇秋雨飄搖的長夜了。尤其是，粉壁上懸垂的字跡，總帶著破紙飛出的靈動；挑燈展卷，神遊物外之餘，更易令我聯想起醉後舞刀的超邁，以及青衣笠帽，劍穗翻風，疾雨中蕩舟出海的浪莽俠情。而每當夜風自窗縫間捲入，倏然捲起長垂的淺色窗簾滿室飄拂，嬝嬝柔柔的爐香乍然吹散，突來的幽寒透衣如水，總令我愕然良久，不知該如何去解釋那一縷古典的訊息。

……………………

……尤其是雨，總能在那低小而平板的屋頂上，敲打出異乎尋常的節奏，聽來份外急促，份外清脆，份外響亮。常令我不自覺的聯想起「響屧廊」來。驟然敲落的時候，總令人又驚又喜。

……窗外那一片碧綠的草地上，常有五顏六色的花傘在層雲下輕輕地浮移。嫩綠的是小草尖端的顏色，嫣紅的像少女撲紅的雙頰，澄黃的如晚霞初被的衣裳，亮藍的卻正是晴天朗麗的陽光。傘下年輕的女孩或嗔或笑，盈盈撐起的喜怒哀樂輕忽如薄柔的小傘，轉動間灑落的雨珠原是水霧般細碎的青春。

而我自美濃帶回的紙傘總是默然保持著它沉靜的容色，斜倚著堅實的壁角。竹製的骨節稜稜架起它豔麗而又古拙的紅衣，仰首張望多風多雨多變化的蒼穹。天晴時也像在召喚著煙嵐，起風時便彷彿有輕雨的腳步。若是輕撫著它崢嶸的骨架，便有隱約可聞的雨聲點點滴滴敲進心頭。

是不是因為古老的紙傘在意象之中已與水色山光溶為一體？否則我為何常常想起花深無地的煙雨江南？是不是因為古老的紙傘在思念中已與追念懷溯揉成一片？否則我為何常常想起唐詩宋詞裏的繾綣深情？

……………………

是呵，鍾愛有雨的日子，即或它不在手邊，我撐起的每一朵傘花也都彷彿是它的分身，伴我行過十里陰濕的長路；若只能站在簷下看雨絲綿綿地飄落，或看雨匆促地敲打著地面，一只只大傘小傘或急或緩地越過一窪一窪的積水，踏碎的波痕裏映亂的影子一片繽紛相錯，再分不清何者是人，何者是傘，何者是水，何者是天；我心頭總有一縷溫柔的思緒，悄悄牽引出繚繞迴環的記憶。

常想起當時為了買傘遠去美濃的舊事。六月的炎陽下走了一個小時遠路的舊事。地頭那一泊明鏡般的湖水曾令我愕然屏息，滿樹纍纍的椰子卻令人瞠目垂涎，悵然久之。置身於湖中小亭，清風自四面林間吹起，趕著水紋一路不停蕩了過來，直是將一身煙塵都滌淨了。湖邊有一些個小孩脫了衣服在玩水，嘻笑的聲音聽在耳中倍覺幽靜。顧盼間的淺笑輕顰，自己都覺得如在畫裏。

那樣婉麗的鄉居，自此一別之後，竟是再也不曾去過；而當時伴我買傘的人，亦已是去如黃鶴了。唯有我拙樸的紙傘為我柔柔牽起山水和山水以外的記憶，常伴著雨聲的步跫來扣我心扉。

要橫心去面對生死離別，原是很艱困的了。尤其面對著不忍割捨的牽牽絆絆。而這傘仍舊默然保持著它沉靜的容色，斜倚著堅實的壁角，用沉寂來映照多情的面貌。然而它亦總有銷亡的時候。銷亡到即使重回美濃，也已不能再買到與它面貌相同、聲氣相通的兄弟的時候。

⋯⋯⋯⋯

常引起類似聯想的是笠帽簑衣。簑衣已是罕見的東西了。笠帽我倒有兩頂。一頂小的，吊在床頭當燈罩，籠住一圈微暈的燈光。風來的時候，便眨閃著窺視我手中的書卷。一頂大的，直徑差不多有半公尺長了，瘦勁的竹架上層層包裹著寬長微褐，隱泛出點點濃斑的竹葉，在粉牆上懸垂成一張深思而多皺的面容。是漁翁獨釣寒江的清寂呢？或是俠客踽踽江潭的孤冷？

遂想起楚辭裏的漁父。鼓枻而歌，飄然自去的漁父。「滄浪之水清兮，可以濯我纓；滄浪之水濁兮，可以濯我足。」那種隱逸逍遙的冲和，竟爾轉成後代遯世寧靜的象徵。然則笠帽下的容顏，或者已染上了許多風塵顏色，要更適合屈原一些——更適合我們行吟澤畔，形容枯槁，執著於「知其不可而為」的屈原一些。

常覺得屈原的俠氣是很重的了。真正的儒者都該是俠骨崢嶸，「可以託六尺之孤，可以寄百里之命，臨大節而不可奪」的。後世的草莽江湖裏，若見到暮野上孤劍獨行的影像，低垂的帽簷下緊壓著冷芒流閃的眼睛，三尺龍泉上掩不住的殺氣冷霧般森然透鞘而出，料知劍上沾滿的多是天下無義丈夫的鮮血；若非仗恃著屈平怨氣的馭發，便是抱恃著眾醉獨醒的寂寞了。雖然，草澤湘間的兵刃相見，常只是倔強不屈的一種流變，抑或僅是不平之氣的迸裂而已——

那一向常想起兩句詩來：「結客四方知己遍，相逢先問有仇無。」乍讀時候，竟不知是否應當慘笑如泣了。如果數十年江湖浪蕩，草莽漂泊的結果，竟是必須在這刀光劍影之中去攘臂掙來破滅而且寂寥的生存，而後雨青燈下獨自檢點殘酒中深藏的疲倦，否則竟怕把臂論交之後，發現對方竟是該當刀兵相見的仇敵，卻該是一種怎樣諷毒入骨的無可奈何呢？

雖然，亦可以把這種感情視為江湖間坦率樸野的任性，或是自命為光明磊落的俠氣吧——磨牙吮血，殺人如麻，而今仇遍天下，我豈有功夫去記你小子姓什名誰，與我有仇無仇！且報名來！有仇則立見生死，無仇且攜手尋醉——雖則我寧願承認它僅是一種樸野放獷，一種任性驕縱，然而即使是這樣率性而為的野氣，在我們今日這多蒼白、多瘦弱、多典雅甚至是多冷靜的時代裏都已難見到了。更何況是真正的俠者呢？

於是份外想念起屈原來，想見他枯脊清癯的容顏上必有一對燃燒的眼睛；若不是一念轉折使生命自絢麗奔放歸入平淡冷寂，也必會出現在漁父身上的一對眼睛。本來儒道間相關本質的傳承，也只有潛藏於性靈中的真生命才能解釋。然則流落至今，所謂真性情與真生命，常只容得我面對一頂竹笠憑空去追想了。

而性靈生命本無所謂悖斥，只有呈顯風貌的不同。此所以同樣一頂笠帽，在漁父是用以拒斥風雨炎陽的器物，在江湖中人則每用來掩下他刀削樣的額頭下一對冷電般的目光。雖然眸中所藏的情感常在閃逝之間透出不屬於江湖的訊息來，恰似我每愛擊節吟詠的一段詩：

當我死去，請
不要為我丟擲
貞潔的白花
只因我不願被人窺見
我的多情如窺見我的
殺機隱隱。

2.分析：

(1)意象、酒、傘、笠帽。
(2)主詞省略，古典承祧成份：詞語如清曠自如、掩卷忘機、神遊物外、深思索默、精浮神淪，韻文引用如：閒愛孤雲靜愛僧。
(3)首段之後出現切頓，形成起伏，強化感受。
(4)類疊句：愛神話、傳奇、豪情、戀歌。轉折句遙想……抑或。想像形容如洪荒中流來、弓弦上奏響，浪莽放獷，韻文引用如玉碗盛來琥珀光、小槽酒滴珍珠紅。

(5)句法的轉折與層纍：轉折如「雖然……然而……更」「雖然……即使……然而」層纍如「也許……抑或……更或許……」。

(6)類疊句（酒、香、書冊、燈火）。動感如：破紙飛出。佳妙在詞語使用修飾的剛柔相濟：剛性如醉後舞刀、青衣笠帽、劍穗翻風、疾雨中蕩舟出海的浪莽俠情，柔性如嬝嬝柔柔、幽寒透衣如水。

(7)雨的音響感與古典響屧廊的聯想。

(8)視覺美顯示鮮活，結尾形容極具輕柔之妙。

(9)「稜稜架起」形容新穎鮮活，而這一段中的擬人亦屬佳妙，尾句音響好。

(10)「是不是……否則」句法好，傳達出懷鄉與懷古的意象。

(11)由愛物（傘）之情引發現實人事，由景的想像引發作者敏感思緒。

(12)買傘舊事與鄉居經驗憶念與感觸相溶，前者憶景的鮮活與後者悵觸對比深刻。

(13)抒情之後的理念，絕無永恆的人生至理。

(14)笠帽意象以擬人引發後段對屈原「知其不可而為」的懷想景羨。

(15)標舉儒者形象內質，以之與後世使者相較，顯示豪氣與豪雄攘爭之後的寂寥，部分也表徵了作者的不平。

(16)表現人生無奈之情，寂寥感受深密，諷毒入骨形容無奈最是深切。

(17)古典意象（李白蜀道難句）與粗獷現代詞語並列，歸結到對現代人偽弱的反諷，引發後段對古人真性情、真生命的追懷。

(18)理念的剖明，詩句自剖深刻而特殊。

# 四、作品例舉

## 戈壁：水念

相信影響決定人生行事的是性格使然，又因常做一些作品析評的習慣，所以有時也會把自己拿來分析鑑照一番。

不喜歡山，一想到山就警覺到汗出的膩熱，心情頓時就煩躁起來。儘管對它的寬厚沉穩博大十分欽服，但明知自己絕不是什麼木訥近仁的載道之器，也就釋然地將一份崇「高」之心止於「仰」界。

不敢狂言是樂水的智者，只是由衷地想著要去泳游其中。除卻那份清涼爽快之外，它的動感或與我的急性子有關。乘風破浪固屬豪力馳騁的快意，而錦鱗的奮躍逆游，可不是又象徵著生命突破肯定的意義？

最早的水緣是汨羅江畔的故鄉，志士才人的抑悒精魂長沉於此，那是一條千古嗚咽的河。是我飲著長江之水長大，曾沿著長河之湄流浪溯游向上，到過金沙江的點點黃金之岸。童年少年，夜夜在浩盪江聲的懷裏入睡；如今，我是一枚過淮脫水乾枯的枳，念念不忘的無非江南的水色青青。我之所以愛水，只因我所生所長，原本就是在那一片水鄉澤國啊！

喜歡水，也喜歡水液、水滴。

不喜獨酌而喜聚飲，忮求以一仰脖子亮出杯底的乾脆來表徵我的率直爽朗。酒興之下，或許能暫時卸下偽俗的面具，亦或能有豪情之起。那麼，「拼卻醉顏紅」的有膽無量也就值得了。即使沒有紅袖的殷勤捧鍾，純男性距離的接近也已能快意。可惜的是，使我一直記得深刻的有李演賀新涼裏的一句「人世間，空熱我，醉時耳。」每每就在酣熱之際冷然翻出，酒熱不長，醒後的空寥更重。一如不忍夢醒而寧願無夢，也曾想過要與這種短促而必然成空的情感刀斬永絕，又警覺到那仍是變相的逃避，至少我還能以勇決在酒後去清醒地面對空寥吧！因此，我雖不至於日日病酒，但也不辭那偶然一度的空熱與寒涼。

喜歡雨，眷念著童年時雨中遊西湖的印象，又為那古老相傳的故事感動難忘，雨景裏，常就有霧般的想像織起……，那是西湖，江南水鄉裏最最明麗的一泓：翠堤湖光掩映在煙雨迷離裏，許仙的傘下，白娘娘的縞袂勝雪，是她在以明眸的流轉凝睇向許仙示愛。借傘不是巧合邂逅，而是女仙意料中的安排，為的也不只是報恩，而是她觀照到苦樂相生之理，不辭來蹤跡人間，甘願以經歷苦難來換取一點相生的快樂。想她的為情跋涉，遠赴靈山盜取仙草，以她的汗血淋漓與神兵神將苦鬥鏖戰，交代的不僅是情愛執著的印證，更是她生命動力的充分揮發，存在意義在她充分運作付出的迸現裏獲得了肯定，比起她和青兒出入仙洞無所事事的空虛生存來，確實是充實得多，有意義得多了。而這些，凡俗懦怯的許仙不能了解，自以為是的法海更是既陋且固的冥頑不靈，他何曾想到過要去尊重一個追尋意義突破的生命！他所秉持排拒「異類」嚴守畛域的理念，看似合理，其實卻是越俎代庖基本的謬誤。

白娘娘水漫金山寺，滔滔巨浪無非她情愛委屈的淚水決流，更是她為人性扭曲的可悲所作的悲壯指控。西湖水畔、雷峰塔壞，千百年來，夕陽蒼茫之下憑弔低徊，仍能想見她白袍血刃的英姿顯現，感到她沉沉幽恨的亙古綿長……。

我的感念如塔矗起一層層的不同：底層是屬於一般認知的感性基階，尊重人性裏情愛的本質，為這場悲劇付與悲憫同情的唏噓。上去一層，是為感性與理念之間的隔層，龕裏神像的臉，一半是悲一半是喜，告訴我一體兩面的苦樂生之理。樂的獲取即在於追尋的歷程與未得；美感的光照即在於它的短促與不全。再上一層，那就是理智的殿堂了，白娘娘莊嚴的塑像在此，白衣燁采，宣示她依循人生追尋——歷難——獲得的原型線路所經的里程。世世代代，想到英雄賡續著有目的、不盲目的奮戰，儘管不成，而人類的良知卻因此攪動而漸昇漸明，人類社會，遂能遏止倒退突破停滯而調適向前。

雨霧裏我構築的思想塔層，起念雖仍是企羨情愛相知的渴欲需求。但隨著它的層面向上，我也能有蛻變的自覺，了解到那底層的耽迷不但不必，甚至也是不該的了。

最愛的是豪雨傾盆，大自然悒怒的迸發：電光是它巨臉森厲的刻弧，雷聲叱咤，千萬甲士鐵騎衝鋒的鼙鼓震響，盞盞鐵蹄撥開冪天席地而來，勁矢咻咻射下，橫決掃盪芟薙斬伐，滂沱起地面上嘩流著的一道道溝泓。

有什麼能比得上這種迫使萬物慴服的快意？想想歷史裏的志士才人，當能也與我一樣地具有同感。廣武山頭的阮嗣宗，那種「時無英雄，使豎子成名」的抑悒蒼涼；落日樓頭的辛稼軒，屬於他「把吳鉤看了，欄杆拍遍，無人會，登臨意」的孤憤，是否也曾在大自然如此龐沛的發洩之下，能有一陣子悒結的紓解？

我們正走著前人行過的轍跡，他們的前導與我們的賡續原本是一條恆長不變的路。果若人能死後有知，他們是否能為吾道不孤而稍慰？而我們呢？是只能順應地循行舊道，還是果能另闢新路？

嘩瀉的雨水能夠滌除悒悶，但那被命定嘲弄的人生無奈悲情，究竟要如何才能消除或改變？

## 五、參考書篇

隨吟記　柯翠芬　晨星出版社

明天　楊昌年　幼獅文化事業公司

# 伍 連綴體散文

## 一、特色

連綴體散文的發展源頭是詠物，在古典文學的範疇中，詠物詩文所佔的比率很大。它的來源出於荀子的賦，抒情、說理、詠物，本是文學的三大主流。屈原、宋玉的作品偏於抒情；荀子的賦，說理詠物兼而有之，可說是三大主流二出於荀賦，只有抒情一線，是源於楚辭的屈宋作品。

就人生之理言：天地不全，人類絕難十全。重要的是身為萬物之靈的人類，能在有生之年去努力求全，雖未能達到「完人」的絕對，但改進的方向正確，能夠鍥而不捨地自我要求進展，這一種心正是人類高貴屬性的表徵，就人生意義的建樹言，它之所以可行當行正是不移的鐵則。而在人類自我調適改進的過程中，常藉著對物象、自然的深入究明，從而省思悟得之物象、自然的引申意義，用以為調適進展的學習範本。如向自然學習：山的寬厚博大，水的流動進取。植物方面：如蓮花出污泥而不染的君子豐標、歲寒三友經寒淬勵的健堅，竹的中空謙遜而有節有格。動物方面：如蟬蛻的更新再生，精衛填海永恆的決志，以及錦鱗逆游，以生命動力充份的揮發來要求突破……許許多多物象、自然的特性，省思之後，常能感染人類，引發學習，調適的動機，這，也就是「格物」、「致知」的道理所在了。

連綴體散文題材常是物象與自然，這一類散文創作，也常因與詩化、意識流相綜合而不無雕琢之跡，有時也會產生模式之弊，是以必須注意事件敘寫，以濃後之淡的效應來要求更趨理想。

## 二、表現重點分析

㈠片斷分割的原則：依作者敘寫的層次前後，或依作者敘寫項目之不同而定。
㈡子題片段應均可歸納在散文主題籠罩之下，各片段並構成為主題線路上重要的環節。
㈢子題片段常呈平行方式，以表現其相等的份量。亦可設計以圓形方式（首尾相連）表現。
㈣各子題片段之間，可能使讀者有比較及層進的感受。
㈤詠物、敘事、狀人、寫景均可，以人、物、景、事、事傳情，而由情及理。常於物象描述之外寓以情理。
㈥要求情理並具，最少必須有情。

㈦敘寫者可採第一人稱。

㈧表現包括敘寫者的意識流。同時也有古典與現代揉合的功能。抒情時可與詩化合，敘事感覺時使用意識流。

㈨注意到詩化句型的修飾，以及各種修辭技巧之夭矯使用。形容過濃時以事件的敘寫來謀求淡化。

㈩結尾注意有餘不盡。

## 三、作家作品例舉分析

### 杜十三：室內（節錄）

1. 文例：

椅　子

其實大部分的時間，那一張擠在客廳角落的椅子，和其他的家具並沒有兩樣，只是自從添進了一套華貴的沙發之後，那張椅子卻突地顯得陳舊、孤獨了起來，也因此吸引我對它產生了一份奇特的關注。

細藤編成的椅墊，已塌成一個下陷的盆形；撐住椅墊，以優美的弧度弓起的椅把，因久經撫搓而現出光澤；而有著高貴造型，以嫩藤密織而成的橢圓形靠背，也在服侍過無數個舒適的仰躺之後，隱約印出一個頭顱大小的凹痕——我突然發現，這把古老的椅子正是我們家族二十年來坐姿的綜合雕塑。

首先是老祖母在世的時候用它歇養老年的寂寞，讓那細緻、平穩的藤織線條，順著她臃腫的臀，貼著她龍鍾的背，擁著她看朝陽、看晚霞，陪著她穿透深邃的記憶，回味古老歲月中的一些悲歡離合。而後，是不得志的父親用它來支撐失意後的空虛，讓那柔軟、堅韌的質地，撫著他那滿佈傷痕的身心，使他能夠更愜意的吞雲吐霧，啜品香茗，順便摹仿那高貴的座形，擺一個儼然不可一世的姿勢……。

椅子把一切都忠實的複印了下來，直到祖母和父親先後去世，直到添購的新沙發把它擠到客廳不起眼的角落裏。然而，隨著世事多變，喜歡思考的我，卻也提前喜歡了那把椅子。

昨晚燠熱，我把椅子搬到陽臺上納涼，面對著滿天的星斗躺在椅內陷入沉思。

夜深之後，我彷彿置身舞臺之前，順著椅背舒適的四十五度仰角，看到了三十年前烽火漫天之下，一片片的斷水殘山，一幕幕的生離死別。

床

年輕的時候，我想，那應該是一個用來沉澱一天的疲憊、悵茫、幻想、激情，而在夜深之時慢慢結晶成夢的地方。或者，它是當你用一身的酸楚或遐思敲叩，卻默然不響一聲，而在你全然不知的時候，再悄悄帶你進入另一個瑰麗世界的，一扇奇異的門。

而當有了真正的愛情之後，我體會到，那原來也是兩個情人同時交出夢來，再用全身充滿願望的細胞，努力使兩個夢融成一個夢的地方，而後，它又會變成一扇門，用來迎接一個新的生命。

然而，在一個偶然的機會，我卻很難過的發現，那竟然也是一個人用來清繳一生榮華富貴，或是困苦折磨，最後踏出的一扇門。

至此我才了解：出生的時候，那是扇只有入口的門；年輕的時候，那是扇可進可出的門；而到了老年，那卻是一扇只有出口的門了。

進出人世之間隔著冗長的夢，只有一張床，卻又隔成了夢裏與夢外、世外與世內。只是夢可進出，人世卻只可進不可出，或是只可出而不可進——有了這樣的頓悟，我準備當我的兒子問我什麼是「床」的時候，一本正經的告訴他：

「床，有三扇門，是室內使用的寓言。」

## 窗

想她的時候，我會一個人獨坐窗前，點一根煙，藉嫋嫋的煙絲遣散一些愁緒。

而星空、流雲、落月、霞光，歸鳥、斜煙、雨霧、雷閃，那些往昔曾經數過、畫過、嘆過、醉過，甚至喊過、追過、淋過、驚過的美景，隨著季節流轉，又一幕幕的輪番回到我的窗前，不同的是，由於她的離去，窗裏的一切，也減褪了它們原有明犀的色彩、姿態、冷暖與明暗……。

而窗卻像一張癡情的臉，每當我思緒難平，就悄悄來到眼前和我默默相對，似乎企圖使我回心轉意，再恢復從前對它那般詩情畫意的遐思。

而我知道，愛情失去的時候，詩情畫意的遐思只有增加痛苦。多年來對她思念的折磨，已使我學會在面臨任何美景的時刻變得更冷靜，不再輕易的讓過去的時光和眼前的景況產生任何的糾葛。因此，面對著窗，我通常只是單純的渴求一片陽光，或是一陣清涼而已。

可是多情的窗卻從不只這麼想，它認為它有責任讓我把世界看得更精緻，看得更美麗，總是固執的展開嫵媚的時空座標，硬要以簡潔的方圓尺寸讓我看懂室外風景的深度，再以鮮明的晝夜度量讓我體會歲月優美的寬長……。

於是拗不過窗的執著，今夜，我打算以撫平的心為紙，為離去的愛人寫首最好的舊體情詩——以月升月落為平仄，以風起雨歇為韻腳，而格律，則取自窗的尺寸與座標。

## 燈

想知道愛情，就打開夜；想知道夜，就關掉燈。

這是多年以前，一個老朋友對我說過的一句話，可是我卻不相信，甚至覺得有點可笑，因為對我這種冷靜，謹慎而實際的人來說，只相信擁有一盞不滅的明燈，才可能把事情看得更清楚，進而避免一些不必要的差錯。

對愛情，我一向也是持著這種看法，因為愛情有如惑人的夜色，總是以若隱若現的姿態誇張她的神秘與嫵媚，進而趁人迷糊不清之際撩撥你的心弦，叫你衝動而不克自已——無論如何，我是絕對不可能讓自己犯上這種不可原諒的錯誤的。於是看書的時候我點燈，用餐的時候我點燈，甚至於聆賞音樂、觀賞盆景……我都無不把燈打得通亮，因為唯有如此，我才能明察秋毫，把事物看得更透徹，進而發掘一些旁人未曾發現的細節而沾沾自喜。

然而我的愛人卻不喜歡我的這種態度，因為每當她來看我，就急忙把室內的燈關掉，再換上一根小小的蠟燭，硬要我陪她在一片朦朧之中欣賞所謂的夜色。可是除了燈暗之後在窗下突然顯現的一片月光讓我感到驚喜之外，那一幕灰暗的夜卻依然使我難受。忍不住說了幾句掃興的話，加上一番爭吵，她終於生氣的離開。

當她臨走的時候，我要她把夜也一併帶走，只見她憤憤的打開燈，順便取走了灑在地板上的那片月光。

從此，我失掉了愛情與詩意的生活——這是我至今仍然感到懊悔的一件事。

## 神位

在室內至中，面向日月之處，有祖先流傳的莊嚴神位。
而所有的擺設，包括門窗桌椅，床燈鏡子，都得以神位的坐向為指標，安守一個吉祥的位置，以構組一個風暢如水，清平融合的和諧空間。

我不是一個迷信的人，也不見得相信天堂地獄輪迴之說，然而每逢晨昏，我都不忘虔誠的燃一炷香，奉幾杯水，在嬝嬝的煙漫和瓶菊的清芳中，面對著諸神默拜禱唸，只為了祈求一片清明透徹的寧靜，並感念列祖列宗源遠流長的血脈，匯成了我的形體和血肉。

三十多年來，這個曾經歷經病苦饑渴，雨淋日曬霜凍的形體，已經慢慢的茁長壯大，並且秉承生命的信仰，依照神的旨意，構築了仿造天地的內在世界——包含了人世的性情、回憶、情懷、修養、愛慾、理性與智慧，就像室內端正儼然的家具一樣，在神位的周圍恪守著方位，隨著日月星辰的規律而運作。

因此，神位乃是室內的至尊之位——這也是老祖母在世的時候，時刻將祂打整得一塵不染，日夜以唸珠朝誦的緣故。

中元之夜虔誠的祭過眾神，之後，卻因思親心緒紛雜，久久不能入眠。隱約中又聽到了老祖母敲擊木魚誦唱梵詩的聲音，於是，我匆匆起身來到神位之前。

而諸神也在此時紛紛的趕到，鍾馗從門外走進，李白從窗口跨下，孔夫子離開了桌子，父親從椅子上站起；而普羅米修斯也打開了燈，丘比特走下了床，最後，道行高深的釋迦牟尼，莊嚴肅穆的從鏡子裏走出。

2. **分析：**（依子目序）

(1) 由古舊的椅引發憶念，祖母暮年的寂寞與父親壯歲的失意空虛，想像到祖母曾在椅中藉著回憶溫習度日，父親曾在椅中自我天地裡構築假象平衡。物是而人非，當敘述者提前喜歡，使用這張椅子，沉思之中椅的經歷、人事、世事滄桑穿透時空在眼前重播，烽火漫天，斷水殘山的劫難已過，家人的生離死別傷情沉重，淋漓的感性自可引發具備經歷的讀者們的共鳴。

(2)由床的聯想勾劃出人生原型，前後三段時期歷歷分明，一如蔣捷〈虞美人〉詞中所述：經過歌樓聽雨，紅燭羅帳的旖旎少年，到客舟聽雨，江闊雲低，斷雁西風的壯歲奔波，努力事業，終至於暮年僧廬聽雨的由飛揚而潛沉。人生命定的軌跡必然如此，陪伴人類半輩子的床，必然的經歷也是如此，人在床上出生、休眠、與所愛的人圓夢，創造新的生命，最後多也在床上結束死去。

(3)由眼前景而生心中情，過往的景與過往的情事相揉，離情懷念本是千古不變的素材，源於人事變遷的無奈與人性中有情的共性，雖然鮮明的晝夜度量已不是古典文學中漫長年月的孤寂憶苦，撫平的心已顯示自我的恢復，但憶念仍是難免，是一種折磨，也是一種有過而且值得回味的享受。

(4)美感存在於朦朧，忌諱明朗，人生感覺原理是如此，也是文學表現原理之一，在人性原型言，人與人間，再親近的也必需要有距離。而朦朧正就是一種距離。

(5)一室之中的精神統馭所在，居住者心靈的歸依，這一段是全文的總結，作者意識的中心，不是迷信，而是體悟到人生傳承薪火的意義職責。

# 四、作品例舉

## ㈠簡媜：只緣身在此山中（節錄）

### 山水之欸

清晨，薄如蟬翼的清晨，我不敢貿然去踩徑旁一宿的躺葉，怕脆碎的聲音太響，驚破這一匹尚未捲收的蟬紗。

深深地吸吮，沁入了山之閨女那冰清的體溫，我不敢貿然地傾吐，怕隔夜的濁氣污染了這靈秀的山間。

夾徑，接引佛依然以不倦不懈的手，日夜垂念那迷了津渡的眾生。我停佇、問訊，覷他那不曾闔的眼，覺念他是這山這水這世間唯一的清醒者。而此時，醒著，看我，只不過一個愚昧的路人，敢來迢迢領這份山水之情。

迎坡之後，竹如簾。不是風動，也不是心動，是簾上湘繡的竹葉不自覺地在翻夢。是否，有那樣的靈犀與我相契，同夢遊這山林的曲折？

憑欄，才知「登高可以望遠」不是古人詩句，而是每一個欲歸的心靈的高度！那山邈邈，如玉石鎮了這世間的晨、夜，那茫茫的，是不是一匹清水要兒女情癡？

正凝眸，從山的背後探起一條光芒，慢慢地攀起山尖，彷彿還不及撲塵，便滑落了時間這塊裏帕，向人間擲來一顆七眩寶珠！一時，寶珠的顏色溶著，渲染出滿幅的山水畫彩。

高屏溪的身姿靈活起來，一如醒來的白蛇。溪太長，身子就止不住要婀娜，柔媚似的秀髮，又安穩如絹帛。

山在水裏，日又在山上，便傾倒了一筐金屑，浮動於水中。我正癡想，這不小心跌落的金屑該如何淘洗時，一葉扁舟划過。不見有釣竿，也不見有竹簍，過眼時，便被他拾去許多沙金。而他仍是悠悠一撐而過，彷彿不知自己沾染了一身金屑，真是得「無得之得」！這溪水頓時成了一部金剛經，而他，是好一個須菩提！我因而欣羨，他是這樣富有的人。

有鴿群迴天飛去，那蟬紗果然已被捲收。遠遠的山頭，傳來打板的聲音，我知道寺院的師父們又要挑起一擔的工作了。

才回身，便感覺竹葉如醒張的隻隻鳳眼，隻隻把我看成一身壁上的遊影。

## 月牙

山中若有眠，枕的是月。

夜中若渴，飲的是銀瓶瀉漿。

那晚，本要起身取水澆夢土，推門，卻好似推進李白的房門，見他猶然舉頭望明月；一時如在長安。

東上的廊壁上，走出我的身影，嚇得我住步，怕只怕一腳跌落於漾漾天水！

月如鉤嗎？鉤不鉤得起沉睡的盛唐？

月如牙嗎？吟不吟得出李白低頭思故鄉？

月如鐮嗎？割不割得斷人間癡愛情腸？

唉！

月不曾瘦，瘦的是「悠哉悠哉，輾轉反側」的關雎情郎。

月不曾滅，滅的是諸行無常。

山中一片寂靜，不該獨醒。

推門。

若有眠，枕的是月。

## 天泉

所以，第一聲雷乍響時，我心便似虛谷震撼！

好一陣奔騰的雨，這山頓時成了一匹大瀑布，泉源自天！

從寶藏堂的冷氣中出來，那一身封骨的冰，逐漸化去，彷彿化成了一灘水落地嘩嘩；重新披上山涼這件衣裳，筋骨也輕了幾許，可以羽化了去的感覺。

奔雨如簾，有人正穿過，是哪一位戴著斗笠的師父？一襲長衫不急不徐而過，彷彿寬袖裏藏著好風，一行一履那麼不輕易踏破水珠就去了。

急躁的是燕，忙著穿梭，惹得簾珠子搖撞不安起來，大約是收那攤曬的羽翼的吧！雨線一斷，雨珠更是奔灑了。

大悲殿，遠遠望去，猶如坐禪的禪師，在雨中淨塵。也許，合該要參一參這天泉，源自何方因緣？而這一身塵埃，又是自何惹來？

身上之塵易淨，心上之塵卻是如何淨去？當年神秀的「朝朝勤拂拭」，雖是一番勤功夫，卻想問他，既然朝朝勤拂拭，怎麼又有朝朝的塵埃呢？

也許，塵埃就生自那一念「我身之執」，世人誰不喜光鮮亮麗地把自己扮將起來，總希望走出街坊是一身出水的模樣，引人讚嘆、稱羨……。如此，就塵封了。

菩提非樹的境界，我懂的，難就難在不肯承認自己也是「本來無一物」，彷彿這一畫押，就被判了死刑，往劫不復了。

其實，又有何不能認了的呢？就像眼前這雨，燕群是未到認取雨簷風宿的道行，忙不迭地就要往往返返，患得患失；那師父已是如風如雨了，也就任其自然，一路袖藏。

重新披上山涼入髓，眼前這天泉，我是認或不認呢？

## 竹濤

據說，十五年前，這片山是一園麻竹，兀自青翠於如此窮鄉僻壤。

我想像，那時候的天色也很清朗，晨曦從竹縫中透來的時候，鳥兒早已啾啾，滿山滿谷都沸騰著一鍋晨歌，鳥兒的，松鼠的，山貓的……，唱得十分熱鬧，但這些是沒有人知道的。

偶而，有好事的人，頂著斗笠，提著柴刀，來山中尋幾枝春筍回去。那時候，蛇很多的，綠粼粼地盪在竹枝上，稍一眼花，真要當成嫩竹綽約的呢！風一過，竹葉是「梭梭」地起濤，蛇族們是「滋滋絲絲」地協奏，真像管絃！因而，山下的孩子們，雖有愛打野果的，但也少到這兒來，怪荒涼的！

十五年前砍下第一根竹子的地方被埋進了第一根柱子。山石「哐啷」地碎著，參天老竹「咿歪」地睡著；日依舊昇著，月依舊西沉。第一聲鳥鳴啼出了清晨，這已是十五年後的大雄寶殿。

不祇山下的孩子們，連更遠的善男子善女人，他們也專程而來，不是來尋筍，來聽竹，而是三步一拜「南無本師釋迦牟尼佛」，朝著心靈的淨土。

如今，我尋著山路而走，深邃的溪澗兩旁，還留著鬱鬱的古竹，在山嵐裏，有的如虔誠的信徒，參天而拜；有的如觀世音菩薩，俯首垂聽一切眾生……。肥嘟嘟的嫩筍迸地而生，一日日地抽壯，在空谷溪聲的回音裏，交付了成長的聲音。

竹，長成了一節節的立姿，也應是記載了一節節開山闢境的傳奇，我極力欲觸出竹管所見證的辛苦歲月，但我掌上儘是一逕的溜滑感覺；我希望探看地上凝固的斑斑血汗，但那血汗已滲入春泥更護花，只留著一條條平坦的道路，供後人在此閒步、在此靜思、在此嬉笑……。

但，當我閉目，聽風起濤，彷彿一波一波的浪，湧動著一年又一年的艱辛，流入於我的呼吸與胸臆之中，為此，我不禁微溼……。

再細細聽，竹濤不再是竹濤，而是遠遠近近的聲聲梵唱。

## (二)簡媜：有情石（節錄）

### 紅磚石

紅磚，給我安全與溫暖的聯想，因為我的家，就是用紅磚一塊一塊地疊起來的。

那年，爸爸請人在後院的空地上加蓋幾間屋子。卡車把紅磚載在大馬路旁，我們得用手拉車去運回來。我雖然年紀小，也愛湊熱鬧，捲著褲管，跟在大人後面猛跑，彷彿沒了我，這天大的事情就做不成一般。那時，一塊紅磚，對我而言，簡直是又大又重，但我還是緊緊地用兩隻小手抱給爸爸。他偶而的幾句讚美，我就有無限的光榮及雀躍不止的參予感，於是，喜滋滋地再去抱一塊。那時候路上的兩溝手拉車痕陷得十分厲害，磚車一拉過，便顛簸得左右搖擺，我也和大人們一起吆喝著使出全身的氣力去推車，任憑米粒大的汗水像小雨一般地落下來。有時累了，趕不上大人的腳步，他們便會叫我坐在車上，一路顛簸著回家。我兩隻小手總牢牢地按著磚塊不放，深怕它掉下來碎了。那幾日，搬磚、洗磚是我每天的大事。眼看自己洗過的磚塊被蓋房子的師傅一塊一塊地疊成屋子，那股興奮的勁兒，至今仍是難忘的。因為對紅磚有過這樣親切的經驗，覺得一磚一瓦都有自己的小汗水漬，所以，再怎麼說，也是自己的家最溫暖、最可愛的了。

如今，十多個年頭過去了，爸爸也去世。當初幫著爸爸粉刷的牆，在歲月的侵蝕下，隱隱地露出磚塊的暗紅。獨自撫摸著斑剝的牆壁，那股早已灌注在血脈裏對於紅磚的認同，自心深處洶湧而至。環視著四周老舊的牆，一股強烈的情感震撼著我；紅磚，疊出了家的堅固，而我，要用最熱烈的顏色，再次粉刷出家的溫暖，如我的爸爸一般。

## 洗衣石

只要是一條清澈活潑的河，河岸上總不乏有幾塊粗平的大石頭。你猜是用來做什麼的？如果你在鄉下住過，你一定不難猜到。是用來洗衣服的，對吧?!

小河總愛曲折地拐了老大的彎，從上游竹圍人家的門前溜過，再穿到中游誰家的菜園子借個路。最後，嘩啦啦地向下游人家打聲招呼，便不知去向了。我們家那條河，就是這樣可愛，總有活蹦蹦的水從早流到晚。所以，左鄰右舍們，情願擱著抽水馬達或自己的井不用，彷彿都立了契約似地，一大早就一臉盆一水桶的衣服直往河邊端，後面還跟著兩三個拎洗衣粉、拿刷子肥皂的小丫頭呢！那簡直是朝會！各人佔了一塊石頭，便浸的浸、搓的搓，開朗的笑聲一下子就把晨霧撞散了。有時上游的人拉直喉嚨往下游喊，下游的村婦們便你一句我一句地回她們，又簡直是廣播電臺嘛！我和妹妹，那陣子也迷上到河邊洗衣。倒不是河水多乾淨，主要是湊那份熱鬧。有時去得晚，大石頭全被她們佔光了，我們也捨不得走，蹲在河邊支著頭，聽她們一會兒高聲喊，一會兒嘩啦啦地笑，一會兒又緊張兮兮地湊著耳朵在竊竊私語，彷彿怕小河把她們的聲浪衝到下游去，被下游的村婦們撈到了一般。等到有了空位，我和妹妹便加入她們的行列，一面搓衣服，一面聽河邊消息，好不快活！

那時，我和妹妹有個協定，我洗上衣，她洗褲子。每每比賽誰先洗完，輸了就得晾衣服。我都想辦法勾引她講話，趁她嘰哩呱啦的時候，悶不吭聲地拼命洗。有時被她識破了陰謀，她便瞪大眼，歪著嘴巴，罵一聲：「小人!!」然後兩三下就把一條褲子洗完。我不服氣，從桶子裏把褲子拉出來，翻給她看：「這就叫乾淨了?」她也不服氣，拉出來上衣，指給我看：「這也叫乾淨了?」最後，還是不比賽，慢慢搓慢慢揉比較舒服。但是爭執還是難免的，碰到被單之類分不清楚上下時，便不知道該誰洗了。

「這是你的。」她推給我。

「什麼我的?!腳就不用蓋呀?」

「上半身蓋得比較多，是妳的。」

「誰說的?腳比較長，腳蓋得比較多。」

「亂講，我比給妳看!!」她真箇站起來，張開拇指與食指，從頭量到腰，再從腰量到腳，發現是該我洗的沒錯。以後有被單，就全歸我洗了。

雖然如此，那時，能一大早到河邊石頭上洗衣，便是了不得的享受哩！

河畢竟會乾旱的，大家也不到那兒洗衣了。只有看見誰家竹竿上晾起衣服，才曉得誰家媳婦洗得最早。有次我和妹妹打河邊經過，順便在半枯的河裏洗腳。我問她，那陣子洗衣服，有沒有發現我出了一點小紕漏？她搖搖頭，我抿著嘴打從心底笑起。我要她猜，她猜不著，我告訴她：「我啊——把阿媽上街用的那條大紅花巾給洗走了——」她恍然大悟：「好啊，原來是妳——」我噓著嘴，和她笑個不停。暖和和的陽光下，再次揚起水波，那閃爍的水花在乾裂的石頭上躍起，雙手摩搓著石頭；一陣陣沙沙的聲音，彷彿是石頭在說：嘿！我老早就瞧見了哩！

## 石明

這種石頭很奇怪，畫在水泥地上會有顏色，大多是黃的，所以我們小孩子便叫它「石明」。那時，幾乎每個人都將它當成寶。從門前小路一直撿到大馬路，裝得滿褲袋、滿口袋，手裏還捧了一大把，回到家裏，統統倒在牆角，又一溜煙地去撿了，還好整條路不是這種石頭舖的，不然也會蠻勁地把小路拖回家的。

我記得很小的時候，家門前剛舖了水泥曬穀場。爸媽雖然告誡不能踩，但我看到小雞小鴨悠閒地在上面闊步，便也好奇地下去踩看看。踩了不要緊，又不曉得哪兒來的靈感，摸出一塊「石明」，便跪著開始作畫。那簡直是我有記憶以來最大手筆的一幅創作，海闊天空地，從東畫到西，從西畫到南北。雖然自己也看不懂在畫啥，只曉得愈畫興頭愈高。直到爸媽回來，一看，不得了，臉色大變，媽拎著我撳在膝上猛打屁股，全不理會我哭得死去活來。現在曬穀場早已硬幫幫的了，如果仔細找，除了幾隻雞爪鴨腳之外，搞不好還有一個半個我的腳印和畫痕呢！

這麼恐怖的繪畫經驗並沒有嚇壞我，看見雨水一來，把場子洗得乾淨，曉得就算場子全畫滿了，也有老天爺來洗，於是搬出一大堆「石明」，鮮黃的、鵝黃的，還有黃裏帶點橘的，全用上了，年齡稍大時，愛畫布袋戲裏的人物，一群小毛頭，蹲下來便畫到天昏地暗才休手，後來，看了幾本童話，又開始畫公主、王子，小腦袋裏，總想像公主是如何地美麗，王子是如何地英俊，王子又是何等地愛著公主……，想到心花怒放時，一發神經，便捏著石頭，把公主、王子的小手全牽在一塊兒啦！這大概是我最早年齡的憧憬愛情了。

家裏一發現牆角邊堆著石頭，罵幾聲，便全部掃出去，遇到這種情形，是最肝腸寸斷的了，嚎啕大哭不打緊，還死賴在地上不起來，除非告訴我扔在哪邊，自己才止住哭從地上翻起身，兩隻腳啪啦啪啦地趕緊去撿，深怕被別人先奪了，那時，愛這些石頭愛得要死，抱了一大堆，蹲在水井旁邊又是刷又是磨，把磨刀石上的沙質幾乎要磨光了，媽媽提著菜刀要來磨，發現厚厚黃黃的石粉泥，刀子一過，就刮起一層，免不了又是一頓掀屋頂的罵。我可全不理會，照樣把「石明」磨得圓圓滑滑地，擱在抽屜，有事無事，就欣賞一番。

雨天時出不去，蹲在家裏堆穀子的那間房畫。有時，竈裏燒木炭，黑黑一塊，以為也是黑石頭，拿了好些塊，裏裏外外畫個痛快，黑嘛嘛東一團西一團，被鄰居阿婆看到了，拉直喉嚨嚷個不停：「夭壽！」這回是阿媽趕出來，隨手竹竿一抽，追著我滿場子要打。嚇得我以後乖乖只敢用黃石頭來畫。唉！良心說，有哪個畫家像我一般，畫畫還得挨皮肉呢?!

上了高中，有次畫素描，同學問我：「畫得不錯嘛，有沒有學過畫?」我說：「阮甲沒那好命咧——」話說完，突然想起那堆寶貝石頭，馬上改個口，神秘兮兮地告訴她：「不過——這玩意兒，我早八百年前就玩過啦！」說嘛，這堆小石頭，可不就是我的老師?!

## 五、參考書篇

水問　簡媜　洪範

月娘照眠床　簡媜　洪範

浮雕　蕭白　九歌

# 陸　新釀式散文

## 一、特色

文學創作依題材而分的兩大線路：一是「寫實」，一是「超現實」。就範圍言，超現實遠遠大於寫實，寫實題材只使用了人類現實生活一面；而超現實題材卻有四個面：超向未來的新鮮之瞻望（如科幻文學），超向過去的借屍返魂，超向想像天地的造境設計（如童話、寓言等一切造境文學），以及超向茫昧而不可知的幽冥世界。由寫實與超現實的幅度比較可知，創作素材絕不能拘執於寫實一隅，必應善用進入廣大的超現實天地，以求題材廣度的擴展與鮮活恣放。

新釀式散文，題材使用採取超現實大向中的第二主線，使用過去的素材，以之與現代人的心態生活相互連結，產生比較，以及比較之後的調適功能。是借屍返魂，是舊瓶新釀，在舊素材中顯示現代意義，發揮它改裝之後調適人性人生的效應。

人性之中，對於形而上神秘的追尋是永恆的，現代人走著的正是死者過去的轍跡，因此，人類絕難避免回顧。再就另一意義來說，基於人生的不全性，物質與精神兩項的充盈常是不可得兼，物質豐裕而精神虛無，物質貧乏反而精神充盈。在物質文明高速發展豐裕的現代，人類的精神嚴重空虛，漂泊無依，超現實的新釀式正是彌補缺漏，糾改導正的良劑。使用神話素材以剖現人類的原型，使用舊材以與現代連結比較，作用在以過往的素樸堅苦，促使現代人驚心調適，凝聚散漫精神而重新出發。

新釀式散文，通過讀者潛意識原型記憶的引發，提供死者、舊事以之與現代讀者比較，引起讀者的省思，洗刷精神，進入更新層次。由於題材線路的特殊，它對於現代人謀求調適的效應是十分鮮明而且龐沛的。

## 二、表現重點分析

㈠有直敘神話傳說而加之以現代感受為詮釋者；亦有變型，只取其意其事而一任作者恣放想像表現者。

㈡基於人性編織夢幻以謀求平衡的常態，這一種風貌存在發展的基因是由於「神話是民族的夢」的需要。

㈢題材呈現，至今古比較之後，讀者的得失感受是：可有為物質進展豐裕便利的欣慰；同時也有得失互見，在歷史進展之中，人類精神生活反不如前的驚心。從而認知到物質不如精神，文化更重於文明。遂能有向民族精神文化回歸共識的建立。

㈣回顧的效應是民族尋根的作用，由神話的傳說溫故認知到民族的原型記憶，通過溫馨或是蒼涼的感受，均有助於民族精神的強化。

㈤前瞻的效應是保留表現了傳統與鄉土，具備有類似鄉土文學「禮失而求諸野」的效用，激引讀者對傳統與鄉土的回顧省思，用以來調適現代人的生活心態，使能自現實虛妄之中提昇回歸素樸純真，或者減低、減緩它陷溺的深度與速度。

㈥最重表現關鍵——情的充盈——，或溫暖或激越或蒼涼或蕩氣迴腸，通過人與事的敘寫，要求收到情感震撼的效果。

㈦必然的線路是由情及理。迄至結尾時，因人因事而生的情已經在不說明什麼的情形之下，自然地傳達了理念。所以，它理念的表白只是淡淡的描畫或是在裊然餘味中留供讀者自去尋索。

㈧表現講究新舊手法之交溶。

㈨意識流與敘寫相間使用。

(一〇)因屬於超現實範疇，題材不受拘限，不避免現代詞語、名物的使用。

# 三、作家作品例舉分析

## (一)王孝廉：漂與誓（節錄）

1.文例：

每年春天的津輕海峽，雁群過後，海面上總是漂浮著很多小木枝，這些小木枝表示著去年由此渡海南飛的雁，今年沒有隨著雁群回來；不歸的雁，或許是中途離散了，或許是被獵人打死了，總之是再也不會回來的了。海面上漂著的每一根小木枝都是一隻去年來過的雁，當地的人到海邊去把這些小木枝撈起來，集起來用做燒洗澡水的燃料，為的是焚化這些小枝以安息那些不歸之雁的亡魂，這就是「雁風呂」的傳說。

雁風呂的傳說是古時日本津輕半島上的居民見雁群棲息在海上，身體看起來很輕而附會產生的傳說吧？雖然雁群南飛口中啣枝的事是空想的，但也十分悽愴動人，每年三月津輕海峽上漂著來自北方的小木枝，這些小木枝是比較耐燒的，當地的人在每年三月的時候，經過了一個閉門不出的冬天，當他們聽到三月雁鳴的時候，就紛紛地出來撿撈海面上的木枝，因為這種生活的事實，而有雁風呂的傳說。是三月的歸雁使他們知道春天來了，因此當他們到海邊撈木枝的時候，自然就想到了不歸的雁，在這個傳說的背後，也深含著津輕半島上居民的淒苦生活的痕跡。

在中國東方的海面上，每年三月春來的時候，海面上也漂浮著來自北方的木枝，遠古的時代，中國人對這些漂著的木枝就做了神話的解釋，他們說這些漂在海面上的小木枝是一個葬身海底的多情少女的亡魂所化的鳥，從西山啣來用以填海的木枝，這個少女就是炎帝的最小的女兒女娃，女娃也是神話中化為巫山之雲的神女瑤姬的妹妹。

……………………………………

一隻海燕，從遙遠的西山口啣一枝木枝，投向波濤洶湧的東海，要想填平大海，是多麼感人的悲劇，精衛填海的神話，超越了時間與空間而呈現一種永恆地動態的存在，不管是什麼時候，在海邊的中國人，當他們看到漂浮在東海上的小木枝，當他們看到掠過海面而去的海鳥，他們都會想起這個古老的神話。

在中國神話中，一種悲劇性的叛逆精神曾經給後世無數辛勞役役的中國民眾，帶來無限的希望與信心，明知道追逐太陽的終點是一片日落後的黑暗，卻仍有渴死于道的夸父；明知道對方是君臨大地的人間之王，卻也有常羊山下，斷頭之後以兩乳為眼，以肚臍為口，繼續舞干戚而戰的刑天；明知道太行王屋兩山巍峨險峻，卻也有率妻帶子移山的愚公……

如果說神秘而不可知的命運或橫在眼前的現實環境是有如波濤洶湧的東海之水，那麼啣西山之木而填海的精衛象徵著一份在信心與執著之下的叛逆與反抗，這個神話的人文意義不在東海能否被填滿，而在精衛持久不懈的努力過程。晉代陶淵明在他的讀山海經詩中說「精衛銜微木，將以填滄海」就是說明了這種悲劇性的努力過程。

也許同是來自北方而漂浮在海面上的木枝，津輕半島上的古代日本人認為是不歸的雁魂，生活淒苦的農民們撿回去做為「風呂」的燃料是焚化以祭不歸的雁，「雁風呂」的傳說表現出一種日本民族的詩意與美麗的哀愁，是對一種無可奈何的悲劇而產生的妥協性的嘆息與悼念。古代的中國人由這些漂浮在東海的木枝而想到含冤而死的女娃和填海的精衛，是在一個悲劇以及痛苦的現實下所建立的一種具有無限信心的反抗，在他們的努力過程中，他們一定相信，與其去哀悼那些溺海而死的人間少女，不如更積極地銜木石以填平東海。在這兩個不同的傳說和神話的深層裏，似乎也可以看出兩個民族之間的思想不同的痕跡吧！

2.**分析：**

(1)以日本「雁風呂」傳說與中國「精衛填海」神話比較，題材屬於超現實追溯往古的「新釀式」。

(2)二段中：「雁風呂的傳說是古時日本津輕半島上的居民見雁群棲息在海上，身體看起來很輕而附會產生的傳說吧？」以下半句說明全句的複句方式，是為日本句法。

(3)二段敘事與結尾，染有作者悲憫的情。

(4)五段揭示中國民族精神意識：「在中國神話中，一種悲劇性的叛逆精神曾經給後世無數辛勞役役的中國民眾，帶來無限的希望與信心」悲劇精神矗立起人的存在的尊嚴的自覺。「明知道對方是君臨大地的人間之王，卻也有常羊山下，斷頭之後以兩乳為眼，以肚臍為口，繼續舞干戚而戰的刑天」，神話傳說的意義類同於海明威的宣告：「人可以被毀滅，但不可被打敗」。人類社會進化迄今，猶未袪除「怯懦」的物種遺傳，曷其可悲！讀此，當知清醒自覺，自立的必需。

(5)六段中長句極具張力、感性充盈。說明精衛填海象徵著一份「在信心與執著之下的叛逆與反抗」而其意義在「持久不懈的努力過程」。人生中對悲劇性的努力過程最為刻骨銘心。是以在王國維所述的三境界中：「衣帶漸寬終不悔，為伊消得人憔悴」的「過程」，較之「昨夜西風凋碧樹，獨上高樓，望盡天涯路」的「追尋」，以及「眾裏尋她千百度，驀然回首，那人卻在燈火闌珊處」的「成功」最為珍貴。

(6)末段藉著比較可見中、日兩民族性的不同，日本民族是詩意的「美麗與哀愁」（彼邦文學表現的共相）；而在中國，卻是現實的省思與改進的努力。

## ㈡蔡倩茹：奔月注

1.文例：

## 序

「有女子名曰羲和，方浴日於甘淵。羲和者，帝俊之妻，是生十日。」

「湯谷上有扶桑，十日所浴，在黑齒北，居水中。有大木，九日居下枝，一日居上枝。」

「一日方至，一日方出，皆載於烏……」

——山海經

如果，日月星辰潮汐都按照既定的劇本運轉起落，這一匹我們共同用華年與情緣織就而成的縑帛不會戛然而斷；我也不會斷然流出共同發源後分歧的川流。

飛蛾選擇撲向燈火，是因為周遭一片黑暗，所以下場永不回頭的豪賭。如果，你仍不明白我的決定，那麼讓我攤開蔚藍天箋，濡上雲絮，為你寫上一篇駢文儷辭，鋪敘註解每一次心事的起承轉合，就讓鴻雁來句讀，請微風低聲朗誦。

## 卷一

「堯之時，十日並出，焦禾稼，殺草木，而民無所食……」

——淮南子・本經訓

十日在蒼穹中恣意遨遊，傾瀉所有失序的狂喜與團聚的喜悅，不顧沃土早已裂開嘴大口抱怨。在一切五穀雜糧都被驅逐出境之後，所有生存的可能與希望也被帶走，人們陷在流金礫石的燠熱中載沉載浮，每個人心中都期待一位英雄的出現。

## 卷二

「帝俊賜羿彤弓素矰，以扶下國，羿是始去恤下地之百艱……」

——山海經

當天帝將責任交付給你，你歛眉沈吟再三，這不是個容易平衡的天平，在全民幸福的另一端，你終於將自己的未來擺了上去。用那銳如鷹隼的眼光，你仰天操弦，在紅弓白箭羽閃動九次之後，九隻金烏墮其羽翼，化為遍地的向日葵，終日不解為何被貶紅塵。天空只剩下一個孤獨的太陽了，而在人間，在每個人的心中，你成了另一個昇起的太陽，同樣明亮，但也註定將同樣孤獨。

當你射下了九日，必定明白也同時撕裂了帝俊與羲和的心。儘管你在疇華之野誅鑿齒，在凶水之上殺九嬰，繳大風，殺猰貐，斷修蛇，擒封豨，但我們將再也無法回返天庭。只要我們仍能比翼，那麼，就如星宿翩翩轉世凡塵，在凡世作一對平凡的愚夫愚婦吧！一起捨棄仙界的記憶，共同新釀粗茶淡飯、布衣短褐的同航歲月，執子之手，與你含笑偕老。

## 卷三

「羿淫遊以佚畋兮，又好射乎封豨。」

——楚辭・離騷

將軍失去了戰場，是否將比平庸的士卒更難排遣沒有砲聲的平靜，背如泰山，其翼若垂天之雲的大鵬，一旦失去了飛翔的翅膀，是否比平凡的燕雀更怕面對藍天？滔滔大江一旦注入小川，是否註定必要氾濫漫遊：被謫凡塵的痛若成了你的囚籠，平凡的恐懼是你再也掙脫不了的網，於是一切地轉天旋，修改了結局。

持著弓箭，你開始到處搜尋昔日的榮耀與讚美，難道你不明白，讚譽是一種易開又易謝的花朵，當它凋謝，如何挽回？也許你也不知道，浮動在重重光圈下，最易讓人淹沒，看不清自己。你的步伐一步步偏離原有的航道，走向汨沒的泥淖，而我竟無力挽回。

卷　四

「帝降夷羿，革孽夏民，胡䠶夫河泊而妻彼雒嬪？」

——楚辭・天問

是宓妃翩若驚鴻，婉若遊龍的形姿：或是皎然如朝日初昇、雲蒸霞蔚的雍容？或是如綠波中輕盛的白蓮般的輕盈？她那含滿秋水的眼眸導引你走向另一個美麗的流域，從此歧流產生。難道你不明白，盈盈弱水三千中的一瓢水，若不小心護持，一旦傾覆，必將難收。或許我始終遺忘，你是善用刀箭的人。

卷　五

「羿請不死之藥於西王母，姮娥竊以奔月，悵然有喪，無以續之。」

——淮南子・覽冥訓

不願意這樣的故事沒有句點，這蜿蜒在我心中千迴百折的牽折應該重重劃上永久的休止符。

服下丹藥，身軀逐漸向上飛騰，我將化身為五里一徘徊的孔雀，驀然回首，一切縱然難捨，但終將化為煙塵。孔雀徘徊只是因為深知此行將不再回航。

選擇棲於月宮，原是迎向更廣闊的寒冷以遺忘曾有的冷漠，並將原有的差距拉長為更大的距離，不知你是否追悔，但在共航的記憶中，你將永遠是飛騰的大鵬之姿，占據了整片天空。我遺落碧海青天夜夜心的關懷於人間，無人調護，請自去經心。

跋

「逢蒙學射於羿，盡羿之道，思天下惟羿為愈己，於是殺羿。」

——孟子・離婁下

幕終於落下，箭矢又回到原來的起點，縱然方向改變。你的髮流流成萬重清泉，眼眸化成遍地晶亮的燈火與流螢，而身軀化為整個花季的燦爛。

當我以藍天賦詩，你將以整片花季賦篇唱和，山巔水湄永不留白，當你以遍野燈火流螢詢問我的陰晴圓缺，我也將書上滿空星斗。我們的故事，上半闋在天上，下半闋在人間，歲歲年年流傳，永不絕版，且無法抄襲。

2.分析：

(1)后羿、嫦娥神話故事的再創造。

(2)內涵啟示：

①英雄的落寞，人生孤獨的原型，人生無常，光榮與讚譽昇至巔峰之後即是陡降。「讚譽是一種易開又易謝的花朵，當它凋謝，如何挽回？也許你也不知道，浮動在重重光圈下，最易讓人淹沒，看不清自己」，說明了人性軟弱，常易在光榮與權勢中迷失自我，而人生事業高峰只是尖頂而非平原，下降之後，必然情何以堪！

②平凡的快樂，人生之理，炫采短暫，平凡卻長。「在凡世作一對平凡的愚夫愚婦吧！一起捨棄仙界的記憶，共同新釀粗茶淡飯、布衣短褐的同航歲月，執子之手，與你含笑偕老」，平凡、平淡、平實原是與炫采光榮乍現急失相平行的另一條人生之路。抉擇甚難，貴在依一己性格的趨向而定，遵行之後即無後悔。可惜的是世人多在絢爛之後才恍悟這另一條可行之途，蹉跎之後，已是明日黃花。

③另一人生原型：善箭者死於箭，啟示了人生、藝術的殺傷性。

(3)自新設角度去詮釋奔月之因：「原是迎向更廣闊的寒冷以遺忘曾有的冷漠，並將原有的差距拉長為更大的距離」。雖然情緣已斷，但女性纖細的關懷母性仍在：「無人調護，請自去經心」使用《浮生六記》中芸娘對三白的叮囑，傳神自然。

(4)形容譬喻功能佳妙，如：「這一匹我們共同用華年與情緣織就而成的縑帛不會戛然而斷；我也不會斷然流出共同發源後分歧的川流」。

(5)修辭濃美，如：「當我以藍天賦詩，你將以整片花季賦篇唱和，山巔水湄永不留白，當你以遍野燈火流螢詢問我的陰晴圓缺，我也將書上滿空星斗」。

(6)剛柔並濟：后羿的陽剛力美與宓妃柔美，嫦娥弱水一瓢的溫情，形成為最佳的調和。

## 四、參考書篇

花與花神　王孝廉　洪範

彼岸　王璇　洪範

船過水無痕　王璇　洪範

# 柒　靜觀體散文

## 一、特色

創作原理是出於亞里士多德(Aristotle B. C. 384–B. C. 322)在《詩學》(*The poetics*)中所述的悲劇定義：

> 悲劇是一種動作的模仿，嚴肅、完整，具有一定的格局，其文字之美麗，運用各種詞藻，透入劇中的各部分（即對話用詩，歌隊的合唱曲用歌），其體裁不是敘述式，而是動作式，由其所演出的憐憫與恐怖，使這種情緒，得到正當的發洩。

根據上述定義，靜觀體散文的表現在要求引發讀者的憐憫與恐怖。由憐憫而惘然引發良知的運作；由恐怖情緒的引起，通過被虐快感，昇華為比較之後，自我調適的美感。

所謂「萬物靜觀皆自得」，這一種散文命名的意義在於，提供靜心觀察事物自有所得的歷程，稍同於連綴體散文，符合「格物」、「致知」之理。此外它特別強調「靜觀」，要求使用自然主義文學創作的手法，以冷靜客觀的心志來統馭進行創作，只以事件構築天地，使讀者自行進入，避免表現作者自我的情緒主觀，也不加引導暗示，要求讀者自然感染，引發良知。

冷的是它要求絕對冷靜偏向自然主義的手法，但歸結顯示的主題意識，仍然回歸到它痌瘝在抱，悲憫人生的熾烈的熱心。這是以「外冷」為包裝的創作藝術，雖是有報導文學的質料，但較報導文學更為豐美深刻。

## 二、表現重點分析

(一)新開發的散文線路：類似報導文學，由寫實事件的敘寫；或是使用超現實手法，作者自行構架想像天地以表現之。以冷態表熱情、客觀無我、靜觀有我。萬物靜觀皆自得，這裡的要求是比客觀更進一步的靜觀。

(二)常是設計由另一角度來看事件，或是將現實情況推回到原始。切開虛美假象之下的偽詐邪惡。但常避開正面只顯示問題而避免提出主觀或解決。

(三)基於人性，以事件的哀婉引發讀者悲憫良知。靜觀冷漠宇宙，以冷對冷始可返正。

(四)基於人性，設計多用貧窮饑餓，死亡等媒體，以喚起讀者恐怖情緒，進而產生比較平衡或轉化為悲憫良知的萌發。

(五)素材常能顯示現實人生，具備寫實意義、反諷作用，分段常是層進性。

(六)部分使用自然主義手法，惟大有情者始能作無情語。冷靜切剖醜暗素材，不加主觀引導說明，自然激動讀者。

(七)使用對比：新與舊，今與昔，純真與虛假，貧與富……渲染形成感覺之強烈。

(八)必須有事件，由事沿情及理。常用第三人稱。

(九)注重修辭之新力以加強感受。尤其多用象徵。

(一〇)反諷明顯，有似寓言體美學效應，旨在提昇人性，調適人生。

(一一)與寓言體之不同，較寓言大，取材現實而非想像，使用媒體（寓言體無），側重引發悲喜而非寓言體之興味。

(一二)與報導文學之不同：報導文學使用新聞體，寫實，靜觀體使用藝術手法，仍有想像。

## 三、作家作品例舉分析

### 曉風：癲者（節錄）

1.文例：

癲者站在嬰兒室的玻璃窗前，他的鼻子貼在冷冷的玻璃上，他的臉孔因而平板得像一張拙劣的畫。

「那一個是你的孩子？」護士小姐走過來親切的問。

癲者轉過身來，張開嘴，因情急而流淚了。

「沒有，」他口吃的說，「沒有什麼人是什麼人的孩子，所有的孩子都不屬於他們的父母——他們只屬於他們自己的命運。」

「你說什麼？」護士吃驚了。

「我看見他們的未來。」

「你看見什麼？」

「我看見他們將死於刀，死於槍，死於車輪，死於癌，死於苦心焦慮，死於哀毀悲慟，死於老。我看見他們的小臉被皺紋撕壞，他們的骨頭被憂苦壓傷。」

那善良的護士忽然失手，將針藥打了一地，襁褓中熟睡的嬰兒遂同聲哭了起來。

× × ×

癲者在一家百貨公司裏趦趄，立刻引起店員的懷疑。

「要買什麼？」她們大聲咆哮。

「聽說，聽說你們有一種新貨色，叫做愛情。」

「是的，那是一種洗衣機。」

癲者黯然垂首。

「沒有人將多餘的愛放在這裏寄售嗎？」

「多餘？」女店員尖聲叫了起來，「我們人人自己都缺貨呢！」

一架旋轉的黑梯把癲者送下樓，癲者覺得自己已被不斷的下沉降入地曹。

黃昏，癲者拿著一個又冷又乾的饅頭坐在路邊的椅子上啃食。

忽然，他把那無味的饅頭褫入懷中，哀哀地哭了起來。

「我多麼殘忍，」他說，「當我在咀嚼這細緻的白麵的一分鐘，不正有許多跟我一樣圓顱方趾的人，因為連粗麥都得不著而餓死嗎？」

他就因自己奢侈的晚餐而深悔，竟至終夜無眠。

× × ×

癲者在公園的草地上午寐，有哭聲把他吵醒了，他看到兩個相咬的孩子。

「你們是一對仇敵嗎？」

「不，」他們懷著毒恨說，「我們是兄弟。」

癲者又睡去，並且再度被哭聲吵醒，他看到兩個相詬的男女。

「你們是一對仇敵嗎？」

「不，」他們懷著毒恨說，「我們是夫妻。」

癲者勉強合眼，仍然被哭聲吵醒，他看到相執的老人和青年。

「你們是一對仇敵嗎？」

「不，」他們懷著毒恨說，「我們是父子。」

癲者於是翻身而起，逃向山中。

× × ×

精神病院的院長帶著繩索和從員來找癲者。

「我們聽說你是這城中最有名的癲狂者，我們不能讓你隨便在街上走，你跟我去治療吧！」

癲者緩緩地擡起他悲哀得令人抽心的眼睛。

「為什麼我不能在這城裏？」

「因為癲狂的人只應該跟癲狂的人在一起。」

「那麼，讓我留在街上——因為這裏全是癲狂的人。」

「你應該住院。」

「我們的城市就是病院。」

精神病院的院長一躍而上，想要綁住他，但癲者反而綁住了院長，並且把他交給從員。從員們看都不看一眼，便把胡踢亂打的院長架上車，帶他到他自己所開設的精神病院去。

2.分析：（依標號序）

(1)形似寓言，其實是非寓言的可見的未來，嬰兒們長大後的可能情形如此，父母既無力庇護，在不能給予保障之下，是否該想到他們不出生比出生要好。但是在人性立場延續種族是先天的生物性，在人生立場又極注重香火承祧，善盡傳承責任的意義。人類種族延續既是天職，為何竟不能謀求對新生代的保障，矛盾如此，反諷強烈。

(2)象徵意義，人類文明世界的進展。盡管人際關係越來越頻繁，但疏離感卻越來越大。世界確是一天比一天更冷，人人都需要愛情的互慰的溫暖。但由於現實，吝於付出的結果，不但冷了別人，同時也冷了自己。

(3)悲憫，可以想見地球上若干地區，赤地千里，人類饑餓掙扎之苦。但在一己豐足之餘想到他人的能有幾人？

(4)人性的切剖，有如刺蝟，關係愈近愈是刺痛不和，孔夫子的話可改「惟人難養也，近之則不遜，遠之則怨」。

(5)點明了狂泉天地的真實，城市是病院住民都是瘋子，從員不加細察，誤把胡踢亂打的院長架上車去，顯示不分是非黑白的慣性已成，難能清醒改善。

## 四、作品例舉

### 林文義：玉蘭花（節錄）

小男孩靜靜的躺在馬路中央，彷彿是在一種飽足的睡眠之中——幾分鐘前，他還是活潑靈巧的穿梭在來往如潮的大小車輛之中，向著逐漸停歇下來的車子們，乖巧而有禮的推銷他一籃杏色的玉蘭花……。而當他急促的奔向一部綠色的計程車時，紅燈剛剛轉為綠燈，他被一輛滿載著原木的貨運卡車撞倒，並且輾壓過去。

許多人冷冷的看著小男孩躺臥在那兒，並且相互繪聲繪影的傳述著事件發生的經過，好像在說著一部悲劇電影的內容……玉蘭花有兩三朵，不經意的覆蓋在小男孩傷逝的身上，好像一種無言、哀愁的悼念。

有一個鬢髮零亂的婦人，穿著一件廉價的花布衣服，她乏力的卸下頭頂裹著碎花布的斗笠，悽惻、無助的哀嚎著，她軟弱的跪在小男孩的右側，時而以著渴求同情、援助的淚眼，環視著四周投遞過來的眼神。然後，她逐漸停歇下她時斷時續的哀泣聲，慢慢站起身來，她滯然的瞥見，散落一地的玉蘭花，她默默的逐一俯身拾起，重新整齊的放置在那隻竹製的容具裏，並且用著她粗礪的手指，仔細的將花瓣上稀微的沙粒，輕輕拂去……。

兩個警員帶著肇事的貨車司機走到婦人的前面，那個膚色蠟黃，瘦高個子的警員俯下他的臉顏，向婦人說了一些話語吧？那婦人竟然猛力的揪住那個司機的衣領，大聲的哭嚎了起來，她嘶喊著：把我的兒子還來！那司機一臉的愧疚，被那婦人揪擰得顫曳如一串鬆弛的傀儡戲偶。

妳為什麼要教這麼稚小的孩子，在馬路中央賣花？

警員用著責備而又惋惜的聲音，向著婦人埋怨的說。

為了生活啊！不然，我們吃什麼？婦人鬆開緊揪著衣領的一雙手，轉移目標的面對著那個說話的警員。

……………………

圍觀的人群逐漸散去，這婦人的哭泣也逐漸停歇；她靜默的燒著一張一張的冥紙，銀灰色的紙燼，被風一下子就吹到很遠的地方……這些，孩子收得到嗎？她想著，並且有些兒愧疚的舉起她淚痕滿佈的臉顏，極為悽涼的；她瞥見人行道上，一個穿戴漂亮的母親，帶著一對穿著新穎的小兒女，她正溫柔的示意孩子們坐進一部計程車裏去。

……………………

是去年的春節吧？婦人與她那死去的孩子，是沒有春節的——她們必須走入歡樂的人群裏，去扮著笑顏，去推銷籃裏那一串一串，杏色的玉蘭花。那時，孩子僅是小學一年級生吧？矮小的個子，用著脆弱而又顯得羞怯的童音擠在電影街極端擁擠的人潮下面：阿姨，買一串花吧！阿姨……孩子的大年初一，是在一種傷感情緒中過去的。

很晚很晚才回到家裏，婦人笑吟吟的數計著紙鈔，並且以著愉悅的口吻，嘉勉著七歲，卻顯得有些兒沉鬱的兒子。兒子則似乎有什麼心事，最後，兒子終於下定最後決心似的，向著他那位正專心數計著紙鈔的母親，怯怯的說著，帶著卑微的請求以及冀望。那是有關於大年初四，班上的一次遊樂園之行——婦人厲聲的斷然拒絕了。這孩子竟然固執的堅持著，七歲的孩子所顯示的抗拒性，竟令婦人深以訝異；並且運用她慣有的管教方式，結結實實的給予孩子幾記嚴厲的耳光，大年初一呢，不適於責備的日子。

春天以後，這孩子竟然變得異常的乖巧、勤奮，更令婦人訝異的是，她的孩子竟然膽敢和那些體裁粗壯、高大的賣花男女們般的，穿梭在十字路口的紅綠燈下，如甲蟲般的車輛裏，勤奮而不畏危險的逐車推銷著玉蘭花。

那孩子倒在輪下的時刻，婦人還在喧嘩擁擠的市場口忙著銷售她的花串，並且順便替她唯一的兒子，買了兩件廉價的短褲，適於小學二年級生穿著的……那麼乖巧、勤奮的孩子啊！母子倆相依為命的過日吧，沒有男人的家。

## 五、參考書篇

動物園中的祈禱室　張曉風

不是望鄉　林文義

# 捌 超現實散文

## 一、特色

散文創作，素材的擷取，不囿於現實而恣放擴展到超現實的範圍。基於人性對未來的憧憬，對過去的回顧唏噓，以及對想像天地恣放想像的新奇與快意，對幽冥世界神秘的吸引諸多因素，超現實天地遼闊，最能具備新力而引發讀者通過感性獲至省思。

## 二、表現重點分析

㈠超現實天地遠較現實寫實為大，這一種散文新樣的創作原則首在恣放想像不受拘牽。

㈡基於人類對未來具有新鮮瞻望憧憬的共性，超現實新象使用未來假想為題材，作用不僅有藉美好憧憬以平衡現實不滿或且痛苦的效應，更有著對飛速發展的現代，可能在今後招致反效果的疑慮。超現實方向指向未來，文學創作近似科幻領域，由於讀者因年齡層次而各有閱讀的取向，這一線路的讀者群停留在兒童與青少年，未能擴展到中、老年的層次。

㈢超現實超向過去：這一線路已自附庸而蔚為大國，發展成為新釀式散文。

㈣想像天地：作者使用各種造境，以想像之恣放深入，製造超離現實，子虛烏有的人物情節，不是屬於現實社會的人事。意識作用在以塑造的人物與假想的情節來表現作者的理念或是抒發情感。

㈤超向幽冥：死亡結束的必然，是為人類與生俱來先天性最大的恐懼迫壓，最大的悲情。文學創作就利用這人性最為敏銳的部分來作為素材，藉著陰森恐怖的媒體來引發讀者怖慄的感官刺激（不同於一般的理念思考或情感震撼）。通過強烈刺激讀者獲致快感舒暢（基於自虐被虐的人性），進展由醜暗昇華美化。這一線路的文學效應與亞里士多德悲劇定義：「以憐憫與恐怖使情緒得到正當的發洩」相合。作用兩項：一是使讀者在比較之後獲致平衡；一是引發讀者悲憫（良知）而強化運作，兩者的效應都在調適提昇人性人生。

㈥創作不避醜暗，特異的醜暗素材之使用，旨在以媒體作用，造成昇華後具備深度的美感。

㈦要求藝術深度：基於人類忽略輕易的共性，提供一些閱讀的深密與障礙，讓讀者們自去克服，使之有「自得」的快樂，在參與、自得之後，作品更為耐看，也更為耐讀。

㈧超現實效應重點極為貴重，那是一種預防作用，一如我國文化傳統中的「禮」與「樂」。禮的運作等於現代的「不成文法」，而樂的作用相當於現代的藝術陶冶。原本是我國族極自然的「消弭犯罪於事先」的治世良法，較之「制裁犯罪於事後」的刑法，當然是高明得多。只是在歷史進展，社會現實，人性良知不彰的現代，這種自然的良法業已遠離，被視為迂腐而不切實用。現在，我們試著超現實文學素材的使用，提供讀者以「觀照」的進階，希望能自然地收取調適的美學效應。

## 三、作家作品例舉分析

### 郝譽翔：窗外

1.文例：

多年來，藍英常來到窗外望著我。白日的時候，黑夜的時候，她會突然無聲無息俯在窗櫺上，時而歡欣，時而默然，時而側過瘦如橄欖形的尖臉去，不願我見到她的面容，而我亦背向著窗戶，凝住不動，良久良久，但我總知她不會輕易地離去。空氣不斷朝我湧動來她溫熱的呼吸，如浪重重環繞舔舐著我的肌膚，轉過頭，她果真還在，黑髮傾下遮去眉眼如飄動的夜幕。然後她卻甚麼也不說，驚人的長髮綿延成窗外無盡的黑暗，爾後飛散入北美洲光亮高遠的星空，穹蒼下的荒野遂俱籠罩在一片死寂的沈默當中。

妻子在臥室內用英文呼喚我的名字。我起身應著，沒有關窗，他們說夏季正是美洲土狼猖獗的季節，然而我想闔上窗戶是一件殘忍的事情——那彷彿是把一半的自己孤單留在夜中的荒原裡。所以我寧可取下牆上的獵槍放在枕邊。妻子說她在美國從小到大沒有見過一隻狼，實不必要過分擔憂。但是誰知道窗外會出現什麼呢？一個遼闊悠遠的世界此刻靜靜地伏在窗櫺外面，藍英正在某個角落沈睡，我又如何知道一匹狼會不會蠢蠢渴望著要躍過窗台，進入到我的世界裡來呢？

現在我從美洲橫越過太平洋，走下飛機，踏上我久違了二十餘年的故鄉的土地，再轉搭上火車。火車剛駛過湖口，原野上撒滿令人眩惑的紫花，七歲的藍英又出現在這片迷離的夢境間，我看見她張嘴在吶喊著，喊我的名字。我趴在被陽光烘熱的車窗玻璃上，卻只聽見車輪瘋了似的隆隆吼聲，彷彿在一座狹小的山谷中來回撞擊，我的耳膜隱隱發疼。藍英在那片綿延的不知名的紫花裡奔跑，白色短袖襯衫發出刺眼光芒，藍色學生短裙迎風向後撕扯，浮現她細瘦的腿的輪廓。火車如蛇般飛速擺動腰肢，一轉彎，掃去了她的身影，車窗外卻只剩餘夢般漂浮在閃亮綠草頂端的紫花還依舊堅持著要延續下去。

面對這種情景，我拿下眼鏡，抹著發酸漲熱的眼眶，突然強烈感覺到時光確實是過去了，窗外為艷陽炙灼得幾乎燃燒的天和雲和草和地，都像是一部古老的遙遠的電影，畫面不停轉移，而我被大力朝前方沖刷，昏昏然，正如那年二十餘歲的我獨自搭上火車，轉乘飛機，開始奔流海外直至今日歸來，這一路彷彿籠中天竺鼠在慌張踩踏轉輪，而我不知在循環裡將得以歇止何方。

為這莫名的情緒感到傷悲，不免覺得是一種多餘的浪費。事實上，在外近二十載的生活將我的情緒鍛鍊得收放自如，故似乎極少在感歎過往上耗損我的精力，但今日我又再度手提行囊，走下火車，立在當年就已是如此灰黯沈寂的月台上，三兩旅人垂頭或站或坐，站長的臉依然被圓盤帽的陰霾所籠罩，十七歲的藍英又出現在車站窗外。她瞧見我，大力揮手，跑到出口處的柵欄外，蒼白的臉在南臺灣的艷陽中蒸出兩片紅潮，我不得不以為自己已經脫離多年來規劃好的生活常軌，正一步一步地走回當年的日子去，尤其是藍英，多年來，她未曾如此興奮招喚過我，我的心不由自主又在胸腔內躍躍滾動起來。我提著行李大步向她邁去，如同二十歲的我，從臺北的學校放假歸來，踏上月台，第一個見到的人就是藍英，二十歲的我便提著行李大步向她邁去。

回來了！藍英微微笑道，仰頭望我，每次都說同樣的話。

回來了。我亦微微笑道，每次都做同樣的回答。其實我人已立在眼前，又何必相問，沒想到二十年過去，依然是這麼痴傻的一問一答，但是我卻突然了解當年藍英為何要問我是否回來了，因為就怕像現在一樣，兩人彷彿是面對面的相見了，實際上卻是幻夢一場。但語言又能保證甚麼呢？就好比現在，一切早已不存在，語言卻依舊可以在幻想中出現。

我往大街上走去，感覺到她總是與我並肩行走。那是我的故鄉的少女的藍英，裙腳活活地搖曳，拂啊拂過我寬鬆的褲管，是藍英的呼吸氣息。

這彷彿回到多年前寧靜的午後，我和藍英帶著一顆籃球，沿路走向中學的籃球場去。藍英邊走邊拍著球玩，咚咚的聲音在午眠的馬路上擊盪，我會故意放慢腳步，看藍英右手熟極而流拍球的背影，悠悠走過雜貨店櫃台前排成一列的糖果罐。太陽由前方照映出繽紛如虹的色彩，糖果甜膩的香味似由罐中溢出，漫於乾燥的空氣間，這聲音這畫面這氣味，彷彿置身於一沈睡已久的遠古，我悠然不知何年何世。記憶中的小鎮老是處在這種昏睡的狀態，以至於後來在異國都會的街頭忙碌奔走時，偶爾想起小鎮，竟是不敢相信在此時刻世上還存在著一個寧靜的角落，連伴我一同長大的藍英也形同虛幻了，那經年緊掩鐵門的商店，褐鏽斑斑，幾使我誤以為小鎮是我前世未忘的記憶，而藍英，也不過是活自遠古年代中一與我緣深的女子。

然而多年以後的小鎮已令我難以辨識，火車站前拓出了一道筆直寬廣的柏油馬路，貼著清一色丁字掛壁磚的樓房擁擠在道路兩旁，沿路望過去只見大大小小的雜亂招牌夾簇著一線灰藍色天空。明亮的便利商店門口懸掛起促銷熱狗可樂的布條，我走進買了一瓶美國進口的蘋果汁，年輕的店員微笑著將發票遞給我。然後我往記憶裡中學的方向朝左彎去，沿著昔日稻田遍布連天，今日卻已經蓋滿了白淨透天小別墅的巷弄走著。正前方不算遠的山腳下曾是班上塗仔家的番石榴果園，在鎮上多年來積極邁向工業化的政策下，現在已見成果，水泥工廠創造了數千個就業機會，一根根巨大烏黑的煙囪聳立天邊冒著煙，一連排灰暗的廠房外高豎起刺人的鐵絲網。一路走來，數台卡車從我身邊驚天動地駛過去，地殼彷彿要散裂開來，像是再也壓抑不住沸騰的忿怒。我不禁開始懷疑起記憶中的小鎮果真來自於我的前世。

隨著自己淡淡的感傷，我馬上警醒到自己這種懷舊的情緒實屬濫情，因為歷史本來就是在不斷進化當中，遵循現實的法則汰舊換新，但是人們在回顧過往時卻總不由自主地陷溺入浪漫懷想當中，以為逃避現實的慰藉。我在卡車掀起的風沙中掩住鼻口，非常清楚自己此次歸鄉的目的只是在探望藍英，多年來她總是逗留我的窗外，我想我應該做的不只是打開一扇窗，而是舉步跨出門去。我遂加快腳步走到已經在望的中學圍牆，墊高腳，便很輕易的找到了那株鳳凰樹。值得驚異的是那棵樹歷經了數十年的推移竟還能展現出如此旺盛的生命力，粗大的枝枒挺生到遙遠四層樓的校舍上，灰白的樓房將一樹鮮紅的花葉襯得格外分明，像是在天際上黏貼著一幅艷麗的畫。我不禁想到中學時代的我與藍英常坐樹下，大聲朗誦著自己剛剛在校刊上發表的新詩，也不管她是否聽懂，而藍英只是耐心地微笑著，一手扯著身旁的青草。南臺灣炎熱的太陽總把我們烤得汗流浹背，那時心中的想法今日已經盡數遺忘了，但記憶猶新的卻是當下那種汗水淋漓的舒暢快感，那像是全身細胞都張大了口在呼吸，在渴求著生命，其實也可說是渴求著文學，中學時代的我似乎把文學和生命視作同一回事情。

文學對人類的意義究竟何在?在美國一所我執教了近十年的人文學院文學課上，一個學生嚼著口香糖發問。我站立在講台上，放下手中的講義，卻不知如何做答，腦中流轉著歷來學者對此問題的思索和詮釋。然而這些學理都未能說服我，我瞪向窗外綠草如茵的寧靜校園，陽光潔淨如金沙，幾個美國學生在一來一往丟擲飛盤。我想說的是我年少時心中曾如何洶湧過澎湃的感動，雖然並不清楚文學究竟是什麼，但那種東西卻是深深植入體內，發燒般地痛苦與快樂，然而現在我卻無法解釋那些感動都隱褪到何處了，它們只是無聲無息地消失了，我也從未想去追回，那就好像目睹身體上的某一部份在逐日枯萎下去，然後你便不得不承認它已死亡。我腦海中突然想到一部電影也曾出現過類似這樣問答的情節——歷史教師在課堂上面對學生對於學習歷史之必要性的質疑，我嘗試去回憶電影中所給予的答案，然而卻發覺這是枉然，我應該反問的是我自身，文學對我的意義何在？謀生的工具嗎？我對著一室身著襯衫運動短褲的美國學生沈默許久。

其實我所居住的這個美國西部小鎮是異常美麗的，乾燥而少雨的宜人氣候，春天時分溫柔的黃白茱萸在路的兩旁無盡渲染開來，冬天時則覆蓋著皚皚的白雪，但是我卻早就放棄寫詩了。我每天在課堂上教授文學，在文學理論的術語中玩弄遊走，卻越來越不知道文學現在與自己有何關聯？只有偶爾在失眠的夜裡，那種年少時的感動的記憶還會翻山越嶺而來，悄悄地由窗戶湧入，瀰漫於室內室外流成一片的黑暗中，任憑我徹夜瞪視著它在不安地翻攪滾動。

在這種時刻裡，我會想著藍英是由窗外走進來，微笑著躺在我的枕邊，永遠做我唯一的忠實讀者。就連我現在的妻子也不知道我曾寫過詩，而學生的眼中我只是一個邁入中年的拘謹乏味的教授。我的辦公室沿牆排滿了大大小小不同顏色的文學書籍，多年來我坐在臨窗的位置上埋首書堆，打出一份份工整的研究報告，課堂講義，然而真正的文學在窗外。我抬起酸痛的頸部，深吸一口窗外滲透進的陽光，我想我的肺該是長滿了經年濃綠的苔，潮溼而鬱暗。

現在我看到中學校園的鳳凰樹，知道藍英就躺在那株鳳凰樹右邊的圍牆後面。她在等著我。我在圍牆邊摘了一朵單薄的小花，淡藍色的花瓣已迅速凋弱下來，貼在我的掌心上，我怕等不及到藍英的面前它就會枯萎了，不過反正這是遲早的事，總有一日萬物俱會腐化為泥。我走過校門，轉入通向藍英所在的那間寺廟的小徑。廟裡的歐巴桑正拿竹帚在門口掃地，見到我，謙虛地合掌微笑。我詢問她藍英所在的位置，然後輕輕地走上樓，寧靜四周令我下意識屏住氣息。我走入二樓廊尾最末的一間房間，佇立數秒，便見到了藍英。

其實我是不會流淚了，初到美國的第二年他們寫信來告訴我，藍英被鎮上新開一家工廠的大卡車撞死時，我從學校郵局出來，就坐在雪地上哭了一下午，雙頰凍得赤紅龜裂。如今眼前這一方小巧的黑色木盒上貼著藍英的照片，照片周圍鑲滾一框黑邊，像是一扇沈重的窗，依然是二十多歲的藍英在窗外對著我淺笑。

傍晚我坐在藍英的哥哥家喝茶。鐵捲門高高拉起，我們正對馬路圍著檜木雕成的茶几而坐。他一面熟練地沏茶一面說自己正現職一家工廠的課長，並遙指正前方火車站後一大片幾近完工的淺藍色玻璃帷幕大樓，說鎮上這幾年來地價在直線飛漲當中，那一大片原本荒蕪的田野在前些年被某財團買下，便著手興建超大型購物中心兼辦公大樓，並有計畫地發展周邊公共設施等建設，如開拓馬路連結高速公路等。他示意我應儘速把握時機回鄉投資，來日必定會增值四五倍不止。門前電線桿上有幾隻麻雀停在逐漸灰暗的暮色中，每隔三四分鐘就有卡車轟隆從馬路上壓過，塵土揚滾入空。對面開雜貨店的阿伯拿著水管不時對路面灑水。藍英哥哥的小孩伏在門口的小圓桌上做功課，我突然很想知道在他這個年紀的小孩心中在想什麼。每一個世代有每一個世代的夢，有一天當他再度回想起小鎮時，或許非常思念的會是卡車駛過時所揚起的一街蒼茫塵土。

當我又回到北美洲那片原野上，時已入冬，彼處正陸續墜落茫茫白雪。我對窗而坐，壁爐在我身後嗶波燃起火焰，在窗玻璃上跳動炙紅光芒，藍英在能見度幾近於零的風雪中恍惚佇立。我瞪視著無止盡的雪飄飄然下降，堆積，淹埋掉屋外那條鮮少有人行經的馬路。在這個雨雪時節萬物都已進入冬眠，窗外似乎不可能再出現野獸咻咻覓食的鼻息，我已無可憂懼，遂起身將置放在我腳旁長達一夏的獵槍掛回牆上。我打開窗戶，張大雙臂，一股冷風颼地灌入懷中，白雪冷冷的氣息瞬間貼覆在我的鼻腔氣管黏膜上。

很冷哪。妻子雙手環臂走來，縮著頸埋怨，走到我面前將窗牢牢關上。

我和妻坐在長桌的兩旁吃晚飯。暈黃的吊燈由天花板垂落下來散發高溫，熏灼著桌上花瓶中怒放的玫瑰愈加赤紅。我轉過頭去，望向窗外無聲無息的白雪，內外僅隔一層單薄的透明玻璃，卻感覺不到絲毫寒意，我彷彿是在閱覽一本在窗外掀翻的流動書，或一齣古老的默片，然而其中記錄的卻是我不斷如雪降落，層層加疊覆蓋，然後便消融無跡的過往青春。在冬季裡我已經不再把槍放在我的枕邊，那些不安蠢動著沸騰著甚而令我憂懼失眠的記憶或生命之類的事物，都已經隔絕在一窗之外，而窗內的我只是安坐於一方緊閉的空間中一點一滴老去。永遠停留在二十多歲的藍英仍然在窗櫺外注視著我，她溫熱的呼吸噴在窗玻璃上，凝結成細碎如淚滴般的雪珠。屋裡壁爐燃燒一室熊熊的溫暖，中年後日益擁腫的妻抱著貓坐在椅中打瞌睡。我冷靜凝視著藍英的髮在窗外隨雪飛舞，然後發覺如今所能做的，就是獨自低下頭去，翻開手中書頁，讀一首又一首的詩。

2.分析：

(1)題材：題材屬於超現實的魔幻想像。這位女作家以男性第一人稱為敘事觀點。

(2)弔詭的人物：開頭即已標明：「多年來，藍英常來到窗外望著我，白日的時候，黑夜的時候，她會突然無聲無息俯在窗櫺上……」。這弔詭的「藍英」引起閱讀探究的興味，隨著深濃的抒情感覺發展拼湊，約略可知：「藍英」是敘述者「我的故鄉的少女」，小於敘述者三歲（二十歲的「我」從台北的學校放假歸來時，十七歲的「藍英」來車站相迎）。敘述者在「二十餘歲」時出國，「初到美國的第二年他們寫信來告訴我，藍英被鎮上新開一家工廠的大卡車撞死」。藍英死時也不過「二十多歲」。人天永訣之後，亡靈「常來到窗外望著我」，迄至敘事者在「久違了二十餘年」之後的哀樂中年重返鄉土，去寺廟裡悼念亡友：「如今眼前這一方小巧的黑色木盒上貼著藍英的照片，照片周圍鑲滾一框黑邊，像是一扇沈重的窗，依然是二十多歲的藍英在窗外對著我淺笑」。

(3)感慨深沉：這一篇使得筆者為之激賞的有二：一是與年輕作者不甚相合的那一份深沉的感慨，最能引發感慨（或竟是感傷）殊深的我再三吟味。如：「直至今日歸來，這一路彷彿籠中天竺鼠在慌張踩踏轉輪，而我不知在循環裡將得以歇止何方」，傳達的是生活不由自主的波逐荒謬與人生無奈的悵觸。就算我們還能清醒地認知到循環式生活慣性的荒謬，卻仍是如天竺鼠一般地逃不出牢籠，何其可悲。再如：「我突然很想知道在他這個年紀的小孩心中在想什麼。每一個世代有每一個世代的夢，有一天當他再度回想起小鎮時，或許非常思念的會是卡車駛過時所揚起的一街蒼茫塵土」。臆測小孩以後的心理本就是作者自我心態的投射，是他（她）在戀懷往昔。但筆者卻由這尾句的意象想起了跋涉關山、流浪江湖的風塵漫天，以及顛沛於坎坷人生的苦辛；冰雪凍寒枵腹難熬的掙扎；以及在諸多經歷之後，行過崖緣之後的驚心與感慨。

(4)景變氛圍：而較之以上尤為殊勝的是這一篇的氛圍，超現實的陰陽連接素材竟然並無怖慄，作者以真切的憶念之情，以及擔當為感懷深暗底色襯托的物與景兩者相配，構織而成可感的氛圍。物象形容詩化，感覺細密，如寫藍英：「空氣不斷朝我湧動來她溫熱的呼吸，如浪重重環繞舔舐著我的肌膚，轉過頭，她果真還在，黑髮傾下遮去眉眼如飄動的夜幕。然後她卻甚麼也不說，驚人的長髮綿延成窗外無盡的黑暗，爾後飛散入北美洲光亮高遠的星空，穹蒼下的荒野遂俱籠罩在一片死寂的沈默當中」。亡靈乘夜自窗外來訪，溫熱的呼吸如浪舐肌，黑髮飄動綿延入暗，散入現實的北美亮麗星空，籠罩感染使得荒野也為之死寂沉默的是人天眷懷的傷情以及由暗而明，由明再暗的景變氛圍。

(5)錯覺迷離：氛圍的另一式是憶念與現實交揉而生如夢似幻的弔詭。「悠悠走過雜貨店櫃台前排成一列的糖果罐。太陽由前方照映出繽紛如虹的色彩，糖果甜膩的香味似由罐中溢出，漫於乾燥的空氣間，這聲音這畫面這氣味，彷彿置身於一沈睡已久的遠古」，這是憶念中「老是處在這種昏睡的狀態」的小鎮；是「幾使我誤以為小鎮是我前世未忘的記憶，而藍英，也不過是活自遠古年代中一與我緣深的女子」。而二十年之後的現實改變卻是：「多年以後的小鎮已令我難以辨識……明亮的便利商店門口懸掛起促銷熱狗可樂的布條……我不禁開始懷疑起記憶中的小鎮果真來自我的前世」。二十年的屈指堪驚，二十年太大變化的催眠性、使得敘述者不能清明接受，導致產生夢幻或是前世的錯覺。而在文本，同時也構築成有如柳永〈雨霖鈴〉「今宵酒醒何處？楊柳岸曉風殘月」式的迷離氛圍。

(6)衰老破敗意象所引發的省思：有一種衰老破敗的意象藉著今昔對比呈現，中學時代的敘述者是：「記憶猶新的卻是當下那種汗水淋漓的舒暢快感，那像是全身細胞都張大了口在呼吸，在渴求著生命，其實也可說是渴求著文學」。而迄至現在，中年的學院教授卻是：「那種東西卻是深深植入體內，發燒般地痛苦與快樂，然而現在我卻無法解釋那些感動都隱褪到何處了，它們只是無聲無息地消失了，我也從未想去追回，那就好像目睹身體上的某一部份在逐日枯萎下去，然後你便不得不承認它已死亡」。使筆者驚異的是廿六歲的作者何以會有如此老化頹敗的憮然。是她週遭人事的感染，還是她慧心的預知記事？不管是哪樣，那「我每天在課堂上教授文學，在文學理論的術語中玩弄遊走，卻越來越不知道文學現在與自己有何關聯？」、「而學生的眼中我只是一個邁入中年的拘謹乏味的教授……多年我坐在臨窗的位置上埋首書堆……然而真正的文學在窗外」。這些片斷真正鑑照了我，使我那不願揭示而業已存在的自畫像一下子放大鮮明起來。這裡已不僅是「夕陽無限好，只是近黃昏」的愴懷，而竟是髮白老醜，心身全如落葉一般的感傷。

這裡是全文意識的重點所在，顯示了人生「今不如昔」「名不副實」，年華老大而竟然空虛不實的假象，最足以發人深省。

(7)結尾藝術：在結尾，這種生命朽敗的悵觸再度森然出現：「我彷彿是在閱覽一本在窗外掀翻的流動書，或一齣古老的默片，然而其中記錄的卻是我不斷如雪降落，層層加疊覆蓋，然後便消融無跡的過往青春……而窗內的我只是安坐於一方緊閉的空間中一點一滴老去」。精緻深沉的感性充盈，一如鄭愁予〈天涯踏雪記〉的結尾。

所謂雪
即是鳥的前生
所謂天涯

即是踏雪而無
足印的地方。

人生的微渺既如雪泥鴻爪，而每一度在落雪覆蓋之前的留痕又是如許短暫。亙古綿長循環著、賡續著的怕只有那一份天涯敻遼的淒清，以及在空寥認知之後，仍須拉轉心志回頭，孤獨前行的悲壯吧！

## 四、作品例舉

### 鍾怡雯：髮誄

在這充滿懸疑和可能的秋夏之交，連親密的頭髮也變得那麼奇詭起來。那樣急切的生長速度，有如童話中一夜之間暴長，直越雲端的豌豆芽，又如那嘩然而下，急赴大川的瀑布，充滿慷慨就義的壯烈，令人想起虞姬刎頸之際，那悲悽而果敢的眼神。這是我們共處的最後一夜，在明天即成陌路的時候，我答應贈它這篇誄文，作為緣滅的見證，自此以後，我們將有各自的命運和歸途，我不會再像以往一樣，將已離開我的「故髮」留下，或送給心愛的人。這一次，我們三年來的結髮之緣，將還諸天地，還諸自己，還諸曾經羨慕我們是如此匹配，祝福過我們永生相隨的善心人。

長髮實在是個美麗的錯誤，尤其是一頭覆及的黑髮。失眠的時候，它來騷擾我的臉，糾纏我的脖子我的肩，伸展開來環抱我因長時間坐姿不良而痠痛的腰，耍起脾氣來是個固執的鬼。有時我不免厭惡它愛出風頭，老是要以那媲美狐狸尾巴的優雅線條，較暗夜更鬼魅的髮色，以及令禮教不安的儀態而沾沾自喜。為了打擊它愈來愈不知節制的囂張跋扈，我常常貶抑它不合時宜的造型，聲稱要以酒紅色和成熟的大波浪來引領它走入時髦的潮流之列。它可一點也不在意，相處那麼久，我腦子裡打甚麼主意它早摸得清清楚楚，何況它知道我絕對不會在它身上花甚麼心思，哪怕騰出一點瑣碎的時間花點小錢去護髮，好打發它那張老是埋怨我不知憐香惜玉，喋喋不休的嘴。

它知道我心裡的怨憎是嫉妒磨就的火藥，那種來自女人最具毀滅性的殺傷力，便也不敢過分造次。許多時候我覺得自己是被髮差遣的侍女，撐起那隨時要款擺作態的髮身，讓它接受陽光的燙金，風的邀舞，甚至雨水的撫摸和滋潤。不過是一把長相還可以的長髮，它竟然如此傲慢，膽敢指使一位個性剛烈的主人。我自然知道是它勾結了我心裡那隻懶鬼，裡應外合的結果。長髮在一般人眼裡不免要歸屬到浪漫主義的範疇，而我卻只能提供現實主義的理由——我是懶得上理髮院，又極端避忌別人在我頭皮上又搓又揉，像清洗一條髒抹布那樣帶著仇恨污漬的力道。何況把攸關生死的頭交到陌生人手裡，委實太過於草率。一旦被告知洗髮的劫難將至，它便像預知要洗澡的貓，想盡辦法逃難，還不斷搬出婦人不宜經常洗髮的祖訓。然而我總是步履堅定地踏入浴室，任由它惶恐掙扎，甚至恐嚇我要縮回皮層裡去。

頭髮是那樣的脆弱纖細，容不得大聲的獅子吼，或馴獸般的狠狠搓洗。它崇尚徹底的自由主義，堅持散髮，討厭我以方便為由把它束成馬尾，「馬尾是趕蒼蠅用的，我要求唯美的浪漫，優雅的古典，要像少女漫畫中的主角那樣自然飄逸，我討厭妳一切以方便和效率為考量的現實主義。」它如此振振有辭的辯駁，並藉機諷刺我。於是橡皮筋才戰戰兢兢纏上它沒多久，頭皮被拉扯的疼痛抗議就開始了。細微尖銳的痛，一陣一陣針灸我的大腦皮層，接通敏感的神經，呻吟著要求解放。那樣令人無法忍受的煎熬，讓全身都為之心悸的哀求。於是，我習慣披頭散髮，不只夜裡像鬼，連明晃晃的白天，也素著一張被黑髮襯得蒼白的臉上下課辦事擠公車。過馬路時它隨性矇住我的眼，害我不得不狼狽萬分甩掉它，一如甩掉不識好歹、死纏爛繞的情人。

長髮時而乖順似熟睡羊羔，時而頑冥若野馬放蹄。冬日，天大寒。它恍如一窩冬眠的小蛇棲在我肩上，好心的護住怕冷的脖子。只是它比冬天還冷，倒變成要我升高體溫來烤暖它。夏天，每一寸皮膚都想裸露的季節，它卻不識趣的摟住汗濕的肩和背，嘮嘮叨叨說起黏膩無聊的情話。那感覺，嘖！活像一堆化了的麥芽糖糊在身上，讓情緒無端落入泥沼。就為這崇尚自由不喜約束的長髮，我的夏天總顯得沉悶而冗長。

或許應該這麼說，我和長髮之間根本就是愛恨交纏，接近那種暴烈的愛，蘊藏著相等能量的恨，就像愛一個人恨不得把他搓碎或變小，化成身體的一部分，極度疼愛一隻貓便有吃掉牠的可怕念頭。那種帶著高度佔有慾，想把擁有的一切嚴實密封起來，又基於怕它逃走的不安全感，而有玉石俱焚的衝動。我很早就在與長髮的撕磨中發現了自己性格裡不斷抽長的狼牙，不知何時會引燃的兇悍。

也曾多次恐嚇糾結的髮絲，聲稱要與它一刀兩斷。我已經厭倦了自己的潔癖，厭倦頭髮熱愛蒐集香菸、汽機車和餐廳裡的氣味，如同一個有戀物癖的神經病患。每天我拖著精神已經乾竭的身體回來，還要耐著性子幫它清洗，更在以美麗為誘餌的廣告哄騙下，心甘情願買回奇怪又不合用的洗髮精潤絲精熱油這些莫名其妙的產品，而後又因為懶惰鬼作祟，而將之束之高閣。這就是惡性循環吧！這些消費就轉嫁在永無止盡的心力勞動上，形成空洞的輪迴。然而最讓我無法忍受的是，它甚至把外面的氣味置入我親密的枕頭和居家的乾淨空氣裡。於是洗頭變成一種惱人的情緒。我常有恨不得放把火把它燒個精光的衝動，或來個乾脆俐落的光頭造型，好滿足自己的標新立異，也炫耀嬰兒般光明磊落，無所隱瞞的頭型。

每當長髮張開羽翼乘風飛去，我不免擔心那樣的姿態太過撩人，但是它卻十分樂意吸引別人的目光，並因此變成它美麗的助力。於是我心裡便有一種淡淡的哀傷。原來長髮並不屬於我，它自有獨立的主張，儘管它分裂自我的身體，植根於頭皮，吸取我體內的營養。難怪頭髮愈長，我總有御風而行的感覺，因為身體努力吸收了那麼多養份，卻被長髮悉數取去，於是軀體便成為一具空有外形的皮囊。

這樣說來顯得長髮一無是處。卻也不然。它曾是自由的象徵，在那個髮禁猶存的高中時代，它是我放逐現實和體制的手段。在不准別有色髮夾不准髮長超過衣領，禁錮彩色彌封浪漫的時代，我硬是運用想像作怪，十分技巧的燙了瀏海，並削得薄薄地，微微掀起波浪，是當時最流行的黛安娜型。原本我只是嫌棄新剪的髮型過於陽剛，沒有一絲青春期女孩該有的柔美。那樣擅自主張的「變髮」之後，卻充滿前所未有的叛逆快感。我以微捲的桀傲，向整個令人窒息的體制發出不馴的挑戰。

離開那個規矩滿滿，戴著手銬腳鐐的時代，我開始蓄髮，也同時蓄夢，而長髮即是夢的堤防。後來更因為懶惰的茁壯而任它漫無章法。厭煩它的糾纏時，我總是因為那個喜歡長髮的人而一忍再忍。好不容易髮長，那人卻在我的生命裡變成一個突然消失的問號。我開始時瘋了一樣，任由潦草的散髮將我淹沒，張惶不知何以自處。最後卻終於明白，他的溫度和情感都遺留在髮上。美麗的髮色，卻是哀愁的化身。有時我不禁想，頭髮摩擦時，那似有若無的嘆息，仍是當年那人在我耳畔低語。

我並不眷戀長髮的美麗，只是對那留住時間的光澤和長度充滿不捨之情。五年前剪下的那把頭髮依然那麼溫柔黑亮。它學爬牆虎那般靜靜懸止在書房的牆上，與萬年青毗鄰而居。入夜之後，它會不會化為壁虎四處遊走，甚至依偎在我新生的髮傍，要求再續結髮之緣？造訪的朋友每每悚然驚懼。是因為時間可以如此不朽而令人訝異？還是斷髮背後總有一齣哀絕的悲劇？或是耽戀過去的美，沉緬於回憶，這樣病態的性格令人恐懼？那把頭髮令我想起伴隨著它的悲歡，已經消逝的美好和憂鬱。它曾經是我最親密的伴侶，然而「曾經」卻也是我最大的悲哀，那意味著不能重現，再也無法複製，徒留悵惘的存在。

於是我不免悔恨，為何輕易斷髮送人？表面上那麼乾脆，好像丟掉一件無關痛癢的身外之物，心裡卻像被劈開一個愈變愈大的窟窿，不知該找甚麼來填空。明明知道這不過是段錯置的因緣，惶惶中卻企圖想抓住甚麼。等到不得不承認那是邱彼特打瞌睡時不小心射錯的箭，卻仍然想要為美麗的錯誤留下紀念，好像這樣才能心安，才有理由安慰自己的悲傷。斷髮送君本有屬於它的宿命，如今我的髮安眠在那段屬於它的回憶裡。於是我安心了，即使沒有音訊，卻覺得曾是我貼身的髮仍舊在陪著那人過日子，自此再也沒有聯繫。

我從不輕易去撫摸別人的髮，那樣似乎侵犯了別人的隱私，碰觸了別人的秘密。滋養髮根的土壤是充滿意念的腦袋，因而我總是懷疑頭髮隱藏了個人大量的記憶和私密。縱使是別人落在家裡的頭髮，我寧願掃去而從來不肯撿起。落髮是失去生命的屍體，撿髮的感覺像收屍，即使是自己的落髮，只要有幾根糾纏不清，那捲在一起的模樣就令人覺得不潔，而且噁心。頭髮倘若知道它曾經擁有的美麗瞬間即將消失，落地的剎那，也會悲淒的為自己吟一首安魂曲吧！

送別耳鬢廝磨三年的長髮，我也贈它這首賦別曲。知我甚深的頭髮，一定會原諒我沒有老實的按照誄文的體裁來歌頌它、讚美它。一生聽慣美言的長髮，就請破例接受一席誠心誠意，沒有絲毫欺瞞的肺腑之言吧！

## 五、參考書篇

河宴　鍾怡雯　三民

普羅米修斯與鷲鷹　柯嘉智　中華副刊一九九一、九、十

# 玖　手記式散文

## 一、特色

類同於「日記」或「札記」，表現的是人類生活中因閱讀或經歷偶然獲致的認知心得；不同的是，刪除了日記中記事、備忘等瑣碎成份，也不似札記那樣，以層次條理表現其學術性。較之日記與札記，手記式散文更要求有藝術的精美。這是因為撰寫目的的不同：日記與札記多供自身使用；而手記式散文仍須公之於世，忮求以自得與讀者們分享，忮求能對讀者引發共鳴，進而提供調適的參考。

迄至目前，這一線路開發的形式仍如詩歌一般的精鍊，參考著以往中外名家的軌跡，如泰戈爾《漂鳥》、《園丁》集中，以精美的散文詩表現詩人對人生哲理的體認；也像王國維在《人間詞話》之中，以精鍊筆觸揭示他對文學藝術理論的自得。這種表現方式不是沒有缺失，目前顯見的已有兩項：一是單純的哲理呈現難免艱深枯淡，易使讀者望而卻步；另一是短小精美另一面的先天缺失，只是如「點」的呈現，不曾把作者省思自得的歷程提供出來，未能符合足可引導讀者循行的「線」的要求，對枝求獲致廣大讀者的會意共鳴言，難免不夠。

待要調整這一新開發的線路，使之連「點」成「線」，提供更為實用的引領，更為廣闊的視野，要求在深度具備之後更謀廣度的加強；同時，藉著形容的強化（避免敘事，保持特性，以謀不與其他方式混同），以減低哲理的艱深枯淡。以上兩項，期待著有志者來致力於此。

## 二、表現重點分析

㈠形式有如分段詩（散文詩）、日記。智慧型、無媒介。（不似連綴體之有媒介）

㈡分段以數字標號，或另加子題。（與連綴體相似）

㈢理念如點，在各段中表現，各段連結形成為一線相關的系列。即使各段表現重點未有明晰的相關，但在貫連成篇之後，仍可有主題的指向。有透視作用，情少理多，哲理不一定為人接受，易流於片面主觀，主要是對作者自己而非對人。

㈣表現類同於哲理散文重理念，對讀者提供的想像空間稍小。不重感染，而是作者自我濾清後的清明。

(五)避免因哲理深奧而形成的枯淡，表現就三方面力謀調適：一是精鍊，一是修飾美化，一是感性的強烈。

(六)適度使用譬喻說明，以減低散文的硬度而加強其可讀的柔性。

(七)不重起訖，甚至也不重層次。再小即成雋語。

(八)篇題有時可以說明或暗示主題，但有時只是一個不代表什麼的標號。

(九)大線指向仍屬於人性、人生的啟示與調適。了解靠「類通」的本領而非相同經歷。

(十)不同於日記，不重記事；亦不同於讀書札記式的系統層次。

(十一)與連綴體之不同，如表列：

| 連綴 | 情 | 線 | 重說服 | 廣度大 |
| --- | --- | --- | --- | --- |
| 手記 | 理 | 點 | 重震撼 | 深度大 |

## 三、作家作品例舉分析

### 大荒：往日情懷（節錄）

1. 文例：

一、

心正迅速的俗化，甚至於能感覺到它在化，猶如站在溪裏，感覺到水的流動。我不甘心，我必須抽劍出鞘和它戰鬥，阻止它的侵淩，但我發現我的劍已經鏽蝕。

四、

悲劇所以感人，是因為我們清清楚楚看出機緣的錯誤，而劇中人竟未能避免。但我們一方面為他的毀滅唏噓掉淚，另一方面也未嘗不私下讚嘆毀滅得深刻，沒有這些，就無法令我們盪氣迴腸。整個人生時時處處都在發生悲劇，只因牆壁遮住了，我們就相信人世是祥和的。

五、

很多人活一輩子卻沒真正生活過，富足一輩子卻貧乏得可憐。生命至高的內容是智慧的閃光，德性的提升，性情的諧調，否則，所謂生命不過是個空殼。

七、

植物學家把芒果和蘋果交配成一種果實，叫吃芒果的時候嚐到蘋果，吃蘋果的時候嚐到芒果，一舉兩得。實際是芒果既已變味，蘋果也不蘋果。像騾子，即如驢又如馬，卻非驢非馬。人類最愛逞能，強奪造化之工，有一天會自食自造的惡果。

八、

我們大多數人都在烏煙瘴氣的環境中被驅進慾望的深淵，彼此傾軋得頭破血流而略無悔意；勝者沐猴而冠，敗者抱頭鼠竄。惟有從這大戰場中抽身出來，我才是我，攬鏡而照，才看見自己本來面目，才可以與天地參。

九、

大混亂的時代，通常也是人心最淪喪的時候，於是有心人挺身而出，準備以一身熱情力挽狂瀾。思想家提供真，宗教家布施善，藝術家貢獻美。人人能追求真，則可明是非，辨黑白；能追求善，則能愛人，能惡人；能追求美，則能以赤子之心，戀人之目，欣賞及讚美生命與自然的和諧。必如此，人才能不淪於工具，不墜於物。

十、

人之所以為萬物之靈，乃是因為人賦有超出動物的才能，會從事種植和牧畜，這種本事使人不必為了肚子，互相殘殺而提高了地位。不幸，人好不容易提升了自己，卻又重重跌落。為了虛榮，人們在吃得飽飽的情況下，從事血流漂杵的戰爭！

十三、

時間的面貌究竟是什麼樣子呢？我越來越怕想這問題，大約因附著的對象而變易。在兒童身上是飽滿圓潤，在青少年身上是奔騰活躍，在中老年身上是遲鈍呆滯。近來我怕面對鏡子，連鬍子也懶得刮，我知道我在厭惡什麼，悲哀什麼。

十五、

傻傻的過日子，一下班就往沙發上一坐，縮在一起，當雙眼微閉，就是一陣暈眩，似乎人會被翻旋到天上去；連忙睜開眼睛，只覺渾身虛脫，一點勁也沒有。所謂死，或者還比這景況好些，這是死水，還有溼度，但已是水的屍首。

十六、

我設法從孩子眼瞳上取火，我似乎真的沒有火了，大熱天也冷颼颼的，動一動就產生發顫的感覺。我在內心呼喊著：振作起來，不要頹唐下去！四十出頭的人就該衰老了嗎？但是，如果不衰，我又怎麼會成一副等死的情態呢？我像一隻掉盡了毛的鳥，竟一寸也不能飛了。偶而翻翻以前的作品，幾乎不相信是我寫的，我曾經那樣狂放不羈，熱情似火過嗎？有一天，一位女同事拿她年輕時的照片給我看，起初不相信是她，那樣綺年玉貌，怎麼可能變得如此臃腫俗氣呢？現在我懂了，她今日的形貌正是我今日的委頓。不能怪時間殘酷，怪只怪沒牢牢抓住時間，時間是一匹快馬，我跨過一陣子，被它顛翻了。

十七、

人生是充滿矛盾的，矛盾造成內在世界的戰鬥，殺來殺去，殺的還是自己。有什麼鋼鐵生命受得住永無休止的摧殘？所以我今日的死水狀態，必是矛盾雙方都精疲力竭之故。餘下還有什麼？

休止，等時間來討債！

但是，多不甘心！就像昨晚電視影片中那人的假死，當人家釘他的棺材，在棺材蓋上掩土，他無聲地叫喊：「我沒有死，快救我！我沒有死！我還活著！」沒人聽見他的呼喊，終於被活埋了。我也清清楚楚感覺到時間的櫬夫正納我於棺，埋我以土，逼我一寸寸從人世消失！

我這個不信神的，或者會走進教堂去覓取力量，無論如何，我必須把孩子帶到可以放手的時候才向人寰撒手。

2.**分析：**(以作品標號為序)

(1)欲振而無力，人生經歷了許多之後的乏力感(劍已鏽蝕)。

(2)悲劇中人不能避免錯誤常是由於性格的命定。毀滅得深刻，顯示兩層，一是因毀滅而引發讀者的警惕，另一是悲劇英雄即使失敗但總也攪動了人類社會使之進展。

(3)生活與生存的不同，貧乏者的生存一如人類以外的生物，甚或不如。

(4)科學進展及自然的反效果，但就科際整合的新向而言，求新求變又是基於人性，提昇人生的必需。

(5)人生「去欲」之旨，但欲即是人的生命原動力，既是本質即不可能祛除，惟有強化制欲功能是可行當行的。

(6)亂世常是思想、藝術產生的溫床，人常須在痛定之後思痛，一流的才人常在民生痛苦之際表現反動而具有突破性的建樹。

(7)物化人生——達爾文優勝劣敗、物競天擇的可悲。提升的同時並有罪惡墮落的反諷。

(8)白髮人老醜的可怕，可悲的這是人類絕無避免的命定。

(9)平凡空無的生活，病痛的折磨，強烈的比死都不如的感覺，結句設計鮮活。

(10)時不我與之感，忮求能再恢復年輕熱力，未能及時把握時間，是為人性中蹉跎的共性，感傷強烈。

(11)去日已多來日無幾的壓迫感，當再起的希望漸淡時，轉而想薪盡火傳，培育下一代的承祧，但善盡培育之責，也還是需要自我振作。

## 四、作品例舉

### 史作檉：三月的哲思（節錄）

三月五日

九、

剛強的真正來源，決不是從柔弱的相反中產生出來。相反地，它的真正來源是光。而光的來源，是真正的愛。而真正的愛，便來自於痛苦與眼淚淨洗後的心靈。它是經過了成長與鍛鍊後的純真性靈，所以我們說，剛強與童真同源。

十、

當我們真正在愛時，我們總是心意慌亂著，而把自身的一部分丟失在對方的存在中，然後就拼命地想在對方的存在中，尋回自身存在的真實。

十四、

真正的愛，一定要在一切屬於節制、德性、或超越心靈的培育中，才能獲得它完整的發揮。否則它也只不過被一些人間的思慮所侵佔，那也就全無愛的本義可言了。

十六、

假如我們真的是拿我們整個的生命去愛，那麼我們便斷沒有不愛的道理。否則，那將對我們自體的生命來說，是一次極大的失敗與斷裂。假如說，在愛的過程裏，我們會因任何原因，而有僥倖的心理，或藉口去愛他人，而不再愛原來的人，那更是一種極大的不智。因為我們可以愛別人，但斷不可以存僥倖。

十七、

假如我們心中是有愛的，那麼對方心中有沒有愛，我們馬上便可敏感地覺出來了。假如我們的心中完全沒有愛，那麼我們對對方心中的一切，就全不在意了。這雖是一種自然，但也是一種自私。

十八、

假如你是有真正能力去愛人的，那麼你就不要從你所愛的人身上，去獲得愛的信心；卻要從你自己整體的生命上，去獲得你去愛的信心。

十九、

愛是一個最最奇異的事物，它可以使人在失去了它真義的表達中，弄到顛倒而瘋狂的地步。同樣地，它也可以使人在真正獲得了它真義的情形中，使人的整個生命開花並成熟。其中意義之種種，說是說不完的，這恐怕只有拿著他整個的生命，在這裏煎熬並鍛鍊著的人，才能真正地瞭悟吧！

## 五、參考書篇

三月的哲思　史作檉　楓城

春華秋葉　大荒　采風

地糧、新糧　法、紀德

人子　鹿橋

無花果集　蕭白　文鏡

# 拾　小說體散文

## 一、特色

通常我們所謂的「散文」，在其表現形式及結構上，不論是文章性的散文，或文學性的散文，都非常的自由。文章性的散文講求「言之有物」，在文辭及遣字意義上，盡量以表現作者的觀點及看法為主。文學性的散文，則常常是作者在一剎那的靈感中，捕捉了情、景、事、理，而以動人的描寫，來引發讀者情感的共鳴或理智上的覺悟。它們共通的特色是結構精簡，在表現形式上展現或捕捉了某一點；甚至只是一段描寫與詮釋，在章法上並不嚴格地受到限制或要求，力求其有被欣賞的價值、產生美感。

而小說，在表現形式上就受到了某些限制，諸如情節必需不斷推展等等，其結構也遠比散文嚴謹，不論是在首尾呼應上，或情節安排、故事架構、人物關係等等，皆要求成為一個圓滿完整的形式。尤其在時空的處理上，小說非常接近戲劇，甚至有時時空背景常常主宰著小說情境的進展。換言之，小說在表現形式上，它關切的是，作者透過文字理念及情節鋪展等等，是不是可以表現出一個完整的結構；所以，在形式要求上，小說不能光只有一個點的展現，它必須要經由設計及架構，來完成一篇有情節，或有故事性，甚至帶有節奏性的完整作品。

而所謂的「小說體散文」，正是建立在這兩種形式結構中，既發揮了小說格式所提供的潛能，所展現的完整性，也同時把握了散文自由的節奏所抒發出的風格。此一新型式的散文風貌，特別是在社會結構隨著時代變遷而轉為工商業形態，其中尤以民國五十年以後最為興盛。基本上，由於工商社會繁忙緊張的生活步調，使得人們較諸以往更缺乏了閱讀時間，另一方面，傳統的散文形式也緣於時代變遷而不斷變革；在讀者渴望新鮮，而作者冀求創新的交互心態中，並同時為了紓解工商社會的緊張氣氛，人們已不再正襟危坐讀小說，但又復酣迷於小說的完整形式，種種影響及交互作用之下，乃促使所謂「小說體散文」的勃興。此種既如散文行雲自然的風格，又有小說縝密設計的完整結構，所組合而成的散文新類型，正像一個時代的歌手，隨時以各種曲調曲式，譜唱著時代的歌聲。

通常小說最普遍的寫法，是採取一個戲劇方式，把人物情節帶出來，讓讀者在其中領會、浸潤。而所謂「小說體散文」，則是利用散文的描敘方式，把一些人物、事跡、地方情調等，以小說的結構表現出來。尤其因為一九二〇至一九三〇年間盛行起來的意識流小說，使小說面目為之一新；連帶使創作散文者，也採用了這種意到筆隨、跳接、時空交錯的意識流形式，來豐富散文的面貌。

今天寫小說的人，即使仍舊採用戲劇式的方法，也或多或少會受到意識流一派的影響；更何況散文的創作，在形式上是如此自由與繁複，在描敘過程中無可避免的心靈活動，便常常透過意識流形式展現出來。除此之外，這種「小說體散文」在觀點應用上，經常師法美國小說家亨利・詹姆士的「一個觀點」方法；即是所有的人物、事跡等等，都是由某一個人的眼睛看出來的，如果此人對周圍所發生的事不了解，讀者只好跟著不了解，作者並不加以說明，換言之，這種觀點即是描寫某人主觀意識裡的客觀世界。

在「人」「景」「情」之上，並不一定就成為小說，小說最重要的，還必需有「動作」，這種「動作」通常包涵了外界看得見的動作，及內心無形運作的動作（最明顯的就是，經由一些情境的作用，在內心中終有所「悟」，此「悟」即為內心無形動作的完成）。但「小說體散文」在這點「動作」的要求及形成上，就非常自由，甚至可以很少進展「動作」，或完全沒有，而呈現一篇表白式的散文或抒情散文，但在結構上仍採取小說形式。

## 二、表現重點分析

㈠突破散文「線」的表現，而具有小說「面」的設計架構。

(二)有小說的結構，但仍保有散文的行雲自然。

(三)手法：

1.採用短篇小說結構，舖述出一個完整的故事情節來傳達理念。
2.以意識流手法來呈現作者意念，自由而傳真地表現作者的自我。
3.以心理小說的細密深刻，使用在描述與抒情，將情感的狀態溶入心理意念。
4.使用小說各種結構型式（順敘、倒敘、插敘、中間突起等）來展開散文舖敘。
5.營造一個主要意象，來做為貫串全文的鏈索，凸顯出人物性格及主題意識。
6.時態多用錯綜手法。
7.多用第一身為敘事觀點（亨利・詹姆士的一個觀點）。
8.使用小說曲筆、隱筆、伏筆等技巧。

(四)保有散文之本質：

1.多描述、敘述。敘述多用主觀、感覺，不似小說之客觀、用事。
2.對話分出，但不若小說中份量之多。
3.多用表白，不若小說之多用動作。
4.多見有大片散文成份。
5.描述功能是散文的精緻、抒情化，甚至詩化，而不是小說式的粗糙。

## 三、作家作品例舉分析

### ㈠羅位育：一九三七、十二月十二日

1.文例：

＊日軍五萬于一九三七年十二月十二日佔領南京，肆意搶殺姦淫，死者十餘萬，外人目睹者，稱之為現代史上最野蠻之行為……＊

1

當你舉刀的那一剎，很清楚地瞧見你眼角旁疲憊而隱沒的風霜。但是，我不解，才不過十幾歲張狂的孩子哪，為什麼讓殘暴倉皇的線條在臉上縱橫狼藉？

你該在千山滿眼綠意之中接收驕傲的青春，或該在大漠沙捲的塵埃之中送走落日，怎麼？我卻見你在狂暴中無力地計算歲月，那真是令人寒澈幾番肌骨哪！

也許，你曾是呢狎溫柔的少年，翩翩于少女脂粉之中，在煙水茫茫之中貪遍星霜，在哀樂之際淹留青春，如今竟在這場無由的戰爭，這場旌旗亂捲的烽火之中，讓年少的時間在無說處落盡。

想著，我們原本可能舊識，彼此在今生惜昨生的歲月之旅中歡笑，如今先惜的卻是，一剎那間，我將在你長刀起落之際，送走半白的人頭！

十多歲的你知道英雄消息嗎？你的英雄夢怕已難成，在這一場屠殺之中。你揮刀，頻頻揮刀，正是要一償你難圓的夢嗎？該說什麼？這難堪而可憐的小小慾望！

但是，你忍得下心嗎？不，不知，我卻不忍見你原該年少飛揚的情緒，在這滿目瘡痍的戰場不堪老去，經歷一場過早的滄桑！

幾天之後，我的骸骨將在泥中化去，這場戰爭我們只是暫時輸去了皮囊而已，而你呢？我的小朋友，你那相尋的哀樂怕要在硝煙中腐盡！從你奮眦振臂的動作之中，窺見你無處計量的閑愁，而你還能有多少的時間可以輸去？

不要再懷疑了，雖然你仍懷著斂在深處的日本古國教養，但是無處投奔孤傲的你，已經難辭戰伐過手的犧牲了！最怕、最怕無端的癡想竟使你在遍野屍骸中猶疑，那是你們綁縛在身的武士精神所不允的！

不過，是來不及細想了，戰爭本是一串深長的連環，你要何解？

多少同胞的血，老的、少的、壯的、弱的、男的、女的，都輾轉奔過你的刀刃之上，原本活潑的你，當是何其的不幸！也許你會恨此身已落，再也不知孰是孰非，我們除了憐憫更復嘆息！

有一天，我們終必歸來，料定風雨將清過你們所遺的血污，我所擔心的是，你那寥落的情懷，恐怕數上幾十載也難以納回吧！

如果，偷偷告訴你，就在我們倒的土下，埋著陳年釀香的女兒紅，是否呼取盡杯和我一別？

或仍是卻緣！

如此，在人性的荒蕪之中，你我或許均願醉得不省人事，就待在去來一夢之中見此真情！

不！你不會的，因為刀鋒即將削下，你沒有時間剜土取酒了，這是無可改變的一場結局，如今我已不再畏怯流年歲減，只擔心你如何去擦拭自己的英雄淚！

罷了！孩子，你只是個尋常的士兵罷了！雖然你是如此可憐可卑復可哀的淩虐殘暴，仍願問你，是否在墳上為我獻上一炷香好嗎？

好嗎？日照大神庇護下的孩子！

## 2

當舉刀的那一刻，彷彿見到北海道雙親黯淡的眼神疊在腳下中國人的瞳孔之中。眼神中有一股豁免不得的悲劇，正暗暗地嘲笑我們大批擁入南京城趾高氣揚的皇軍。刀芒飛掠空中一如大批淒厲鳴過的飛鳥，那麼哀痛！那麼深沈！……

如果，這是日照大神的諾言，呵！那我們的疲乏和無力將如暗生的青苔，在無數累積的歲月，不定叢生！

才是去年，積光禪寺中的枯雲禪師在棋盤上考驗我推車走卒的潛心。默默推算棋盤縱橫方格之中所預設的命運！其時，我的心態波譎雲詭而惶恐，過去在時間中所放逐的野心，並未因追隨枯雲三年而斂下……

當寺外白雪倏然飄飛的一刻，枯雲在關鍵的活眼中落子。我，大駭，突然在棋局中隱隱窺見敗城殘垣的淒冷。抬頭，枯雲瞑目而坐，雪光流動在滿佈皺紋的臉上……棋盤上彤雲四落棋子旁。……戰爭似乎將要觸起，冷落的年代將要沸騰，彷彿……彷彿纖麗溫柔的感覺將要在一場戰火中焚去——枯雲嘆了口氣，老眼微開流出一絲沉著而深邃的眼光——又緩緩闔上——

寺外狂雪亂捲在我急急奔走的腳上時，仍是不能明瞭枯雲超乎語言文字繪畫……的玄機！

如今，我明白了！

在中國大陸千里跋涉的泥濘之中，皇軍遺落了細緻纖柔的美感，淡淡言語之中我們交換冷冷的命令。軍部已下令要絕對建立大東亞共榮圈，圈內圈外，我們設計世界最大的野心。

我們站在武士道高傲強暴的虛榮之上，向中國人表白自以為是最悲壯的心願，是的，是的，那不可一世的解救呵……

原來積光禪寺外的大雪，竟是一場無可寬宥的挑逗，讓我在純潔飄墜的雪花之中，以為溶入了世上最為崇高的義理，絕不容許任何傖俗卑微奴性的意念阻撓！

（呵——呵——世上隱藏了太多懦夫自以為是的期許），武士刀上的污痕畢竟削過了原本安靜的時間，我們成為不知如何煩惱害怕的滑稽生物，只是孤單地在戰場上挺著歲月前進！

枯雲沈默的答案終于難堪地大白了，尤其在今日南京漫城哭聲夾雜狂哮的混沌之中，又想起那老眼微開洩出的光芒。一旦意識到四周的同袍戰友，正露出猙獰笑容，頭顱頭顱交替摘下，嬰兒嬰兒爭相以刀刃劈穿，我不禁駭然而且深深懷疑我們這民族的驕傲。

原始獸類的飢渴瀰漫在我們筆挺的軍服之中，在號稱光榮義理的軍紀下，我們從事一場獵祭追逐的遊戲，在微笑中訂下狩獵規則，策馬勁奔揚塵之際，向大神討好地獻祭！天知！我們竟是狩獵祖國多少雙親依閭的眼神，就藏在這遍地乾枯的容顏之間……呵！那對雙親水一樣美麗溫柔的允諾……

我竟在刀光之中瞥見自己惶恐的面容……在奔逐南京城的一刻，不禁再度想起那雪上一痕一痕陷入的黝黑鞋印，一路綿延……

風該從何處吹起？四周混亂的呼吸之中我倒持缺刀倚牆，恍惚間有遠古悠柔精緻的音樂輕輕彈起。仰眼，天空依舊白雲輕盈翔飛，太陽兀自驕傲地閃鑠光芒。

但，這個時代是沉默了，正像枯雲沉默的面容中蘊藏譴責的憤怒（我終於明白了），這棋已是難以定局的了。還能說什麼？因為棋局中我們同是矯情而自負的卒子，已不考慮浪漫的氣氛許久許久，而我們或許需要感人親切高貴的安慰……

在這錯亂的戲劇之中，也許只有發呆才是寧靜而貼切的歸宿！

2. **分析：**

(1)最為佳妙處在題材設計之特殊，寫的是抗戰中日軍在華屠殺我國人。設計不落窠臼，由被害人的角度想像日軍色厲內荏的心態。被害人了無憤懣，而竟有著一份洞見強者欺凌弱者必然空寥的悲憫。表現了人性的荒蕪，價值貴重。

(2)以充足篇幅想像日軍經歷：「你曾是昵狎溫柔的少年，翩翩于少女脂粉之中，在煙水茫茫之中貪遍星霜，在哀樂之際淹留青春」，當是由蔣捷〈虞美人〉「少年聽雨歌樓上，紅燭昏羅帳」意象轉化而來。及至以後參與侵略，受武士道精神綁縛而身不由己，文中點的是「可憐可卑復可哀」的心態行為，日軍即是以此性行來橫使其淩虐殘暴，以劣行的積累企圖平衡他內心的空虛。

(3)二段觀點轉移到日軍的自白，枯雲和尚出現，青年日軍學佛而未能有得，在殘殺婦孺之後、空虛之後，假象傲慢一旦崩決，沈重的難堪湧現，鄉愁與親情憶念湧現，終至於惶恐難安。

(4)形式方面詩化精緻。形容功能尤屬佳妙，如：「如果，這是日照大神的諾言，呵！那我們的疲乏和無力將如暗生的青苔，在無數累積的歲月，不定叢生！」

(5)結構龐大雖已近似小說，但全篇修辭詩化，全無對話，質料仍屬散文。

## (二)范宜如：心音四疊

1.文例：

1起

其實，最初的音調不需要高亢，只要你徐徐呼吸，讓氣慢慢下沈。

「遺忘……遺——忘」

你小立台前，一種美麗的氣氛襲進禮堂。

「若我不能遺忘，這纖小軀體
又怎載得起如許沉重憂傷？」

用雙手去詮釋感情，自己彷彿也可以剝開心，像剝開花瓣一樣，色澤是愈來愈深的。

甄甄，從什麼時候開始？

你的河流起源在沙漠，從沙裏潛伏著未知的喜悅，躲過黑夜狂風，才慢慢露出臉孔，成就一個綠洲。

「人說愛情故事值得終身想念
但是我啊　只想把它
遺忘」

一拍的休息，你的手再舉起，女聲微微揚高，就像你昂著小小的頭注視陳一樣，從心口湧起小小的驕傲，他微笑地望著你，天地間也就只有這個微笑。

那是容易忘的？從著白衣黑裙到藍衫的日子，他在花城等你，並且計算好台北的車速，好讓你在單車架上平穩如一，不管在椰林大道或是新生南路。

「遺忘……遺……忘」

※（嘿，唱歌的時候，你在想什麼？）

## 2 承

河流會彎曲也會迂迴，自己會湧出不知名的暗流，戲弄岸邊的生物。它也會可愛成一支愛歌唱的小溪，也會呼嘯成雄偉的瀑布，可是它的原形還在。

它可是固執不改初衷！

琴聲堅穩地響起，甄甄，我瞧見你的裙角搖動。

「隔岸的野火已滅

林叢裏蟲聲四起

露濕苔痕　星夜——將——沉」

其實，最早是和林的。他像灼灼的榴花，絢麗令你不敢直視。

而夏天總是多風的，騎著單車追趕一場落日，只要那種壯烈的感覺，便可以與他同赴生死。

唉唉！那年你才十五歲。

從激烈的節奏轉到柔慢的音節，你心跳的頻率也和歌調一樣麼？

夜晚的星星很亮很亮，天狼星兀自在那端等你，而你偏要等待流星，等待它劃過天空瞬間，便可以和你的心願一起美麗，永遠。

※（喂，你說這世上有沒有永遠？）

## 3 轉

你喜歡等待車身轉彎的剎那，前頭彷彿有千頭萬頭未知在伺機而動，待你一定神就全傾巢而出，只等你一聲驚呼！而人世風景無限，寧願驚心去挖掘視野以外的美感，不願意只立定在前後左右，作好雕像的姿態。

「誰能將浮雲化作雙翼？
載我　向遺忘的宮殿
飛去」

和一般小說的情節一樣，你在眾多的難言之隱裏面穿梭。

琴音和歌聲一同流轉，曲調的高度是心情的高度，可是這個時候的心情又是多麼的疲倦。

「有時我恨　這顆心是活是
會跳躍　是會痛苦但
我又怕遺忘的宮殿喲
就連　痛苦亦付闕如」

翻開一張張沾濕的手記，也不必交代或割捨什麼，只是固執地相信地球是用愛旋轉，轉身給他一個淒然的微笑，就此進入植物園的千荷萬荷。

甄甄。

「迎接這痛苦吧！

生命如一瓢清水

我寧飲下這盞苦杯」

當女高音以她清越的聲音，喚出先後八度「啊——」的距離，期盼你也騰越出另一條軌跡，向生命高峰處出發！

那時，自有人立在那頭，在生命轉彎處等你

河流反身一縱，立即被海洋吞入。

※（你想吞入什麼？　哈。）

4合

音樂要結束的時候，還是要吸足氣，厚實地唱出：

「若我不能遺忘——這纖小軀體

又怎載得起如許沉重憂傷？」

信不信，感情是可以昇華的。小時候聽人魚公主的故事，到後來化成天空中的泡沫，小時候那知什麼呢！

唉！泡沫；

甄甄，從你背影，我彷彿可以望見你臉上肌肉和神經的變化，我相信那是一種高度的和諧，用神經去撐足每個音度。

「人說愛情故事

值得終身想念

但是我啊　只想把它

遺——忘」

不知道大度山的松風可不可以與你的歌聲相合？雖然平靜的心境許會醞釀一種不平靜的可能，還是選擇你現在需要的，其他的，一併交給時間去判決。

大海的歸向在何方？是千百年未變的浪潮？還是億萬年後的桑田？或者又回到原來的居所，再次重覆它的旅程，說重覆是不公平的，那一次會與上一趟雷同。

「遺忘……遺忘……。」

琴音停留在最低音的A，幕落。

※（那一次，如果你也是聽眾的話，是不是也忘了鼓掌？）

2.**分析：**

(1)主題表現情愛墜歡難捨之後的悵觸沉重，企圖遺忘淡化。

(2)結構設計新穎：「起」段中表現甄甄與陳的戀情。「承」段中有甄甄與林的事，錦繡華年流星絢爛的期許。「轉」段中出現人生認知：「而人世風景無限，寧願驚心去挖掘視野以外的美感，不願意只立定在前後左右，作好雕像的姿態」，惆悵已現。「合」段顯示音樂結束，戀情已潰，人生一如泡沫的啟示沈重。

(3)形式詩化，詩與文揉合新穎，風格豪婉兼具，是為特色，柔情敘述之中，亦能有豪興翻出，如：「而夏天總是多風的，騎著單車追趕一場落日，只要那種壯烈的感覺，便可以與他同赴生死」。

## (三)石曉楓：終身大事

1. 文例：

有時也會厭倦起這樣慨慨毫無生氣的日子。八年了，漫長的八年裡，自己就把大好青春，埋葬在日日一成不變的生活步調裡——每天大清早匆匆忙忙去趕車、打卡、坐辦公桌、處理一大堆繁瑣的公文。下了班回家，每每像一隻洩了氣的皮球，把高跟鞋往門口一甩，多希望迎接自己的，會是一室溫暖的燈光，多希望有雙堅實的臂膀可以倚靠，然而八年來不變的，恆常是那一幢陰森闃寂的大房子。有時真會生出一種錯覺，彷佛自己一伸足，就要踏進再也走不出的千年古墓了。

又何嘗不是呢！都已經被禁錮這麼多年了。沿著長廊行去，也懶得將燈光一盞盞打開。黑夜裡，像一縷幽魂游移於亙古不變的空寂之中，她有一種自虐的快感，一轉念，心下又突地湧起一陣森森然，忙不迭地將收音機打開，頻道裡嘈雜的人聲，正透過暗夜裡那紅得惹火的機身，張牙舞爪恣肆於室內。卻仍是毫無人氣。一片闃黑之中，她索性搜尋起角落那雙綠得邪氣的眼珠——

也只有那團溫熱的軀體，才能讓她證實，自己終究是活在萬丈紅塵中的。

貓咪是流浪在外一隻瘦得讓人驚心的小可憐，房子則是終老鄉間的父親，當年為遠赴台北的她設置的棲身之所。從學生身分晉身到上班族，房子陪她也有好些年了。那年秋日傍晚，當貓咪一聲不響地跟在她身後，一路跟到房門前時，她曾嫌惡地回頭一望，本想攆走這個不速之客的，然而一照眼，貓咪那一身皮包骨，竟讓她無端生出一股女性的疼憐，踱到廚房去將一堆剩飯剩菜擺到牠面前，貓咪竟然不為所動，只用那雙碧綠的眼珠深深望了她一眼，從此就住下來了。

其實她的房子除了養貓咪之外，當然也養人，只是人終究會走，唯有貓咪恆常與她相伴。當年弟妹遠上台北時，父親就叮嚀身為長女的她，必要好好照顧弟妹，那一陣子，她也曾頗費周章地向同事學得一套烹調之道，回到家來一展身手，飯菜擺上桌時，多希望弟妹能對這棟房子產生一點「家」的認同感。她盡可能在日常起居中滿足弟妹的需求，在生活細節上對他們做到無微不至的照顧，然而一番好意，反倒惹得暴躁的大弟嫌棄，說她勞叨得像個老媽子。後來他竟索性離去半工半讀，在學校附近租了間房子，只在缺錢用時，才心不甘情不願地來她這兒一趟。妹妹則生就樂天個性，一張臉渾圓渾圓的，挺惹人疼愛，高中勉強唸完，也無心再讀書，上台北工作沒兩年，便和公司的小主管雙雙步入了結婚禮堂，婚宴當天，眼看稚氣未脫的小妹一臉幸福的模樣，她不免怨起自己，唸了那麼多書有啥用？不如一張渾圓的臉蛋討人歡心。自小她就瘦，瘦黑之外又一身病痛，大約生就不是享福的命吧！

果真不是享福的命。犧牲了自己的青春，做了他們的踏腳石，結果呢？到頭來一個個毫不留戀的說走就走。早厭倦透了這棟房子，厭倦這樣單調乏味的生活，誰不想遠走高飛？誰願意守棟空屋當老媽子？然而，她有遠走高飛的本事嗎？一段若有若無的戀情延宕了這些年，總懸在那裡始終把握不住，卻也不忍就此了斷。感情上的軟弱總讓她狠不下心來壯士斷腕，或許正因繫念太深，才讓他始終不知珍惜吧？近來屢屢與他發生口角，氣沖沖回到家來，貓咪便成了最可憐的受氣包。有時心緒不佳，便惡意地不讓貓咪吃飯，拿碟貓貓魚在它面前晃盪，就是不讓它沾到碟子一絲一毫，待得貓咪咪嗚咪嗚哀號起來，再疼憐地攬到身上，揉著貓咪身上的細毛安撫一番，然後冷不防將它狠狠推開。奇怪的是貓咪始終不知反抗，只用雙黯淡的綠眼珠瞬著她，眼裡竟然儘是乞憐的神色。

自己哪是需要向人乞憐的角色？學生時代也是風風光光走過的，進得公司來，腳踏實地的埋頭苦幹，熬到今天，哪個主管不誇她能力強、辦事牢靠？連倒茶水的小弟都曾用那樣歆羨的口吻對她說：「哇噻！李姊，妳真是不折不扣的女強人哩！」她也知曉對角那幾個男同事，對自己不無愛慕之意，然而那樣的角色，她是無論如何也看不上的，當然，另一方面也是執著於這份情愛的付出，然而他竟然絲毫不知珍惜，甚至背著她去另行接受相親。那天她氣沖沖的質問他，他只回以一貫的嘻皮笑臉：「爸媽安排的嘛！有什麼辦法？再說我今年也三十好幾了，哪天妳不要我，我豈不要打一輩子光桿？怎麼能不先找個備用的？」究竟是誰捨棄誰？誰對這段感情一再推諉？

到此她真是深感乏力了。有時不免自卑的想到，或許是自己外貌配不上他吧？從小就被母親說醜。母親是個不折不扣的美人胚子，柳葉眉、丹鳳眼、白皙的肌膚外加高挑勻稱的身段，也難怪她老覺得帶這麼醜的女兒出門，是件不體面的事了。小時候往親戚家裡吃喜酒，母親身邊跟著的，永遠是妹妹而不是她。這麼些年了，母親總也沒變，徐娘半老，風韻猶存。雖說自己也逐日出落得亭亭玉立，然而那些年，即使她正處在青春的年少歲月裡，有著一般少女最新鮮的嬌艷，一旦往母親身旁一站，自己終究是自慚形穢，永遠矮上一截。

不免冷笑：毫無內涵的美麗包裝居然就能矇騙世人？母親不曾受過正式教育，腦子裡盡是傳統鄉下婦女的觀念。這些年來她走遍各大寺廟，焚香膜拜之餘總不忘占個卦，為的是看看她的寶貝女兒，究竟得等到何時才能「外銷」出去？知曉母親不無掛慮，也明白那是她關懷兒女的一種親情的表露，但面對母親千方百計央人介紹的男子們，她只覺得自尊受到羞辱；不勉強應付，又怕傷母親的心，結果是惹得自己一肚子火。那回，實在氣不過他的玩世不恭，索性也假戲真作一番，硬是和那個陳××出去玩了好幾回。陳××是那種拘謹老實、正經八百的男子，條件倒還不錯：高薪職位、有房有車、人品中等，就是一張嘴巴吞吞吐吐，半天說不出一句完整的話，叫人聽著也心煩！上回那楞頭楞腦的小子，居然也會附庸風雅的請她去聽演奏會，為了那場演奏會，她特意慎重地挑了套正式的套裝，配雙三吋高的鞋子，哪曉得高跟鞋太不領情，一到會場便出問題。那天結果是一腳高一腳低走回來的，陳××則跟在身後一臉委屈的模樣，回到家後，她越想越氣，氣陳××出的餿主意，害她當場出糗。隔天索性電話通知他：以後別來了。

這招激將法倒也不無實效，那一陣子，知曉她與另一名男子過從甚密，他似乎也有些恐慌起來。雖說自己棄若敝屣，但讓他人撿去穿了，大約也是不太甘心吧？為此他倒又開始勤快起來，只是這份勤快早失了往日的體貼。他愛釣魚，自己雖覺得坐在那裡楞楞望著湖水，委實無聊得可以，但既然愛他，也就按捺著滿心不耐煩，坐在一旁陪他。過去他總不忘說些溫存體貼的話語，安撫一下身旁的她，雖然明知都是甜言蜜語，但聽在耳裡，卻是受用得很。哪知近來情況愈來愈糟，往往是他先到目的地，來電要她過去，搭了一小時餘公車趕到，見她來了，他偏又毫無喜意，只自顧自坐著。三個鐘頭裡，兩人談不上兩句話，末了收拾釣竿，他仍要她自行回家。

一肚子氣怏怏返家，她有時不免心灰意冷。這樣的情愛何必持續？大弟總是譏諷她：女校畢業的，沒見過世面，一和男人談戀愛就逆來順受，擺不出一點架子。有時靜心思量，委實不懂這樣的男人，究竟哪點值得自己一心投入、一心付出？然而細想起來，她的執著，又豈是戀棧於那人昔日的溫存？她所真正珍惜的，其實是這段相戀的過程哪！畢竟這是她最初最美的一段付出，私心裡不免冀望他回心轉意，再回到以前追求時的相知與相惜。她真當他是託付一生的男人的。

當真是落花有意、流水無情？到此，她還能說些什麼呢？也許這一生陪伴她的，恆常是這棟空房子，和一隻瘦削乾癟的貓咪吧？不，即連貓咪也在領受過她的百般凌虐後，不聲不響地走出這座古墓了。這些天回到家裡，總見不著那對黯淡的綠眼珠，大約貓咪是不打算再回來了。不免慨歎，是不是連貓咪都活得比自己獨立呢？這些年來，自己是怎麼將日子過得這般陰暗的？學生時代的意氣風發，又哪裡去了？她兀自疑惑著，一個人跌入重重的暮色裡。

改天揀個晴朗的日子，還是把這棟房子徹底清掃一番吧！末了，她這麼想。

2.分析：

(1)主題寫女性遲暮心理，深密可感。

(2)寫人生、人性中的看似反常其實是正常：悉心照料弟妹反不討好，遷就男友而反被冷落，沒有內涵的妹妹反比充具內涵的她易得到了家室之樂。

(3)收養貓咪是為了排遣寂寞，虐待貓咪的另一面也是自虐。既然未能免俗，遲暮蹉跎的感傷必然日深。

(4)特色在追尋一份相知相惜之情，既未能得，人生孤寂感的沉重，遂在對比之後益重。

## 四、作品例舉

### 戈壁：翡翠

那蓓蕾，以她小小的純然潔白迥異於一樹繁華，微風裏輕輕悄悄搖曳，璀璨著奇異的超俗，款款柔柔挽住注視珍憐，楚楚的美得眩目，美得叫人禁不住想哭……。

不同於一眼看過去就能發現的那種，她是一塊善藏的珍玉；而他的執著深刻，或竟就是由於發現之不易吧！起初，也祇是平常的一襲合身裏住的勻貼，低著頭，臉埋在黑瀑裏——多數女孩慣有的樣式——就在那不經意的一次昇現，瀉瀑門扉乍開，姣白之上的兩泓清澈，驀然突明，一次電接使他禁不住搖幌（眾裏尋她千百度，驀然回首，那人卻在燈火闌珊處）。唉！就在這裏，就是她，是她，是她！生命裏的冤孽，跋山涉水追尋追尋，鐵鞋踏破而始終念茲執著的那份渴望陡然的肯定，在此！

× × ×

蓓蕾：妳小小的堅實裏含蘊著一些什麼？真希望祇是空泛平凡，那就能有藉口逃避。可悲的是白露測知蓓蕾裏充盈著的純美，涼透了的露滴，就祇能歎息著等候殉死。

就是她，她就是多少個冷夜白月自孤寂噓息裏迷離昇浮的那纖美雕像。原本祇是僅具輪廓不曾細鏤的飄渺精美，是他自己製作的一點微妙星火，憑藉為聊以自慰的不實虛幻——誰能想到抽象的意念竟在人海裏找到了它另一半的具體而翕然相合？誰能想到珍妮畫像裏的少女竟然穿透時空以鮮活微笑姍姍行來？不是想當然的喜悅欣慰，而是在意外真實突現下湧起的驚悸窒息。屏息著擔心她仍祇是虛渺，屏息裏等她幻失；而當真實終被肯定之後，隨之而起的是他最深最沉的悲愴。她不該出現，真的不該出現，就該永在他的意念裏淡然若夢。不是這陡然真實使他眩目惶然；而是，是他飲用生命甜酒的承擔之力已失，已在他長遠尋覓途中蛀空化失。遲了！太遲了！

他要掙扎，當然要掙扎！

想在一次次注視裏去找出些瑕疵，沒有！燈下，群中，她是一塊翡翠，寧靜溫柔，輝耀著冷美的翡翠。翡冷翠冷，一次次探索徒然祇是寸寸分分認定堅凝的加重。不不！世上哪有什麼絕對？不可能，她一定會有使他能決然拔去的缺陷，一定有，找找看。或許是她的聲音，要不就是她文采的淺淡，美好的外型，常不能與內涵配合，這是定理，試試看。唉！連她的名字都不知，當然不能太顯急著去知道，等機會。注意她在寫著的那一份，請鄰座帶過來，注意著注意著不使它混淆，一接到就先提出來，看名字，「辛會美」，娟秀的字像它的主人，第一次失敗。彷彿那兩泓清澈在說：「我的字還可以吧？辛會美，你該不會忘記吧？」不不！一定還有可逃的巷衖，看她的文筆，清新恬美，又是像她，第二次又敗。唉！聽得見他自己的一半在向逃避的另一半嘲弄：「挑不出毛病，你逃不了的，認命吧！」又像是那小小的菱形的彎弧，帶著點委屈的楚楚在說：「為什麼你一定要說我有缺點嘛？」真是不該，不該，不不！唉！這是一種掙扎，不希望別人了解的掙扎！算了，細細地找找看，希望能發現點什麼，最好在她寫的這篇愛情裏看出她已固定，男友已由複數成為單數，她很專一，對他是一種解脫，他能釋然，當然難免還有惘然（自是尋芳來已遲）。就享受這份惘然的淡香吧！唉！但若她心聲之吐竟是……竟是多次電接之後的會心慕情，那怎麼辦？戰慄著承受抑或冷然斷絕？兩條路都不好走，前者是不敢後者是不願，那怎麼辦？怎麼辦？

沒有，希望著的想著的都沒有，她是一朵清純的白蓮，喔！

不可能不可能！除非她週遭的男性都是瞎子，否則如此純美的翡翠誰能不付珍憐？她不是綺羅，不該僅是自憐著開落在山顛水涯的清香。噢！要不就是正因為她太美好，難以掩抑的絕世容光是一面鏡，足以照澈每一位近前者，使他們自慚而悄悄退卻。然而，她果如那可望而不可及的山顛仙花遠遠地閃耀著飄渺奇美？果是一位不容世俗想像擁有的女神，崇高聖潔的她，誰能想像在不勝寒的高處的寂寞？

× × ×

等著那一朵堅實綻放，祇要是花就都應該開，那怕是如曇的瞬息遽凋。祇要人們能捕捉那剎那間存在的真美，在涴涴幽香隨風之後，柔柔搖曳的淒美閃爍不再之後，形象之具體已深鏤鑄就，可以在今後多少次憶念反芻裏漾起款款深情的迴旋。短就是美，美是永久的欣喜，不是嗎？有過總比沒有要好，她該開的應該要開的，有什麼能使她燦然開放？

那一篇回到她的手裏，看到她頰上小小渦裏驪起的快樂，是為她新獲的好評。她的微笑快樂真好看，是飄蝶的輕盈。他怔怔地注視，不曾提防她望過來，一次電接竟使她臉紅低頭。她在想，她一定在想，想些什麼？應該是會心，會心之後又是什麼？不知道，那濃黑的長長瀑流又已將一切徵兆遮起。

最後一次的掙扎，落空在聽到她的聲音之後。她從另一端向他走來，有淡香，有她花裙的璀璨，小巧的靴旋起圓裙舞傘，傘下她纖細柔白的一閃……細腰之上緊身的毛衣，自然起伏的青春豐熟的隆現，擺盪在柔美溝谷間的是一條鍊，鍊端緊著一頭小小雕獸，一頭最驕傲幸福的獸（願在鍊而為獸，為常依而無憾）。她叫他，而當他從小小銀鈴鏘然和鳴的甜醉裏驚覺急著要挽住時，微笑與姍姍都已去遠……。

遠了！遠了！他與她之間的迢遙，原本是已被命定不能超越，自初見即已劃定的咫尺天涯。甚至連想喚她一聲都被噤住。怕那出口的真摯會使她驚詫，那本是在他心底呼喚過千遍萬遍的。就祇能這樣，這樣遠遠地遠遠地看著她，深情注視而又隨時準備迴避她的眼光，在一些來不及逃避的電接裏希望她知道，又常自責著盼著她最好永遠不要知道。

自封在蛹裏確是痛苦，不！雖是痛苦，但也是一種享受，享受著那種癡纏的分分寸寸的煎熬。聽得見春蠶食葉的沙沙，感覺到分分被蝕的葉的快感。確是一種自虐，他是耽溺在自虐的快感裏，是在等待著平衡？當平衡動力形成後能否破繭翔飛？他都不想！祇知道這一切都屬短暫，當短暫存在還未過去之時，唯一能做的就祇有細細品味。

他聽得到自己心底的吶喊，為什麼一定要逃避？為什麼一定要將情感深埋？深埋在永不發芽的泥土。表白又有什麼不好？至少人總該有這份自由權利的。如果表白對她無害，讓她知道他對她純然祇是一種欣賞，祇是一種抽象的意念，永不會具體的形式極淡內含深醇。敏慧的翡翠，她當能了解這些，她的反應會是什麼？如果她真是山顛奇花，當會因得一知己而感動欣慰，以他為她精神生活裏憑倚的杖。或許能有一些剖開深層面的交談，用他與她的心靈交談，相互交換欣賞與真切，這就夠了，彼此能確定在對方精神生活裏的地位就已太夠了。一切形式的具體都不重要，也不須常會（兩情若是久長時，又豈在朝朝暮暮）。如此昇華的情愛，她能不能重視接受？昇華不是唯一可行的路，但在他卻是衹能如此，是無奈，確是無奈，但願她能了解。但如果她翡冷翠冷的仙花竟因此昇華情愛之醇的灌溉而要求迸放，要求有具體的肯定呢？那又將如何？想得到的自在飛花一旦墮地溷落的可悲，萬千詭譎的眼的利箭射來，而荊莽前途中可見有鱗鱗蛇眼陰笑著在伺機噬嚙。翡翠！她會受不了的，甚至會後悔，他不願如此，寧願那一粒真摯的芽永遠深埋，放棄任何一次出土肯定的機會。

× × ×

誰也不知那是不是真實？那蓓蕾，曾經一次開放，在夢裏。也許衹有夢者自己才知道美夢的逼真是由於他的意念之切。夢的短暫虛幻的美，能否在憶念裏凝成永恆？抑或是幻想出來的痛苦一樣地可以傷人？也衹有夢者自己才能知道。

那夜，朦朧著幽秘的，眾裏竟找不到她。他惘然若失，連說話都覺得沒勁，她該知道這是最後一次，她的缺席是根本不曾重視還是心有戚戚的故意規避？

避開人群去一角悵立，正想著要找個理由早點離去。驀然間眼前一亮，她已來到面前。一向不打扮的她，這晚上竟薄施脂粉，燈下，輝耀著不可方物的明豔。

「明天你就要走?」

普通的應酬，但出之於她口的就是不同，彷彿是個開頭，期待著下文，他說：

「這裏的工作已告一段落……」

她意味深長地一笑，說：

「短就是美，這是你說的，當時我還不覺得什麼，真到現在……」

果然來了！聽得出她話裏的惆悵，幾個月的執著畢竟沒有虛擲，喔！好感動！

「美感常在一種特殊環境下被肯定，短就是一種特殊，正因為它短，所以特別成長得迅速，也特別濃烈……當在感性最強時突然截斷，美感就能在憶念裏保持著鮮明不褪！」

「可是憶念太苦！」

「不！妳該說那是一種享受，能有珍貴的回憶，比沒有回憶的空寥要好。」

「我想過這些，不過我覺得人活著就該真真實實，熱熱烈烈地去擁有一些，譬如愛情。能肯定到什麼層次就要去做，不該逃避……即使是回憶，也該需要有曾經肯定過的事實，如果回憶祇是海市蜃樓虛渺的構圖，那不是什麼享受，那才是真正可悲的空寥！」

真想不到她會這樣勇敢地切開，鋒利的刃面正切中他心葉最脆弱的一面，深深割切幾乎使他呻吟出聲。好吧！翡翠，妳既然主動，那就不該辜負，但還需要證實：

「逃避常是一種無可奈何，譬如說明知是不容易的，有什麼權利要求對方來共同肩負?」

「如果不經過表露，又怎能斷定付出必然落空，或許……。」

他完全知道她想說而沒說的是什麼！真想不到就這樣肯定了（得君一語春風裏，留證雌雄寶劍看），真想不到竟又是在此時此地！唉！太遲了！禁不住低低喚她：

「翡——翠……」

「是你喚我的代稱，翡——翠——……我很喜歡，我很快樂，你——你呢？」

「我……我也很……快樂！」

快樂的是那份肯定之後的欣愉，正如他在多少個魂牽夢縈裏的構圖，一種抽象的意念經過證實不是虛擲之後的親切，純然相知而充盈著熱淚欲迸的欣慰與惆悵依戀的混合。

不再祇是電接，而是萬萬千千的意念相通溶在深深款款的相視裏，看她的清澈裏已有晶瑩閃動，他努力忍住萬千依戀，伸出手來。

「謝謝妳！」

握著纖細柔美，努力把這唯一的小小的具體溫熱刻進心版，但願這感覺能在有生之年長存。

聽到她的款款深情：

「明天，我來送你！」

「不必了！」

「就在這裏分別？」

「就在這裏！」

多願再能與她廝守片刻，再看她明眸裏為他昇起的晶瑩，纖纖小小，楚楚的都已滴落他心底枯乾的瘠土，滋潤著生命的甜酒，願芬洌在憶念裏長存不滅。再聽她涴涴柔柔如水語音，願那銀鈴的親切鏤刻深深，不致碎散在今後坎坷之途的孽風淒號裏。再握她棉棉軟軟，一定要留住那最最珍貴的款款溫熱在有生之年存有不褪呵！翡——翠……翡——翠……。

當送別樂曲與掌聲揚起，黯然低頭的他已是滿眶濕熱欲迸難抑。眼前的一切漸漸模糊淡失……意識自遙遠遙遠逐漸鮮明著轉來，生命裏香濃的甜酒一滴，如此真切而竟是虛幻，什麼都挽不住！除了深沉的空寥以外……。

× × ×

那蓓蕾——注視著多少次魂夢牽縈的——不曾開放，它，就死在那青條之上……。

在他離去前的送別會上最後一次看到她。夜的感覺是有點朦朧幽秘，他禁不住咬咬唇，有痛的感覺，不是夢，確是真實。和那夢境一樣的真，那樣逼真的夢境，真得明晰鮮冷懾人，她的話邏輯著沒有一點模糊，是他琢磨過千遍萬遍的潛意識的升浮？擔心那場夢會是先兆，現實的今夜會演出與夢境相同的翻版。擔心著，又禁不住盼著她姍姍來前開始那已然熟悉的序幕。

看到她在燈光下粲然的倩笑，很自然的，沒有什麼特別，也沒有走過來。有一陣子他耐不住激動，想要去主動告訴她那夢境——祇屬於他和她的——立刻又想到這種層次的切開很難，唉！

算了！

注視著她，剛好她看過來，最後的一次電接，看到她無與倫比的靦然，唉！就這樣，就帶著這淺笑離去，但願這一點滴能在記憶裏凝固。

送別樂曲與掌聲終會在萬千依戀裏揚起，一切都已太遲太遲，他黯然低頭，翡——翠……翡——翠……。

## 五、參考書篇

| | | |
|---|---|---|
| 南瓜 | 荊　棘 | |
| 風樓 | 白　辛 | |
| 第一封信 | 林央敏 | 禮記 |
| 想見爭如不見 | 戈　壁 | 采風 |

# 拾壹 譯述散文

## 一、特色

現代散文表現的原則：「以現代語言為骨幹，加之以適度的古典的承祧與域外的移植，以重新鎔鑄。」縱線的古典承祧雖與橫面的域外移植相對並列，但就國族文學發展的本質與前瞻性言，前者理應更重於後者。

迄至目前，新散文的表現，縱線的承祧發皇做得不錯，橫面移植使用還得加強。基於中、西文化背景的不同，我們必須採擷域外不同於本國的精美。如西洋文學中句法的特異，用詞譬喻的深密，幽默雋語的使用，音與色等媒體的講求，以及繁複句型所造成的感染強力……諸多特色，有待我們去研究、移植、揉合、使用。再就理論言，西方的一語說（用詞準確性的講求），類同於我國古典文學中的「活字點眼」；而「朦朧說」，又與我國唯心藝術論相近，是基於「以簡馭繁」的道理，不求明確，保留廣大的想像天地，供讀者自去玩味尋索，以求得更為多面、多角性的超越獲得。朦朧說不是一語說的相對，而是更為理想的文字排列組合的原則，促使文學表現能夠達到更為緻密精深，難能表現的層次，這許多近似或相異的西方文學理論，都有待我們去比較、研究。

今日的譯述散文，已經不僅是「信、達、雅」的要求做到就能符合標準。重要是在比較以及比較之後的抉擇。眾多的域外精美手法，首先必須以之與我國族傳統主線相較，選出能與我本體文學相配合，適合於現代國人，適合於本國現代文學發展的，再來進行移植、鎔合的新鑄工程。

## 二、表現重點分析

㈠具有域外本來成份：如西方的宗教性、專有名詞、西哲及西文的慣性。

㈡譯述適度配合國人習慣，使用本國詞語、成語等。

㈢使用想像、譬喻、形容、鮮活明朗。

㈣繁複句型：如「以……以……加……和……。」

㈤用詞新力。問句設計新穎，使用對比以求堅實，精鍊著力，反諷性強大。

㈥以部份短句成段、表現切頓、感嘆、疑問。

㈦要求感性與理性並具。

㈧長句形成氣勢力量。

㈨因藝術深度之維持或譯事與原作之差異，難免有艱澀（表意不暢）或晦澀（表意不明）之處。

㈩必然應有譯述者「再創造」的成份。

## 三、作家作品例舉分析

### （俄）索忍尼辛：諾貝爾受獎演說辭

〈為人類而藝術〉（節錄）　翁廷樞譯

1.文例：

煞似那神色困惑的野人，撿到了一樣稀奇的物品……或許是海潮所拋擲起來的，或許是沙灘裏顯現的，或許是從天空中掉下來的……玲瓏剔透，時而暗光隱約，時而光華激射……於是他反覆把玩，不忍釋手，思量要怎麼使用它，想就中覓得某種卑微的功能，卻不曾設想過較為崇高的目的……

同樣地，吾人玩弄藝術於股掌之上，很自負地認為是它的主宰，厚著臉皮要給它指出方向，要變革它，改造它，要發表宣言，要拿它賣錢。我們利用它來邀寵於當權。時而把它當做消遣（甚至用於歌廳和夜總會裏），我們千方百計要抓緊它以供社會、政治一時之役使。但是，藝術畢竟並未因此而蒙受污瀆，更未失去原有之光彩。並且每次，任憑你怎麼擺佈，它都能擴散一分內涵的光華。

然而，有誰能擁抱這種光姿？誰敢斗膽宣稱他已界定了藝術？誰敢大言不慚，自認已數盡它晶潔的層面？或許，數世之前，古人中確有解得真意者，並曾有以名之，惜乎吾人心急氣浮，載聽載行毫不介懷，更棄之若敝屣，屣遠在匆促中摸索，去「菁」存「蕪」追逐「新奇」。爾後，當舊話又重提之際，早經忘懷是老生常談了。

有一種藝術家愛自認是獨立精神世界的創造者，並進而負創造此一世界之一切，然而他終必不支，塵世中的才人，很少有能承受這樣的重負；正如人們一度曾自詡為一切存在的中心，卻又無能去創造一種均衡的精神體系。是以一旦失敗便歸咎這世界永遠存在的不協調性，時代精神之解體，和大眾的愚昧。

另一種藝術家認清在他之上有一至高的力量存在，於是在上帝的天堂下，恭謹行事，像小學徒般愉快耕耘。雖說他對文字的責任和對讀者的態度要遠較前者嚴謹，但是這世界仍非由他所創，更非由他來提供方向，而且他自己也不懷疑它原有的存在基礎。藝術家與常人的分別僅在感覺較為敏銳；他較易感察這世界的和諧，和人力加諸其上的一切美與橫暴，並予以生動描繪。在重重挫折中，居生存最低劣之層面，藝術工作者縱經貧、病、牢籠，亦應能經常保持住內心某種穩定的和諧。

然而，以藝術之無條理性，以其盲目之變化曲折，加上難以逆料的種種發現，和震撼靈魂的衝擊等，實非藝術家以其概念與笨拙的手工所能包容在一己的世界觀裏去的。

考古學者迄未發現在人類生存的任何階段沒有藝術的存在。即使在人類黎明期前之半矇昧狀態，吾人便已自冥冥中的雙手接過這項賜予。不幸我們卻不曾問過：為什麼要我們擁有這分才具，和我們該怎麼去使用它？

舉凡預言藝術解體，說它已用盡所有形式，說它正逐漸枯死的人都錯了。我們自己才是不免於毀滅，而藝術卻必得長存。問題在人類瀕臨絕滅之前，是否有可能了解藝術包含的所有層面和目的。

世間並非一切皆可有以名之。其中許多東西是凌駕語言之上的。藝術能夠為我們敲開黑暗冰封的心扉而通達昇華的精神經驗境界。以藝術為手段，有時我們能隱約捕得短暫的透視，而這些都不是邏輯思維過程能幫助我們去得到的。

一若神話中的那面鏡子：你所看到的並非自己，而是在頃刻間得睹「永恒」，身體卻動彈不得。此時你頓感心胸隱隱作痛……

杜斯妥也夫斯基無意間曾漏出這曖昧的一句：「世界將由美來拯救。」這是什麼意思？我經長久思索，認為這只是說說罷了。這種事怎麼可能？在人類經歷的血腥歷史中，美何嘗拯救過誰？美曾使我們精神昇華、使人類心靈崇高，但是它何曾救過誰啊？

不過，在美的本質裏，卻存有一種特色，也便是藝術景況中的一種特性：真正藝術品中所具之說服力是絕對不爭的真理。它能教最頑劣的心靈折服。一個人可以結構出一篇政治講稿、雜誌論辯，他可以擬定社會計畫、哲學體系，並使之結構嚴謹文詞通暢，但是這些往往是建立在一種錯誤、一項謊言之上；其歪曲、隱晦之處，卻無法為吾人立時看出。同時答辯的講詞、評論、計畫，或體系不同的哲學亦可與前者抗衡，同樣結構嚴謹，無懈可擊。因此教人相信他們，其實說穿了卻一無足恃之理。

要肯定去採信那一種見解其實是庸人自擾罷了。

反之，一件藝術品的本質便包含認證在內：粗枝大葉，或繃得太緊的料子裁製而成的意念，往往是不能經受考驗的；它終不免變得醜陋、蒼白、破碎，而無法去感動人。只有浸淫在真理中，並使之生動具現的作品纔能以無比的力量捕捉我們、吸引我們，甚至隔代也不會有人要去否定它的價值。也許便因此之故，那古老的真、善、美一體的說法，或不似吾人在放任而崇尚物質的青年時代所見到的那樣陳腐吧！倘若這三株樹得以枝杈交錯巔峰相接，一如有心的尋幽探勝者所肯定的那樣，如果真與善的枝條過分顯明而遭到壓制和砍伐，竟不能得睹天日，或許那好奇而難以捉摸的美的枝條，會出人意外打出一條通路，往上茁長抵達交會之處而履行三者共同的使命。

就這種情況來說，難道不能認為杜斯妥也夫斯基說的：「世界將由美來拯救」竟是一種預言？畢竟他是有透視真理的異稟和慧根獨具的人物啊！

因此，難道說文學和藝術不能實際拯救今日的世界？

………

我曾奮力攀臨此一諾貝爾獎之道壇。此非所有同道皆得一至之地，有緣之人，畢生亦不過僅得一次機遇。它不是三、四級堆疊之階石，而係千百梯級，高聳雲表，屹立在黑暗與寒冰之上。在此地命運曾教我掙扎求存；此間多少較我為優且更為堅強者且不免毀滅。……但是俄羅斯文學並未因此斷氣。只是從外面望去，一片荒涼景色罷了。應是古木參天、綠樹成蔭的茂林，而今卻只餘三、兩株劫後的枝幹，空對夕陽殘照。

今天，在死難同道英靈相伴下，我該如何俯首汗顏，讓那些真正有資格的，帶頭步向這光榮的道壇？我該如何察知並代替他們吐出他們心中渴望表白的意思？

這種負擔，在我心頭積壓已久，我深知自己責任之沉重。借用Vladimir Soloviev的話，便是：

讓我們手挽手圍成一圈，
完成我們沉痛的使命。

在集中營疲累的長期徒步行軍中，在冰結的寒夜裏，點點孤燈透過黑暗偶爾照亮了囚徒的隊伍。不只一次我們渴望要向這世界吐出長久哽塞在喉頭的鬱結，只望它能聽到我們之中任何一人的申訴。此時，我們心裏非常明白，代表我們的這位幸運使者，他只需放聲吶喊，整個世界必即報以回應。我們全體的看法，不論就物質需要、感情作用與反作用而言，都是明確一致的。因而生存在這一體不分的環境裏，我們並無缺乏均衡的感覺。

這些想法並非從書本所得，亦非為謀求和諧與秩序而設；它們是在漫長的鐵窗歲月裏，在集中營的營火旁，與已故的難友們交換意見的結晶，是在這種方式的生存中堅硬而成熟的。

以後當外來的壓力漸減，我們的看法和個人的觀點乃得擴大，即使只算得管中窺豹，亦漸得睹世界之真貌。最教人驚訝的是，這日夜嚮往的地方竟和我們想像的大相逕庭。它過的並非我們所渴望的生活，它走的並非我們所要走的方向。當它來到泥淖的邊緣，竟驚歎這是可愛的綠野！當它看到囚徒頸上的沉枷，竟驚歎這是美麗的項鍊！在有人放聲悲嘶，淚若湧泉之時，竟有人隨著輕鬆的調子舞蹈。

為什麼會有這樣的情形？是什麼使我們的地獄擴大？難道人們都感情麻木？莫非這世界根本不仁？是不是語言不同造成的隔閡？人們為何不了解彼此的語言？言語只空洞回響著，然後便似水流去——無味、無臭、無色、了無痕跡。

隨著了解範圍的擴大，這些年來我曾不斷修正講詞的內容、意思，和語氣，也便是今天我打算要在此宣讀的這篇東西。

如今，它顯然已不復是在那刮骨的寒夜，在集中營裏，我所思量要說的話了。

亙古以還，人之本質始終若是；至少，在未經催眠之時，其動機與衡量價值之尺度，其行為、其企圖等等，乃受個人及團體生活經驗所左右。俄國有句諺語：

「寧信自己歪斜的兩眼，勿信自己親生的手足。」

這是了解個人環境，和在此環境中個人行為最好的憑據。我們的世界經數世疏離隔絕，在交通傳播使之溝通，在我們把它轉變成為統一而聲息相關的一體之前，人們只能蟄居一隅，在各自所屬的社區、社會、國土上，以各自生活的經驗為嚮導，沿一定的方向發展。此時個人仍有可能去察覺和接受某種共同的價值規範。我們可以曉得什麼是一般性不好不壞的，什麼是令人難以相信的、什麼是殘暴的、什麼是極惡的、什麼是榮譽的、什麼是詐騙的。雖然，不同的人們散居各地，過著不同的生活；雖然，社會價值的標準，和度、量、衡標準一樣，存著可異的差別，結果也只有一些偶然的過客會感到驚訝，充其量只不過是雜誌上幾篇茶餘飯後的小品，對仍未聯合的人類全體並無威脅可言。

但是，在我們最近這幾十年間，人類竟意外突然聯合。這是充滿希望和遠景的結合，同時卻又險象環生。因而其中之一部遭受震擊或感染，幾乎立刻便可傳送到其餘部分，甚至有時根本沒有豁免的可能。人類總算聯結一體，不幸卻不像一個社會和一個國家一樣，能夠在一種穩定的狀態中求統一。這樣的結合，不由生活經驗累積的結果，不經個人知見之同意（有戲稱為盲目的），更欠缺鄉土語言做橋樑，而是橫掃一切屏障，靠國際間的電臺和報紙做聯繫的。國際間的大事，似狂濤壓頂，接踵而至。頃刻間世界上半數的人都曉得它們的發生。但是在某些陌生的地區，人們衡事的標準和看法，卻無法經由電臺和報紙讓我們知道。不同的價值標準，在不同國家、社會，自有其各別淵源，而以極端不同的方式長久為各別隔離的人群所接受。他們自然無法同時得到溝通，更因不同地域有不同價值標準之故，事件之判斷自無妥協餘地，其態度亦必橫蠻獨斷，純以一己之尺度為繩事之準則。

…………

然而，有誰來折衝緩和對立的價值規範？要怎麼樣來著手完成它？誰來給人類創定判別善惡好壞的唯一準則？要如何決定可忍與不可忍之別？誰來廓清真相使人類全體得知孰為不可忍之真惡，孰以切身之故其實無關痛癢，並將舉世之憤導向真惡？誰能把這種了解貫穿個人經驗建立之屏障而溝通人心？誰能在頑固狹隘的人性本質上注入惻隱，分負世人之悲歡，並使舉世得能透視生活中所不曾經驗之事實與虛幻。

就這一點來說，口號、高壓，和科學的證明顯得同樣無能。幸而我們還另有一種手段！那便是藝術，那便是文學。

在藝術中蘊藏著一股奇異的力量；它能教人不侷限於一己狹窄的經驗而排拒他人經驗的影響。在人與人之間，在人生短暫的旅途中，藝術使他得知他人在生活經驗中所遭受的一切；它重創他人肉體忍受的經驗和痛苦並容許此種經驗為人們所吸取。

尤有過者，國家與國家，大陸與大陸，每隔相當時間便要重複彼此的錯誤，一如目前便可能發生的情形一樣；雖然，在眼前所處的時代，一切似乎應該看得清楚才是！然而，事實卻並不如此：若干民族，方自痛苦中解脫，痛定思痛決意棄除的錯誤，突然又在其他民族中出現。有關此點，唯一能補救，並替代我們所缺乏的經驗的，也唯有藝術和文學。造物曾經賜給我們一種奇異的能力：我們的語言、風俗、習慣，和社會結構容有不同，人們仍舊能夠把人生的經驗，把整個民族數十年間備嘗艱苦歷經辛酸所得來的寶貴教訓，交付給另外一個民族。從最好的方面來看，這種經驗或可能拯救一個國家，俾不致步入危險、錯誤，與毀滅之途，並從而減短人類歷史之曲折與重複。

我希望今天，在這個講壇上，能喚起大家急切注意藝術這種偉大而又可貴的功能。

此外文學還有一種可貴的特色，便是能夠把人類經驗濃縮了的精華傳諸後世，使成為民族的活的記憶。它真實地保存了民族過去的歷史。是以文學和語言保持了民族的靈魂。

晚近流行世界各民族齊一的說法，要在現代文明的冶爐裏融化各民族間之差異。我個人於此頗持異議，不過這是屬於題外的話。在這兒可以恰當地說：民族性的消失，其禍患決不亞於大家面貌相同，性格一樣，無法認辨。民族性底差異乃人類之財富，是不同民族性格的結晶，即使是其中最小的晶體，亦有其獨特的色彩，並包藏著上帝意旨之特殊的一面。

然而世間最悲哀的莫過一個民族它的文學命脈為暴力所斬割。這和禁制「輿論自由」不同，乃是民族心靈，和民族記憶的割除。此時整個民族乃如行屍走肉，雖然國人仍使用同一語言，忽然彼此都頓感形同陌路，無法互相了解。啞口的人們繼續出生、老死，既無法彼此交通，亦無從對後世表意。像 Akhmatora 和 Zamyatin 這樣的文學天才如果一生被活著埋了，要他們在墳墓裏默默地創作，對自己的作品不聞絲毫反應，這不僅是他們自己的不幸，同時也是所有民族的悲哀，對所有國家而言更是一種危險的威脅。

有時其威脅更及於人類全體：由於此種啞默之故，人類歷史戛然中斷，不復能為人們所了解。

……………

二十五年之前，聯合國組織，在人類共同崇高的切望中誕生。不幸，在這個沒有道德的時代，竟使之生而欠缺道德的情操。這不是一個結合人類全體的組織，而只是一個糾合若干政權的機構。在其中得以自由互選者都是有武力作後盾的「我武維揚」之輩。多數會員僅憑一己之私，關心部分種族之自由而忽視其餘，用阿諛的投票為手段，排斥所有組織外的申訴。它無視小民之呻吟、呼號與祈求，只因他們是孤立無援的弱小民眾。在這個偉大的機構眼裏，他們只是些細小的蟲豸。它從不考慮把二十五年以來最可貴的文獻——人權宣言——作為衡定會員資格與義務的基準，因此把升斗小民的命運託賣給一些不是他們自己所選擇的政權去侮辱。

就目前的情況來判斷，世界前途似乎應該操縱在科學家們之手。人類社會技術的發展，每一步驟都是由他們來決定的。世界未來要走的方向，不能依靠政客而得依靠科學家們去共同努力。特別是我們已經看到，若干人協力合作的結果可能產生多大的力量。但是科學家們卻迄未有任何明確的企圖要把自己變成人類重要的策進力。在會議中他們遠遠躲在後面，對人類的苦難避之唯恐不及。當然，藏在科學的園地裏生活要舒適得多。同樣的慕尼黑精神已經展翅把他們卵翼在下了。

說到這兒，我們不禁要問在這殘酷、蠢動、隨時可以爆炸的世界裏，在它面臨萬劫不復之境時，作家究應擔負何等角色？我們自然不會發射火箭，更不曾去推過最容易控制的手車。我們受崇尚物質力量的人們所鄙視。我們的畏縮不前應該也是很自然的事。難道我們不也該喪盡信心，恁「至善」漫受污衊，恁「真理」橫遭割切，而只以遊戲方式告訴世人我們的痛苦觀感，告訴世界，人性何等腐穢、人類如何墮落，美麗潔白的心靈多麼難以在他們之間生存？

但是，甚至連這樣逃避責任的藉口我們都不曾有過。一旦以藝術為己任，終身便無法再把它遺棄。作家決不能廁身事外，以超然的態度去臧否時人和批評自己的同胞。他應該分擔自己的國家和同胞所犯一切罪孽的結果。倘若這個國家的坦克曾在鄰國都城的柏油路上進行屠殺，那變色的血污將永恒唾吐在作家的臉上。倘若在某一不祥的深夜，在信任你的人們之中，有人在睡眠中被帶上絞臺，那繩索的勒痕必在作家雙手留下青黑色的印記。倘若國內的青年遊手好閒鄙棄生息，甚至吸毒、綁票，那麼在作家的呼吸中必雜有穢惡的臭味。

我卻自透視世界文學獲得鼓舞而勇氣倍增；它髣髴是一顆無所不容的偉大心靈，充滿了對世人的憐憫與關注，從每一個角落，以一切方法來表達它的慈悲和關懷。

人類自古便存有世界文學的概念。它凌駕在民族文學之上，聯結它們，使百川交聚，匯為文學思潮之狂流。但是，這種過程通常曠時費日：讀者和作家，有時需經數代延滯乃能認識和了解其他國家的作家。這一來便不免耽誤彼此間的影響。是以匯聚各民族文學的世界文學主流，並不能在當時發生重要作用而只能影響後世的子孫。

幸而今日各國讀者和作家，彼此間的交通和影響，在時間上已經縮短得多。這一點，我自己便切身感到。我自己的作品，在國內還不能出版的，不管譯筆如何草率，卻已經很快在世界各地獲得廣大響應。甚至像鮑爾這樣優秀的西方作家都不吝筆墨為它們寫過些評析的文字。最近幾年，當我的作品和我的自由還沒有完全被禁絕，當它們一無所託以「反重力法則」的姿態懸在半空，只寄望在一些看不見的人民大眾的靜默的同情上時，我卻意外得到世界各國同道們的支持。他們給我帶來的溫暖和個人的感激是無法言喻的。記得在五十歲生日那天，我意外收到許多聞名的歐洲作家寄來的賀函。這意外的收穫確教我深感詫異，我想，這一來以後任何加諸我的壓力和迫害都不會不引人矚目了。在那充滿著危機的日子裏，我剛被作家聯盟除籍，然而一堵抵禦的牆卻由世界各處關心我的同道築就。這挽救了我使不蒙更壞的迫害，而且挪威的作家和藝術家們更到處奔走為我布置歇腳的地方，以防萬一我有被放逐的危險。最後，推薦我提名諾貝爾文學獎的並非我在那兒生活和寫作的國家，而是摩里亞珂諸人。尤使我感激的，各國作家協會更一致表示對我的支持。

這便使我察覺世界文學，並不是一個抽象的名詞。它不是空洞而沒有實體的東西，更不是研究文學的專家學者所臆造之詞。它是具有一定形態，蘊涵人類共同精神，和統一而脈動的心的實體。它反映了人類精神之趨向統一。固然，今天的邊界上仍舊到處污染著鮮血，充滿原子武器爆炸的聲音，密布著熾熱的高壓電網，而且有些國家的內政部門依然相信文學應也是內政之一，報紙標題仍舊經常出現：「他們無權干涉我們的內政」這一類的措辭。其實目今世界豈容得關著門行事。如今唯一能拯救人類的，也只有靠大家都來管世界的事。東方人固不能不管西方的事，西方人又豈能不關心在東方所發生的一切。而文學，作為人類生存所寄最微妙而又最要緊的工具之一，顯然是最先把握與聯結人類統一的願望所持的必要手段。因此，在今天，我以無比堅信呼籲世界文學、呼籲世界各國我所未曾謀面，且可能永遠不得識荊的同道們，共同努力。

朋友們！倘若我們仍有絲毫價值可言，讓我們攜手完成此一使命吧！在階級、運動、朋黨所撕裂的國土裏，有誰自始便關心人類的統一？這基本上是作家的責任：我們是民族語言的代言人，是結合民族並從而結合世界使成一族的主要維繫力，可能的話，更是人類崇高靈魂的表徵。

我深信世界文學有力量際此存亡絕續之時，幫助人類去認知並唾棄居心不善的人們和他們的組織所企圖灌輸的一切；溝通各地域人類濃縮的經驗以終止人類繼續分裂……使我們不致眼花撩亂，讓不同的價值標準得以調諧；使世界各族能深刻而正確地去了解彼此之歷史並感同身受；讓我們能感受他人的痛苦並以之為借鏡俾免重蹈覆轍。同時更以之演化成一套世界觀：像每個人都能做到的那樣，把目光貫注在附近的變化而眼角卻同時收攬世界各地的遠景。這樣我們才有可能觀察並創造世界共同的水準。

除卻作家外，有誰來指摘統治者之不當與社會之腐朽（不論它是否可恥地卑屈，偏安於現狀的怯弱，或縱容年輕的一代為非作歹恣意妄為）？

或許有人會問，面對著殘酷的暴力，文學能有什麼力量？讓我們別忘了，如果沒有謊言，暴力豈得倖存。它是和謊言交織不分的。任憑是誰只要宣稱靠暴力為手段，乃必以扯謊為後援。起始之時，暴力或能不隱行藏肆無憚忌，但是一旦力量薄弱需要加強，便頓感周圍空氣稀薄必須靠謊言所散布的煙幕來生存，藉虛偽的言辭來掩蔽。它無力永遠使犧牲者哽塞窒息，通常只要求他們接受謊言並參加到它的行列裏去。

因而任何稍有勇氣的人，很容易便能解決問題，只要他不去參加這行列，不支持不義的行動！「讓謊言和暴力去孳長，去控制世界吧！只要我不助紂為虐，不成為它們的共犯。」通常作家和藝術家們要征服謊言往往有較大勝算的機會。和謊言短兵相接時，藝術總能夠得勝。這是無可爭辯大家都可以看到的事實。謊言縱能抵拒這世界多數的東西，卻不堪藝術之一擊。

一旦謊言消散，暴力亦隨而裸陳，衰弱、無能，隨即潰敗。

朋友們，這便是為什麼我認為在世界正面臨空前殘酷的考驗之際，我們能幫助它的地方。我們不應妥協束手待斃，我們不應空度歲月沉淪在無意義的生活裏，我們應該走出來參加戰鬥的行列。

在俄羅斯語言裏有一些大家喜歡而涉及真理的諺語。它們肯定地表達了這個民族的經驗，而且有時是相當令人詫異的：

含有真理的一個字，分量便比這世界還重。

我個人的行動便是基於這看來像是不合「能量和質量定律」的一個「真」字，同時更願意以之籲請世界所有作家共同奮鬥。

2.分析：

(1)主題：為人類而藝術莊嚴的宣告，作家以博大悲憫宣示人性光輝與人生至理，證之以哲理省思常是民生痛苦思想反動，索氏的創作源生於極權的政治背景，非如此酷烈的迫壓，不足以產生如此深切的悲憫。

(2)開頭以新穎譬喻顯示人類的淺薄，只想追尋藝術某種卑微的功能，卻不曾設想過較為崇高的目的。

(3)藝術雖常被誤用，但它不為世俗所污，永恆的尊貴本質不減，藝術不在金錢之上，不在金錢之下，而在金錢之外。

(4)藝術之深廣不是人類力量所能蠡測管窺的，有限的人類知能永不能涵蓋藝術全貌。有如人類生於自然天地，永是宇宙間的一粒微塵，即使累積的文明可以了解使用自然的一部份，但絕不能完全控制使用自然。

(5)啟示了藝術家的要件在敏銳與悲憫。

(6)藝術創作表現必應與真理結合。杜斯妥也夫斯基所言：「世界將由美來拯救」，當是藝術家崇高的使命。

(7)人的行為企圖，深受個人及團體的生活經驗所左右。

(8)藝術使人得知他人在生活經驗中所遭受的一切並予吸收，並將人類經驗濃縮菁華傳諸後世，使成為民族活的記憶，保持了民族的靈魂。

(9)不可妄求各民族齊一，民族性的差異乃人類之財富。人世本應具備各種采姿即如妄求各個人類的統一，其實是喪失可貴可愛個性的單調。

(10)以暴力斬割民族的文學命脈，是一種愚行。

(11)藝術家不可藏身在象牙塔裡，理應由為藝術而藝術延伸至為人生而藝術。

(12)文明愈進而人類的理性愈差，暴亂殘殺彌足警惕，聯合國成立之初「人權宣言」的精神已變質。

(13)世界文學不是一個抽象名詞，應是作家們秉持良知所合力追求的鵠的。作家是民族語言的代言人，是結合各民族，使成一族的主要維繫之力，可能更是人類崇高靈魂的表徵。

⒁文學應有力量幫助人類去認知生存環境，喚起醒覺改善，溝通各地人類的經驗而終止分裂，以充份的道德勇氣維護人類生活之和諧，並要求作人生之調適與人性之提昇。

⒂藝術的真義在「真」亦即中國儒家所說的「誠」「仁」——原是人類立身行事的不二法門。

## 四、參考書篇

哈姆雷特　莎士比亞著　梁實秋譯　文星
羅密歐與朱麗葉　莎士比亞著　梁實秋譯　新亞
湖濱散記　大衛梭羅
賣火柴的女孩
給我三天光明

# 拾貳 論評散文

## 一、特色

一般學者必應具備的認知先決是：「義理」與「辭章」是為不可或缺的一體兩面。「義理」是「辭章」的神明魂魄；「辭章」是「義理」的血肉豐采。若是要求辭章具有堅實的內容，那一定就是屬於義理範疇的理念；而要求理念發表，能夠引發閱讀興味進而產生共鳴認知，那一定非有優美辭章不克為功。義理的價值在文學藝術精要的深度；辭章的價值在文學藝術鮮活的廣度，深廣兼具原是一體。

時下的青年學者，常因性別不同而有學習的差異。男性多重義理，誤認為「行有餘力，然後學文」，對辭章藝術存有不屑的偏見；而女性又大多誤認義理艱深，不敢嘗試，以致常停留在辭章表現軟性層面。根據以上的分析，這一種偏失之弊，實是該在認知之後改進兼備的了。

義理的重要既已明知，它的發表類型就是論評散文，源出於荀賦「說理」的主流。在以前，論說文常拘限於如同八股文的模式格套；同時又有一項成見，認為論說文不同於記敘、抒情，只須要求理念明晰而不須修飾美化。現在，在因應「精緻文學」的時代特徵之下，論評散文的表現，已經突破了舊格，要求不僅是理念的具體明晰，更已在型構上突破了舊格，表現出精緻美化。

論評散文之所以必應致力，更重要的理由是它對人生具有大助。具備群性與表現渴欲的人類，人人都要投入社會中去做事，而無論是做事或是研究，必然需要魄力。魄力的訓練，一般都以為是由經歷之中得來，而筆者認為還有一條重要的來源，那就是從事論評散文創作，其中理念的自得，也正就是決斷魄力的顯具。

學術性篇章，一般常見的缺失是文題與內容的配合不當，不夠周延，層次與子目的訂定不妥，明晰不夠。在論評散文創作之時並應注意，可取的方式是在「近修」（細細檢修）之後，再加「遠看」。在瀏覽檢查時發現偏失而修正完善。

## 二、表現重點分析

(一)適度使用文言句法詞彙。

(二)現代詞語之使用。

㈢句法講求：使用轉折、倒裝、層纍、繁複等各種句法以造成美與力。以長句造成氣勢、以短句形成切頓。並注意形成邏輯層次。
㈣用詞要求具備動感、濃縮創製新詞，使用代稱。
㈤要求有視覺美與音響感。
㈥特重形容之鮮活，顯示瑰麗繁複之美感。
㈦各種修辭手法（譬喻、象徵、詞性混用、擬人、誇飾、對偶等）之使用。
㈧渲染側向濃重著力，注意剛柔相濟。
㈨使用幽默等媒體。
㈩可能有文勝於質，使讀者買櫝還珠之弊，應就理念分列層次子目以求明晰。
⑪論評之表現次序為先論後評。

## 三、作家作品例舉分析

1.文例：

樂蘅軍：浪漫之愛與古典之情（節錄）

雖然叔本華對哲人著其靈眼於愛情題材，嘆恨它為數也少，然而自從柏拉圖的〈筵話〉篇和〈斐德羅〉篇用宏文偉辭暢述了愛情三昧以降，直到近代心理學家的科學分析，西方學者們對這個問題的概念上的討論，就是粗疏覽來，也是恢詭譎怪，嘆為觀止的了。反觀我們除了近代一、二學者餘興所至，偶然也有些雅詞韻語之外，似乎我們對愛情的根本看法，還是謹守著「食色性也」這個古老而簡樸的箴言。然而有趣的是，無論抽象的概念活動有如何繁簡的差異，愛情的事實，和愛情所激發的藝術創造，在任何一個文化中都是豐盛而多彩，活躍而富生命感的；事實是，愛情以任何一種文化環境做它的沃土良田。譬喻來說，這完全屬於個體的情感運作，就像泥土中嗞嗞作響的水氣，和嗶剝發芽的種子，共同在神秘醞釀生命的情景；它初初看來，對那一片大土地是那樣的微不足道，可是卻供給它無限生機。許許多多愛情活動在不同的時空裏發生、演出，像種子在春天不經意地冒土滋長一樣；其中一些由於藝術機緣，乃蔚為大樹，花燦葉茂，造成這片土地上的永久風景，這搖曳生姿成為永久風景的花樹，自然就是用來譬喻經由文學作品所表現出來的愛情景觀了。通過文學呈現的愛情故事（無論其表述形式是詠嘆也好，是敘述也好），是和整個文化背景組合在一起，構成一種動人風情畫的；同時，另一方面，愛情故事也是通過故事中愛之造作者的全部人格（當然，這個人物是由藝術安排塑造的）來體現的。而因為這兩層重要的實在性，愛情故事就並不是赤裸裸地拋擲在原始人性中，或者從人事現象中抽離出來，而可以盡情品味的。由於這顯見的理由，西方學者們對愛情一事所作的那種純粹概念式的討論，也就不見得都能在文學領域中派上用場。無論是柏拉圖的靈魂理念之愛，叔本華的種族意志，或者是弗洛依德的性慾昇華說，佛洛姆的克服隔離感等等，都是用一些概念（甚至只是一個概念）把愛情穿上制服，讓這許多由個人心理演出的活動，全都統攝在人類一個模式活動之下。無疑的，學者們用智慧（當然也可能只是偏見和獨知）從根本上來教導我們明白，人之所以為人，愛情之所以為愛情；可是另外一方面，文學故事卻給我們關於人、關於愛情的種種情狀的描繪，缺少了情狀的描繪，將不成其為文學；而概念化和動機的絕對統一，就會使文學故事貧血。況且，無論如何，愛情總竟是由一個個體生命，在他自己獨特的情境中所從事的意義複雜的情感活動。在這個情感活動中，我們所要品味的，是愛情的生命觀，是愛情投注在一個生命中所引起的種種可感知的事物，而不僅僅是一個柏拉圖式的超然靈魂，或者一個弗洛依德式的本能之欲。靈魂和本能等等，使我們洞察了一部分真象，然而卻不能取代每一愛情故事的完整性、個別性，和描繪性。因此弗洛依德批評文學家為了美學的快感，而不注意人類情感的起源和發展，以致道不出愛情的真象，徒然粉飾故事（見林克明譯《弗氏愛情心理學》），他的責難，無寧是犯了訴之於知求的謬誤。假如一部文學作品，把愛情描寫得感人而成功的話，那絕不會是因為它給愛情做了最精確的介說，而是因為它表現了人們在愛情鼓動下，所生出的痛苦和歡樂的生命情態，並且它們又復深感彼我真性的緣故。

……譬如說，梁山伯與祝英台、羅密歐和朱麗葉兩個故事，也許你可以同時用克服隔離感或其他什麼道理來作一個歸根究底的解釋，然而，事實上，只有直接去感受這兩故事的情感樣態，然後才有或幽婉或奔放的各自生姿的情感境界之可言。進一步說，也就是，讓我們通過作品的藝術安排，通過藝術塑造的人物意態，和藝術結構的文學情境，去領略一個愛情故事。文學寫愛情之所以比其他知識更為生色，正是因為它讓我們看到人物奮其意態於一活躍的情境中，讓我們體味到人物情感在人生情境中交會互動的美感。文學所展現的愛情，譬如是彈奏樂器的弦簧，經過共鳴器的振動而後再流出的繁複樂音，而不是敲擊物體直接發出的單純的聲響。因此之故，我們才可以去領略愛情那一種情致紛披的景象；從這裏，我們解放並且滿足我們的人性，從而免除去將愛情視為一赤裸行為的這一知識和觀念上的獨斷。同時，當我們免除了知識的獨斷的時候，就能夠視每一個人物是完整的自體，而每一情感也就自成其風格氣韻，此而後，我們才可以對一個愛情故事或謳歌、或憑弔、或惋歎。

於是愛情是一個人情操的反映，愛情故事是人生情境的描繪，當其他知識把愛情一事看作人類某一種行為現象的時候，文學則通過愛情故事而描述了人生的全面現象；當人們認為愛情不過是許多精神活動之一端的時候，文學卻在愛情故事中揭示人們精神生活的全部根底。這一點固然是文學的善於取譬，然而也是文學本身獨賦的透視能力使然。文學從不把愛情自生命裏孤立起來，而是以它為人生的潛望鏡，一篇傳述愛情的故事，也是一篇傳述人生真象的故事。……我們承認每一個人生事件和每一種人生境遇都是有生之靈有意義的活動。所以這裏面就不會有一味沉溺於生活的瞢然絕望，也不會有由概念推論出來的無可奈何的虛無。這就是我們存活中，不能不時刻去品味人生的緣故。

至於小說中的愛情故事，當然提供給我們很豐盛的品味人生的資料。如前所說，小說中的愛情是隨情境一同展現的，因此當我們去品讀一篇愛情故事時，關於人生所有的知覺都會湧進我們的心象，而這一愛情也就如此地在完全意義的品味之中。由於人生意態的繁富，愛情的品趣當然也是繁富而難一概以談的。不過通常我們會慣用些對比的和鮮明的詞，以來概括描述某些基本的性質，譬如，現在就姑且檢出浪漫與古典這兩詞，來幫助我們談說愛情故事一些不同的情操風調。——當然，在本質上也許我們很難分愛情的古典與浪漫，然而情感活動透過人物的情性並投現到行為上時，便會使我們有不同的感覺。基本上我們二分它為古典的和浪漫的。雖然一種感情可能是浪漫與古典之間，或浪漫與古典之外，不過大致說來，浪漫與古典總是情感的兩個基本樣態；甚至不論文明演進、時代思潮的影響，造成文學風格的變遷，愛情故事卻不一定受當時流行文風的約制，譬如以浪漫文學著稱的唐代傳奇小說，其中固然不少浪漫愛情的描述，但是出乎浪漫、入於古典的愛情格調也時或可見；魏晉的幻想故事中，有極熱烈超奇的浪漫戀愛，也有極堅忍節制的古典情感。因此浪漫和古典並不全然是一時的風氣使然，根本上說，它們還是人類心性上的品質歧異。這種歧異雖不決定行為的本質，卻決定了行為的樣態，而行為樣態，簡捷說豈非就是人生？一頭山鹿或一隻禽鳥的求食或求愛，完全是在自然控制下的模式行為，但人類每一個體都有他自己的行為樣態，至少他選擇某一類型行為，以滿足他個人的慾求。所以歸根來說，當我們談論一種浪漫的或古典的愛情時，同時我們就是在談論某一種姿態的人生。個中人對愛情所懷的意念，所取的行為，就是他對人生所懷的意念和行為。

至於，我們用什麼詞語來概括古典和浪漫情感的精神要點，以便可以在具有籠罩性的涵義下，來完全的觀照它們，進而可以去描述它們呢？簡括來說，浪漫和古典反映在情愛上的基本精神狀態，前者是無限度的向外飛揚，是所有生命力量都外射向這一情感活動的滿足上，成為「愛的征服」——愛者征服他的情境；後者是精神極度的歛抑，是生命力向內凝聚，成為「愛的完成」——愛者自我完成愛。無限度向外飛揚的精神，是肉體和精神二者作了極高度的微妙結合和擴張；這意思是說，浪漫的情愛也並不是剎時間遺形蛻軀的純然幻想的愛，或者是縱任官覺滿足的身軀之愛，而是在感官極強烈飽和的作用下，精神乃藉此騰躍而上昇，結果無論是軀體的行為，或精神的想像，都獲得了非常的自由奔放，和無限的沉醉滿足。所以充分的浪漫之愛，總是銳意而往的、是激情迸發的、是常常具有明快的節奏，甚至是充沛著官覺的歡快的。總之浪漫的愛是如此的率其強烈感性，而橫決以行，追求整個生命的酣足，其終極可能是捨身以從愛，忘我忘身。所以李延年〈佳人歌〉「寧不知傾城與傾國，佳人難再得。」是一種徹底的浪漫之愛，「須作一生拚，盡君今日歡」（牛嶠〈菩薩蠻〉）也並非荒蕩，而是浪漫愛的極致。也可以說浪漫之愛是如此其天真，像詩經：「愛而不見，搔首踟躕。」（〈邶風・靜女〉）這樣情露而思切，神馳而意狂，很近似希臘神話中邱比特傳播的那種愛情，受之者無不中風而狂走。像這狂熱而不知所以的情感，愛者完全為所愛對象牽引鼓動，他的生命之存在，成了尋愛和滿足愛的一個活動；換句話說，他自己的生命似乎只是一個行動的媒體，而所愛者則成為生命的目的，此外天地間再無餘事。「上邪！我欲與君相知，長命無絕衰。山無陵，江水為竭，冬雷震震夏雨雪，天地合，乃敢與君絕。」（《漢樂府・上邪》），這種水枯石爛、天老地荒的存在，完全只為了「與君相知」之愛而已。所以，以所愛（或愛的本身）為自己的生命內涵，為生命活動的核心，除此外並不企圖在這情感中同時也關心別的什麼意義和價值，而純粹是愛的沉醉，這實在便是浪漫愛情特具的氣稟。它和幽深的古典之情（請待後論）比起來，真可謂是先天地而生的一個混沌之物了。

…………

忘身的愛純然是天真無算之情的極致，是率性而行的生命衝動。魏晉故事，唐人小說常常以它為題材。譬如陳玄祐離魂記是一般傳奇讀者所熟悉的，故事中少女倩娘，自少小就和表親王宙有青梅竹馬之約，後來父母卻另許了婚姻。倩娘不堪鬱抑之甚，委頓病榻，而靈魂卻悄然亡命來奔，竟和王宙生活了五年之久，儼然是一個真實生命。最後回鄉才和淹留在家裏的病軀翕然合為一體，還她生命的完整。這個故事的神話象徵，對愛情所表現的生命衝動，真可說是作了一個精采絕倫的譬喻，所謂「靈魂出竅」之愛，背乎理性，但卻是最切當的愛情心理學。人生真情的欠缺，雖生猶死，否則也是形全而神虧。所以柏拉圖有一個非常有趣的神話譬喻，他（借亞里斯多芬尼之口）說：人本來是形圓而性全的，後來被神懲罰，剖而為二，所以人剖後此一半急求另一半，才能全形全性；而求其生命的完全，就是求愛。這一神話寓言的情節，雖和離魂記不一樣，但象徵意味所指，庶幾相近。

像這樣魂離魄散，出死入生，天真而荒謬的情愛，當然也不一定要藉著離奇的幻想才表達得出，在寫實的情境裏，愛情也著實能致人於忘死忘生之中。李娃傳的滎陽生所遭遇的正是如此。自從滎陽生在鳴珂曲驚見到李娃的妖姿絕色，當時就做出了停驂墜鞭、徘徊不去的癡呆之狀，之後，他一切的生存活動都維繫在獲得和保有李娃之愛的上面，他隔絕了一切親朋戚友，和全部與外在世界連繫的事物：他的功名、他的才華、他的榮譽，而且他的僕馬行囊，也一天天銷去，可是滎陽生卻不識憂慮地、陶陶然嬉耍在鳴珂曲孤戀的愛情天國裏。所有潛伏著的可怕命運，蛇頸一樣地蜿蜒而來，滎陽生卻瞢然無所覺知，以致，他終於像一個三尺騃童樣被娃姆用計欺騙，像一隻敝屣遠遠地被扔掉。然而所有這些命運之難堪，是因為滎陽生整個心靈已經被一件重大的事情所完全佔據了的緣故；如果滎陽生在愛情的激蕩中，還始終保持著現實生活的瑣智，衡量利害顧忌安危榮辱，那麼，頂了不得的滎陽生的愛情也不過是青樓狎邪之愛而已。可是滎陽生的愛情國度是架構在光影閃爍的感覺世界而不是講究利弊的現實世界中；在那個唯情的感覺世界中，他自動排斥了智力的作用，生活如同愚騃的稚子，只以純然的愛情來餵養自己。他是單純的，但他也是完整的，他信仰他的愛情，如同信仰他的生命。所以當他被詭計摔掉，作者無一字寫及他被欺騙以後理智的省察，被棄於李娃（通過娃姆詭計），他所有的就是身心的極大折磨和痛苦，幾度瀕臨病餓，傷毀的絕境，一而再地顛躓在生生死死之間（李娃姥用詭計，使滎陽生與娃同去宣陽禱祀竹林神，半途歇於詭稱之姨家，而後金蟬脫殼，及滎陽生趕返鳴珂曲，則娃與姆已前一日全家遷去，滎陽生往返奔找，惶惑發狂，絕食三日，遘疾篤甚，以至綿綴，幾乎不起，此一死也。以後為凶肆收留，執繐帷之役，因為東、西凶肆競唱哀輓，適為父親滎陽公識破，鞭之數百而斃去，此二死也。滎陽生經人灌救，經宿乃活，而手足潰爛臭穢，仍被同輩棄於道旁，此三死也。滎陽生大難未死，行乞為生，踡宿糞窟，冬日雪寒封凍，乞食無門，此又幾乎四死。）所有現實世界的磨難，無非是因為他失去了愛與所愛的原故，而滎陽生也就為了愛而承受了它們——雖然這些磨難，對以後情節意義而言，逐漸轉化為滎陽生進入另一人生階段的媒介經歷，使他的心態漸次有所蛻變，從一個浪漫氣質的青年，成為一個相當實際的刻苦人物，但在他初初去接受這些磨難的時候，他是無所智慮的，是以渾沌冥然的心去承受，彷彿它本該如此的。滎陽生在愛情的鼓動下，如此之「墮肢體，黜聰明」，自然是稱不上什麼德性上的成就，不過，自另外一方面體味，這種沌心愚情倒也是孺子可憫。其實，如果不怕把話說到極處，那麼一個甘心為愛受苦的人，何嘗不彷彿有幾分愛情聖徒的襟懷？如果在某種情況下，愛情需要如此才能顯現，那麼，所謂愚妄、迷執、不智，我以一身當之，而不以天下之笑為諱，似乎也是一種情感上的德操了。

不過滎陽生究竟其心也悶悶，對於愛情來說，他盡到了忘身去智的這一種熱狂之愛，而終不足以自察。本來，浪漫的愛情至乎此，也就盡其淋漓之致了，但有時愛者個體意識強烈，以至它必須奪去本能的浪漫衝動，而再加以命令。所以它任情去愛，和前面所舉故事完全相同，此外還更加上意識的支配。霍小玉傳裏小玉在早時所表現的，很顯見的就是如此。譬如小玉以倡女的身分和李益初度相識，便中宵流涕，悲傷將來色衰愛弛，秋扇見捐的命運，使李益不得已半夜起來，寫盟約於素縑之上；以後小玉又要求和李益彼此交付八年青春的歡樂，然後李益自去成就得意的婚姻，而自己則剪髮披緇，遁入空門。小玉這種愛情觀，我們暫時且不去論它在現實裏會遭到怎樣的挫折，先說小玉一意想要掌握愛情的意識，實在是相當驚人的，她的意識在那裏斷然宣稱：愛情，對生命來說，它是絕對的，只有完整的愛情滿足，生命才有歡樂之可言，否則就寧可徹底了斷此生的意趣。艾茉莉・勃朗黛也曾在《咆哮山莊》中讓凱塞林表白她對赫斯克萊佛的愛情時說：「要是除開他還生存著，一切都毀滅了，那我可以繼續活下去；要是一切都存在，而只有他是毀滅了，那這個宇宙將會變成一個我所絕對陌生的地方，我不會再是它整體中的一部份。」但是，這視所愛為宇宙的情愛，是令人懼畏的。因為愛本來就是人天性裏具有渴慾的內驅力，現在更奮這強毅之心，以意識對這一股渴慾的力量再加以驅迫，而置自己生命的存在於不顧，這無疑的，是絕崖策馬，是自求毀滅於愛之中。歌德說：「一種無止境的熱情，必然導致他所有的活力毀滅」（見《少年維特的煩惱》），霍小玉那不能遏止的熱情，正使她像一株曝晒於烈日下的細柔海棠，終於灼燒而萎死。

如果用小玉這銳意渴求情感滿足的心，和李娃傳的滎陽生比較起來，無寧是更激越的浪漫之愛；但也因此而顯露了脫軌而去的危險性，因為霍小玉的意識，既然如此的強烈而徹底，它結果就轉化成了意志，在意志作用下，霍小玉可以「忘身」，而終不能再回到「忘我」的這一條最單純的路上來。因此霍小玉心靈中的愛，後來逐漸轉入對「我」的一分堅持而成為古典式的幽微情感，自然也就不能再給浪漫的愛情開出更新的境界來。

霍小玉以志率情，最後是折辱在無情的現實人生中，不免令人惋痛。然而在人的天性裏，最不知利害的，也莫過於感情之為物了。像霍小玉這樣的故事，仍舊不停地在感發小說的作者，而傳之於藝術，譬如《紅樓夢》裏尤三姐對柳湘蓮的情感，可說是一個有過之而無不及的最典型的又一例子。尤三姐原是一個「斬釘截鐵之人」，尤二姐和賈璉要把她打發了嫁出去，尤三姐認為「終身大事，一生至一死，非同兒戲」，而自己指定了五年前見過一面的柳湘蓮。她對賈璉說：「『若有了姓柳的來，我便嫁他。從今兒起，我喫常齋念佛，伏侍母親，等來了嫁了他去。若一百年不來，我自己修行去了。』說著，將頭上一根玉簪拔下來，磕作兩段，說：『一句不真，就合這簪子一樣！』」尤三姐雖然懷抱著這樣決絕的情感，然而意志並沒有克服命運。原來柳湘蓮是個唯我獨清的疾世主義者（他的物評是「冷面冷心」），他從寶玉無心的話裏捕風捉影，竟去討回定禮鴛鴦劍，那麼以尤三姐的情感方式，到此也只有刎頸伏劍的一途了。尤三姐的自刎，贏得「剛烈」的美名，但是尤三姐的故事，當然不是一個傳統節婦的故事。尤三姐的死完全是愛情的幻滅，意志的摧折！但凡以意志來驅策愛情的，大約總難免一個毀滅。因此，這一種激越的浪漫之愛，演變到如此情況，也就失去了早先那歡快的基調，而不能不落進悲劇的死陰中。它雖然仍舊是奔放昂揚的情感，卻帶有剛強肅殺之氣，使人在浪漫心情下，不免生出凜然感覺來。而所謂的浪漫之愛，至少在這一個型類下的，也就唱出了廣陵絕響，沒有辦法演變出更超奇的樣式來。

……

像遊仙窟這類故事，稱奇遇似乎又比稱愛情故事來得恰當，但無論如何，這自然還是有些感情作用在其中的，只不過這種感情是非常飄渺的，幾乎難以置信，像夢一樣掠過心頭，留有若干恍惚與惆悵而已。實際上，這類艷情奇遇，就差不多都是藉神仙、夢境、狐妖等題材來表現的；不過，透過神話的荒謬面具，我們仍舊可以窺見到一些對愛情觀的詮釋，這個愛情觀和前述霍小玉等類浪漫情愛比較起來，有一個完全對立的性質，它絕不是生命的完整投入，它只是生命歷程中的一些景象，彷彿風吹浮雲，水泛漣漪，樂音過耳，朝霞在天。這種剎時或極短時間的情感活動，自然不觸及生命的根本和信念之類的嚴肅問題，易言之，如果它裏面有什麼情感的思想要宣說的話，那麼，它就是：通過愛情這一人生經驗，生命只顯出片刻的真實，而沒有永恒之物可以長久懷抱於靈魂之中。所以，它的情感雖生動，但並不積極，它的愛情雖滿足，但並不徹底；往往它便把這一自生之慾中溢湧而出的熱情，轉化並且淡化成一次情緒上的美感經驗而已。

……

但要說「以情悟道」的故事，這個當然不是最好的，最好的「以情悟道」，自然要向《紅樓夢》中去看，特別是寶玉的情感經歷中。寶玉的感情，除了對黛玉的以外，差不多都表現著類似情緒上的浪漫之愛，他一時愛慾的、美感的、悅慕的、甚至憐憫的衝動，都可能激揚起一陣不能自已的浪漫的情愫。譬如對湘雲、晴雯、香菱、芳官、齡官、金釧兒，都曾在各種不同的情景裏，觸動過那根浪漫情緒的弦。而在所有這些寫情小品中，不能不以寶玉看椿齡畫薔（第三十回）那一段文章，最是言深意永，傳法象外的悟情見道的至文。

……

柏拉圖在〈斐德羅〉篇中述愛的最高陳義時，有一個飛馬神話的譬喻：人的靈魂御者駕一良一劣兩匹飛馬，在時時顛蹶中，騰躍上天，希望追隨天帝，直上九霄神明所居，窺覽宇宙本體的奧秘。但是馬性難以控制，旋起旋落，絕大多數都墮回地上，只有極少數的人可以上窺真理，而愛者就側身在這少數的幸運兒之中。柏拉圖的意思，這些愛者當然還是指愛宇宙永恒哲理而非人生一般道理的愛者，不過這個神話還是可以借來喻說寶玉這寓言式情感小故事的，因為，同樣的，通過愛的情感活動（柏氏謂愛者自愛美中獲見真如，可見其中有情操活動在），個中人所獲得的並非是感性上的滿足，而是一種真理的認知，是智慧上的一次徹悟。

像這樣發乎情、歸乎知的情節，我們幾乎難以稱它為愛情故事，但誰又能否認人們在情感經歷中，發悟真理的可能性呢？尤其是一個刻骨銘心、生死相見的愛情故事，固然可以使個中人大徹大悟、靈魂超越，但極可能的，他也許絕不能夠如此（譬如前面所用來討論的那些例子），而像寶玉故事這樣無所造為、未曾執著的情緒之愛，反能夠使他入乎其中、出乎其外，而使他的情感經歷成為一個見道的例證了。

…………

……也許中國古典小說的浪漫愛情，寫到了黛玉，才真正觸及到情感本身的思想內涵，前此只是表現出浪漫愛的一個行動而已。黛玉雖然也時刻沉醉在浪漫情愫中，茫然為愛的那股力量所牽引支配（譬如她經常不能自己的嘲諷寶玉、寶釵的金玉姻緣，暴露內心的憂懼，再譬如她在瀟湘館碧紗窗下，長日無聊細吟「每日家，情思睡昏昏」，被寶玉聽到，而「自覺忘情」。）但是，黛玉同時也能夠自覺到這份情感之所以來的因由，無論是她自己內心的自我感應、自我忖度、甚至向寶玉所再三暗示的，總是那個靈魂知己之愛。（寶黛之知己，請看第三十二回，就可知一般了。）關於這層意思，作者早就在一開篇時，用靈河岸上絳珠草的神話譬喻過，這且放開不說。黛玉曾對寶玉剖白說：「我為的是我的心」（第二十回），寶、黛之間自然有許多外在的苦惱阻隔，但是只要他們有一刻能面對面，以心證心的交換內心語言，他們的靈魂就快樂的融和在一起。唯有寶玉的話使黛玉有「竟比自己肺腑中掏出來的還覺懇切」（第三十二回），就是這靈魂的親密相知，維持黛玉纖弱的軀體生命，在人生苦痛的疾風狂流中，還能婉轉於短暫的時光。

這情境似乎又可以聯想起《咆哮山莊》中凱塞林的愛情自述，她說：「我的愛他並不是由於他的漂亮，而是因為他比我更了解我自己。不管我們的靈魂是用什麼東西做成的，他和我的都是一個樣的。」黛玉和這個任性而傲慢的凱塞林同樣念念於懷的，莫非是尋求生命的知己。在那不能自己的熱情下，把自己的生命和知己者的生命糾合在一起，視它們具有共同存在的意義和目的。凱塞林說：「我就是赫斯克萊佛。」黛玉說「你好我自然好。」（第二十九回），而且，她們相信和相愛者具有共同的心靈品質，這兩個心在本質上毫無間阻（譬如第三十二回，寶玉聽了湘雲和寶釵一樣的口氣，勸他和一些作官的談講仕途經濟，曾大不為然地說：「林姑娘從來說過這些混帳話嗎？」黛玉聽了便感歎地想：「素日認他是個知己，果然是個知己。」）。在這一種自覺下，愛就成了對精神事物的追求，愛就是彼此心靈意義的認取，甚至是生命價值的創造——因為在心靈意義互相認取下，個人生命才有內在價值可言，彷彿沉沉山谷，一經黎明旭光先映照，就頓然生出色澤景象來。因此讀到黛玉的這些情感篇章，自然會覺得，無論滎陽生的情感心靈過於天真，離魂記的倩娘過於矇昧，就是霍小玉也是徒然的意氣上的執著，而曹雪芹卻讓黛玉是一個意識清澈的愛情殉道者，黛玉的靈魂在愛情的苦煉中，保持著敏銳的覺醒，她徹徹底底地認識她的所愛；她和寶玉關係的存在，似乎就是為了彼此挖掘對方的靈魂，以證明它正為所愛者溢湧它的熱血而已（譬如作者在第八十二回曾用黛玉夢中寶玉挖心的情節，象喻這意思。）。

同時在這中間，黛玉又對這愛情充滿了希冀，她希冀這個愛情可以幫助她逃過人生苦難的大劫，而精神超離世俗，騰躍於不朽的永恒（黛玉是否有尋求精神永恒的意向，在紅樓夢寫實的這部分文字中，沒有明顯的提及，但如果把神話視作和夢具有同樣的作用，是個人潛意識的象徵暗示，那麼有可能黛玉不僅企求有限生命的愛，並嚮往靈魂永恒的契合。）——但是在現實生活中，任何一個人和外界總是有許多牽絲攀藤的關係，企求知己生命的永恒契合，而遺世俗於身外，又談何容易！至於精神相期不朽，更只能謬托於神話。因此，所有那些熱望，結果只成為痛苦之源；生命永諧的誓盟，成了苦痛的糾纏；情感的傾慕，成為無可拯救的陷溺；靈魂的相知，翻成為磨難的掙扎。於是熾烈的情愛，只空空的使自己的軀體和靈魂都受著苦痛的灼燒。當然，由於這種景況，黛玉或一個如此愛著的人，他的靈魂卻更覺醒在那裏。這種情感覺醒，使她無法從它裏面遁逃或掩蔽，於是，她像一個初生嬰兒扭曲赤裸身體一樣，她扭曲著她那沒有蔽護的靈魂（所以後來每一個人都冷眼旁觀黛玉對寶玉無望的感情，只除了感覺著黛玉痛苦的紫鵑，她是黛玉靈魂受苦的唯一見證人。）同時，又因為她的情感如此坦露，而她的心靈又如此孤獨，於是她也不能從這一情感中墮落，去背叛離棄或污蔑它，她只是一意鞭策著這絕望的熱情，一任它馳落進深淵。她企求著死，來完成愛，她像許多的浪漫愛者一樣，把自己做了愛的犧牲祭物，而她自己，卻也同時是這愛的祭祀殿堂。

像這樣塑造的情感，大約也可以算是浪漫熱情的昇華了，因為在它的感情運作中，有精神上昇的一個動作含蓄在內。前面曾談過的情緒之愛的情感寓言，也同樣有精神的升揚，不過它所啟示的，是普遍性的真理，而靈魂相求的愛，卻是獲悟個人的真理；同時它又是始終不離靈肉的完整的，是以血肉之軀的熱情為基礎，而再豐潤以心靈的內涵。以鳥為喻，情感寓言是飛掠而過的鳥影，有生動意象，而沒有實質的鳥身；生命衝動的熱情是羽翅未全，令人不免生迫促赤裸之感；生命愛慕到靈心相求的愛，就彷彿翅羽骨血都勻停完備的彩鳥，它是最堪玩味的，它的意態，是真實、成熟，而完整的美。

現在我們要試著談談和浪漫風格對立的古典之愛，前面我們已大概地忖量過，愛情是否真可以分浪漫與古典的不同？或者我們又想到，愛情的極致，是亦浪漫亦古典的文學實例已很多。但我們現在究竟不過是對情感作意趣的品索，而不是作真理的釐定，試問，歌唱「愛而不見，搔首踟躕」《詩經・邶風・靜女》和吟哦「所謂伊人，在水一方」《詩經・秦風・蒹葭》的詩人，彼時的心情況味，如何能夠完全相同呢？「須作一生拚，盡君今日歡」（牛嶠〈菩薩蠻〉），和「卻下水晶簾，玲瓏望秋月」（李白〈玉階怨〉）「淚眼問花花不語，亂紅飛過鞦韆去」（歐陽修〈蝶戀花〉），也是情感樣態的兩極端。曹植的〈洛神賦〉和陶淵明的〈閑情賦〉，同樣是寫想像的愛情，但〈洛神賦〉的神馳意想，迷離恍惚是比較浪漫的，而〈閑情賦〉的深情掩抑凝而不放就是古典的了。

〈閑情賦〉表現的情感所以令人感覺古典，大概可以試著這樣說：首先我們看它的情感結構是盤曲迂迴的。本質上它和激烈的浪漫愛情完全一樣，是非常熱情的，「意惶惑而靡寧，魂須臾而九遷」，但是這個奔放的熱情卻不曾直率地表達出來，反而退了回去，歷經一番轉折：「願在衣而為領，承華首之餘芳，悲羅襟之宵離，怨秋夜之未央；願在裳而為帶，束窈窕之纖身，嗟溫涼之異氣，或脫故而服新；願在髮而為澤，刷玄鬢於頹肩，悲佳人之屢沐，隨白水以枯煎……考所願以必違，徒契契以苦心，擁勞情而罔訴，步容與於南林。」這熱愛者在情感將發未發的時刻，卻忽然跳出了一時的陶醉，而觀照起整個的情境來，並且他的情感也就不能不受到嚴刻的省察，等到經過這一番轉折，再迂迴而出時，無論情感本身或愛的情態都有所不同。這一個轉折而出的情感格式，我們不妨把它看做是古典之情的一個最基本通性。用譬喻來形容，浪漫之愛是輻射式表現的，而古典之情則是折射式表現；輻射是把光和熱直接拋散出來，而折射的光卻有了彎曲角度，它透過一些事物，改變了頻率而後再投射出來。就古典之情說，透過了某些事物而後再表現出來的情感，當然不是情感的原始狀態。它可能有兩種改變，一是情感的內涵不變，而情態大變；一是情態固然有變，而情感的內涵也加入了新的元素。以〈閑情賦〉來看，它的感情轉折，是因為愛者在沉醉於情感的追求中，突然獲得了知性的了悟；他了悟在個體熱情的後面，還有一個大的背景，當他把個體熱情放到那大背景上去時，它得不到永恒完滿的證明；而且因為尋求永恒和完美，它必須痛苦的失望。但雖然如此，熱情的本身並不能消滅。熱情只在兩種情形下會消滅掉，一是生命的死亡，一是熱情自己的死亡，而熱情其實是比生命還有韌性的。於是熱情不消滅而仍然存在，只是它被節制在知性中，它用一種紆緩幽微的調子唱出：「擁勞情而罔訴，步容與於南林。」所以〈閑情賦〉原先那股熱情在轉折後，便成為婉約而節制，情感的內涵也受到了知性的中和。

不過在古典故事中，情感轉折能含蓄著如〈閑情賦〉那樣的知性徹悟，並不是容易的。有時它折回內心去，既不能像狂濤一樣衝瀉，也不能從事智慧的廣大觀照，而只是像座磐石樣堅持它自己。用一種信念，對愛不墮失的信念，譬如尾生抱柱的故事，實在是相當典型的反映信念的古典精神之愛（《戰國策・燕策》：「信如尾生，期而不來，抱梁柱而死。」《漢書・東方朔傳》注：「尾生，古之信士，與女子期於橋下，待之不至，遇水而死。」）尾生和相愛者期約的心情原應該是極浪漫的，但是等到潮水一線線上漲，逐漸淹沒橋柱，而所愛不至，這時尾生竟然決心抱定了橋柱而不捨去，聽憑潮水冰冷而黑暗地浸沒自己的身體，這時候尾生的心情與其說是浪漫的，不如說是古典的深沉，因為尾生殉愛的心靈中，並非依賴幻想，而是因為有種不可改移的，以生命為徵的信念，使他超然於塵世上的死亡的。

經由信念的堅執而表現的愛情，在〈孔雀東南飛〉裏面又有了更進一步的內容的豐美。當蘭芝被遣送回母家和府吏訣別的時候，她堅決地自誓說：「君當作磐石，妾當作蒲葦；蒲葦紉如絲，磐石無轉移。」於是蘭芝在堅守對府吏的這分結髮之愛中，始終紉如不折的蒲葦，直到被母兄逼迫改嫁，便「攬裙脫絲履，舉身赴清池」，以死守約。看來蘭芝的感情也是像尾生那樣以誓約來完成愛情的。這樣說，倒不是在暗示蘭芝和尾生只是為實踐誓約而死罷了，我們從不懷疑蘭芝和府吏之間，有超越婚姻形式所可賦給的感情，蘭芝和府吏如浪漫愛者一樣有那生死要約的愛；並且另一方面以詩中所寫再聘的情形看蘭芝如果改嫁，也不會如何嚴重損傷到禮教的尊嚴，但是蘭芝仍然踐約守信而死。所以這種踐約而死是耐人尋味的。換句話說，〈孔雀東南飛〉與其是家庭倫理的敘事詩，無寧是一個真正的愛情故事。這個故事通過愛的誓約，而非婚姻誓約來完成。

可是這仍不是蘭芝故事的最大特性。或者，我們應該這樣追問：蘭芝實踐死之信約的愛，它的根底內涵是什麼呢？由於孔雀東南飛比尾生故事有更多的文學描述，揣摩它的答案（其實就是作品的隱意念）是可能而且是應該做的。試從原作的文字描述上著眼（我們當然該記住，文學作品描述文字的作用，我們視它為作品意念所托，而不只是美感的塗飾。），我們將感到蘭芝在故事裏，從頭到尾都表現著的，在愛中復尊重自愛的那種特別屬於古典的心靈：「孔雀東南飛，五里一徘徊。十三能織素，十四學裁衣，十五彈箜篌，十六誦詩書，十七為君婦，心中常苦悲。」「妾有繡腰襦，葳蕤自生光，紅羅複斗帳，四角垂香囊，箱簾六七十，綠碧青絲繩，物物各自異，種種在其中。」這些珍重自述，就是隨時流泛在整個故事中蘭芝個人生命始終未曾捨去的語調。而正因為蘭芝對生命是自我珍愛的所以她才能完成那樣艱難的愛；因為她絕不肯去委屈折辱自己的生命，所以她才能絕不委屈折辱她的情愛。

……………

同時另一方面，再看這個行動的決絕姿態，似乎又很像浪漫愛的生命之衝動；本來，一個人為了追求願望的完現而自我裁決的時候，他多多少少是既浪漫又古典的。不過就一個相當古典的心靈說，那裏面還是有些異質的地方。浪漫愛者的衝動行為，大率出於激情的渴求和滿足，雖然也不能說毫沒有理想的精神成分在內，但它總不是一個充分認知的，和自付以價值的行為。而蘭芝和貞夫對愛的本身卻是始終懷有信念的，她們是透過信念而從容堅決地赴生命之宴席。所以那種決絕的犧牲，至少就她們個人意念說是愛的完成，而不是生命苦根的破壞，如霍小玉和尤三姐那樣。至於這個信念之所來，前面談蘭芝故事時，已嘗試說那是根源於對生命懷抱的深刻自愛，在這裏我們又可以就著貞夫故事更進一步說，對生命的自珍自善，是通過理性的了悟而完成的，它和率性的本能自愛又不同趣（本能的愛可能會排斥理性的，譬如本文前部分對浪漫愛的討論。）蘭芝和貞夫都是自幼受了嚴謹的古典教養，具有情智兼育的心靈。從貞夫故事看，貞夫了解她的情愛是天地之自然：「青青之水，冬夏有時，失時不種，禾豆不滋。萬物吐化，不違天時。……太山初生，高下崔嵬，上有雙鳥，下有神龜，晝夜遊戲，恒則同歸。」（貞夫給韓朋信）對這個發乎天性，順乎宇宙自然律動的情愛，貞夫具有深廣理解，並且善自珍攝。所以當橫逆之來的時候，貞夫不會放棄這一個情感的原則。

而且，由於她對韓朋生命交會的契愛，使她獲得超越的智慧，當她告別婆婆的時候，她知道那是永遠的彼此相失；她知道惡運將如何毀滅她，以及所愛，然而她無所僥倖，甚至也無所苟全。因為對情感和命運的洞察，使她心地清澈、善惡昭然。所以並不遲移地，貞夫引帶著、激勵著韓朋共同趨赴死亡的約會。貞夫和蘭芝一樣以踐守誓約的精神，維護了生命的貞善完整，也因此維護了愛情的貞善完整。這裏面有情智共同運作而建立的價值，它使原來純然訴諸情感的愛，躋升為德性的超越。因此，和浪漫愛比較起來，這一種古典之情，應該是更企慕純粹精神上契合的，它似乎認為，愛的極致，是精神上成就愛，至於感官的滿足，是沒有暇豫的；剎時的陶醉和征服，更不在所計之內，它所嚮往的無寧是愛的永恒而絕對的存在，在一個信念所建立的世界中。

……

這樣的情感樣態，在我們中國人感覺起來，可能是一種最貼切的古典之情。它含蓄婉轉、溫柔敦厚，發乎性節乎禮；不激不昂，以延以續，綿綿無盡、悠悠長存。譬如唐君毅先生在談到「中國人間文學中之愛情文學」時，特別標舉了它是「迴環婉轉」「一往一復」之情。他從許多詩文中舉出例證，說「迴環婉轉，相思無極，真是中國式之愛情。」（中國文化之精神價值）。如果把文學作品中所描寫的愛情枚舉出來，這種情感是不是真的佔一個絕對數字，無煩我們去查究，但在我們的文化背景、生活習俗、民族心態等共同形成的氛圍下，這種情感格式自有它深厚的基礎。它可能是中國人心靈最宜於採取的情感樣態，特別是中國文學長期的以抒情詩為表現主流，溫婉蘊藉的情感，已經造成中國文學的主要風格。不過我們前面已大略提過，在一篇故事中要表現這樣的感情，誠非易易。因為這種情感常是把動作儘量約減到只是一些心理的現象，一些心境的流露，除非一篇具有抒情詩風味的小說，才能夠把這種婉約的古典情感表現到恰好，譬如說德國施篤姆的《茵夢湖》那樣的作品（《茵夢湖》中主角萊因赫和伊麗莎白的情愛應該是相當古典風味的，尤其如果把它和歌德《少年維特的煩惱》相對比的時候，更加明顯。）不過中國古典小說中的抒情之作，常常很不純粹，像唐傳奇和聊齋裏的那些，總時常被仙狐神妖等炫奇的超自然事物干擾，而使得它的愛情只是空幻與飄渺的浪漫情愫，不能夠凝結為深刻實在的情感。但無論如何，這樣深情婉約的古典情感，小說作品中總不會真的付之闕如的，例如當我們談論黛玉的浪漫情感時，曾經也附帶說到黛玉她的苦心孤詣、千迴百轉的情感就是古典心靈的表徵；此外她對愛抱著不屈不撓的信心，對愛的深刻理解，以及對愛的絕對完美要求，和非常顯著的愛情唯心論傾向，等等都在豐富古典情感的內涵。由這些因素所凝結的深刻含蓄情感，本可以用在此處討論，不過有的情形其他例子已經涉及，而且，主要的，如果把黛玉分判成兩個元素，異時異處來論，那無寧是非常不智之舉，所以我們寧可在這兒保留著不談黛玉，而另外找一個愛情篇章。

…………

……回顧起來，浪漫與古典，根本說還是情同事異，所有的情愛都是心頭一點暖熱的嚮往，而發散的光度有異而已。率其生命衝動的浪漫愛，猶如春天野火、熊熊而燃，不能自已；一時情緒的陶醉愛，彷彿流螢閃灼，風韻自賞，引人遐思；因情悟道的傾賞之愛，不啻長空見月，澄澈晶瑩，此心無礙；追求靈魂相契的唯心之愛，譬如是蒼穹星辰，幽渺而永恒；踐守信約的生死之愛，淬礪如砧上火花，驚心而動魄；婉轉幽微的默想之愛，便好像荒村燈火，令人顧念而懷思。不同的情感意態，有不同的境界。雖然如此，單單的一種情愛，在人生中總還是有局限的，它展示了人生的一種景象，一種樣式，假如故事所觸及的人生處境稍為複雜一點，那麼，單獨一種情感樣態，是不足以寫出心靈繁富結構的。所以有些故事的人物，他的情感往往參差雜揉，亦古典亦浪漫，既純粹又駁雜，如黛玉和鶯鶯；或者一個愛情故事，從浪漫熱烈的愛，發展到古典的諧和，像李娃傳；或者從感官的充分滿足，到精神的無限堅持，像霍小玉傳。不管怎樣，一個雜揉的，或發展式的情感，當然可以比較充分的抒寫人性真象。但是就中國古典小說看，複雜的人性雖然已經被作家們觀察到，然而在一篇（部）故事中，能完盡的描寫出極曲折幽深、精微繁富，捉摸難定的情感活動，究竟並不多得；比方像西方的一些寫情小說，如托爾斯泰的《安娜·卡列尼娜》、佛羅拜爾的《包法利夫人》、紀德的《窄門》、毛姆的《人性枷鎖》，那樣靈魂和肉體，幻想與現實，自由與奴性、罪惡與拯救、美麗與醜惡彼此抵死糾纏，而無有終了之意的愛情故事，中國古典小說應可以寫出，而終於成就優秀的作品可數。……

……

或者，另一種相反而又更糟的情形，就是它們本身遭受到很拙劣的濫用和變質，比方說，沿著浪漫愛情發展出來的無以計數的才子佳人戀愛故事，主題和情節都非常空虛庸俗，除了過分泛濫的傷感之情以外，很難使人從那裏感應到嚴肅而真實的情感人生。就這一方面來講，這也不妨看做是舊小說中浪漫愛情的墮落。至於古典情感也並不見得幸運，因為當人們失去了精神上的信念或嚴肅的命運感以後，很快的，古典愛情的內在性質也就日漸墮失，而空餘下一些婉戀的姿態，跟才子佳人戀愛沉溺而為一氣。所以嚴格地說，浪漫和古典的愛情文學，差不多僅屬於真正的具有古典精神的小說（此處所謂古典精神，和現世精神對比，大致指具有理想的和超越的精神。）而非一般舊體裁的小說。

……

不過，相對於那些寫實的愛慾故事，浪漫之愛和古典之情顯然比較著重健全和完滿的情、知活動，它們給人類精神上的感奮，也比較趨向於審美的角度。如果說，它們也有人生真理的顯示，那些真理，當然是伴隨著美感韻律，作精靈之舞的。然而，無論如何，人類的精神和生活，在容納了更多的矛盾和駁雜以後，使愛情的難題，更從外在的現實環境轉移到了人們的內心；當愛者本身被疑慮、矛盾、失望、衰枯所凌遲的時候，人們內心和往時一樣的渴望愛，而愛的希望卻喪失了，行為遲移了，那麼，這種情感故事，究竟還能不能以浪漫或古典風格來形容，確實是令人困惑的。或者，這兩個人類心靈境界的狀詞，將逐漸失去它們的妥適性，而僅僅是一個古典時代的懷念。但是另一方面，我們不可否認的是，只要人類心靈還沒有絕對喪失天真的話，它將仍舊會受到這兩種精神美的召喚的。

2.分析：

(1)以轉折方式說明：而所有現實世界的磨難，無非是因為他失去了愛與所愛的緣故，而滎陽生也就為了愛而承受了他們——雖然這些磨難對以後情節意義而言，逐漸轉化為滎陽生進入另一人生階段的媒介，經歷使他的心態漸次有所蛻變，從一個浪漫氣質的青年，成為一個相當實際的刻苦人物。在這一種自覺下，愛就成了對精神事物的追求，愛就是彼此心靈意義的認取，甚至是生命價值的創造——因為在心靈意義互相認取下，個人生命才有內在價值可言，彷彿沉沉山谷，一經黎明旭光映照就頓然生出色澤景象來。

(2)文言句法詞彙：然而自從柏拉圖的〈筵話〉篇和〈斐德羅〉篇用宏文偉詞暢述了「愛情三昧以降」。其中有一些由於藝術機緣，「乃蔚為大樹」。他的責難毋寧是犯了「訴之於」知求的謬誤。倩娘「不堪悒抑之甚」「委頓病榻」而靈魂卻悄然亡命來奔。那一段文章最是「言深意永」，「傳法象外」的「悟情見道」的至文。

(3)繁複之美與力：然而事實上，只有直接去感受這兩故事的情感樣態，然後才有或幽婉或奔放的各自生姿的情感境界之可言。我們解放並且滿足我們的人性，從而免除將愛情視為一赤裸行為的這一知識和觀念上的獨斷。而像寶玉故事這樣無所造為，未曾執著的情緒之愛，反能夠使他入乎其中，出乎其外，而使他的情感經歷成為一個見道的例證了。

(4)動感：愛情故事就並不是赤裸裸地「拋擲」在原始人性中。總之浪漫之愛是如此的率其強烈感性而「橫決」以行追求整個生命的酣足。因為愛本來就是人天性裏具有「渴慾」的「內驅力」，現在更「奮這強毅之心」以意識對這一股渴慾的力量，再加以「驅迫」而「置自己生命的存在於不顧」。但也因此而顯露了「脫軌」而去的危險性。往往它便把自生之慾中「溢湧而出」的熱情轉化，並且淡化成一次情緒上的美感經驗而已。踐守信約的生死之愛，「淬勵如砧上火花」驚心而動魄。

(5)音響感：就像泥土中「滋滋作響」的水氣和「嗶剝發芽」的種子。

(6)形容之鮮活：霍小玉那不能遏止的熱情，使她像一株曝晒於烈日下的細柔海棠，終於灼燒而萎死。就是這靈魂的親密相知，維持黛玉纖弱的軀體生命，在人生苦痛的疾風狂流中，還能婉轉於短暫的時光。因為尾生殉愛的心靈中，並非依賴幻想，而是因為有一種不可改移的以生命為徵的信念，使他超然於塵世上的死亡的。所以並不遲疑地，貞夫引帶著、激動著韓朋共同趨赴死亡的約會。他使原來能訴諸情感的愛躋升為德性的超越。那些真理當然是伴隨著美感韻律作精靈之舞的。

(7)代稱：文學從不把愛情自生命裏孤立起來，而是以它為人生的「潛望鏡」。就會使文學故事「貧血」。當愛者本身被疑慮、矛盾、失望、衰枯所「淩遲」的時候。愛情以任何一種文化環境做它的「沃土良田」。她們是透過信念而從容堅決地赴生命之「筵席」。

(8)新詞：愛情「景觀」。或者從人事現象中「抽離」出來。全部「統攝」在人類一個「模式」活動之下。這完全屬於個體的情感「運作」。所以這裏面就不會有一味沉溺於生活的「懵然」絕望。浪漫與古典總是情感的兩個基本「樣態」。這實在便是浪漫愛情特具的「氣稟」。可是滎陽生的愛情國度是「架構」在「光影閃爍」的感覺世界。這一種激越的浪漫之愛，演變到如此情況，也就失去了早先那歡快的「基調」，而不能不落進悲劇的「死陰」中。這兩個心在本質上毫無「間阻」。至於精神相期不朽更且能「謬托」於神話。但我們現在究竟不過是對情感作意趣的「品索」，而不是作真理的「釐定」。我們視它為作品意念所托，而不只是美感的「塗飾」。由於她對韓朋生命交會的「契愛」。這兩個人類心靈境界的「狀詞」。

(9)濃縮：古典愛情的內在性質也就日漸墮失（墮落流失）。將逐漸失去它們的妥適（妥當適合）性。

(10)現代詞語：透過一些事物改變了「頻率」而再投射出來。浪漫之愛是「輻射」式表現的。一是情感固然有變，而情感的內涵也加入了新的「元素」。

## 四、作品例舉

### 楊昌年：小說意識藉人物分化手法表現的線路
### ——以《三國演義》與《海狼》作比較

1. 意識表現與人物塑造

屬於人類共性中最為重要的一項——表現——，以其與生俱來的深厚根基與龐大動力，驅使人類不斷追求以滿足渴欲。儘管這種生命動力的揮發因人殊異而有強有弱，運作之中事功的顯現有大有小，但它的點滴積累無不就是矗築起文明華廈的片瓦拳石，推動人類社會文明福祉持續進展的基力，活水源頭在此。

人類憑恃表現本能為自身所處的世界貢獻努力，而智者們又早已認知到絕無永恒的宇宙悲情：生命的短促，事功的不待，一種時不我與的無奈，即使英雄人物也將不免扼腕。更何況事功也並非只憑智能就可以成就的，主觀的個性與客觀的環境在在都會形成為阻力，以致於賚志難伸，事功不遂。古今中外，惟有極少數「能忍人所不能忍」的，仗恃他個性的特殊，能夠比較充分地揮發智能動力，建立事功，差可滿足他一己表現的渴欲；極大多數「不能忍」的，或是對自己的個性過份珍憐，或是對環境人事不能謀得和諧，最後終於放棄了以事功為表現的追求努力。這就是人類歷史中立大功者永遠是鳳毛麟角，默默者一定多如恒河沙數的道理了。

然而智能者有異於常人的龐沛表現渴欲仍在，企圖在有生之年表現煌燦，留下價值，以否定默然死滅的意願仍然旺烈，甚至在事功不遂之後更為強化。在「常」與「變」的抉擇下，前路既已不通；當然就只好轉向。另闢蹊徑的指向甚多，而藉著文學創作來寄托理想，表現自我的，正就是事功之外的另一里程。

太史公言：「……此人皆意有所悒結，不得通其道，故敘往事，思來者，乃如左丘無目，孫子斷足，終不可用，退而論書策，以舒其憤，思垂空文以自見……」[1]早在純文學猶未獲得主流地位的前漢，可喜的是太史公的《史記》先就具備了斐然文采，而他所持的理念也正與現代文學理論相合。「左丘無目」，「孫子斷足」，和史公的宮闈悲慘同病相憐。事功之途既已阻斷，「終不可用」已是事實，而「不得通其道」、「意有悒結」要求表現肯定的渴欲仍然焚燒旺熾，驅迫他轉向「論書策」的立言創作之途發展。目的是在求取「舒其憤」的抒發平衡，尋求「思垂空文以自見」的具體價值流傳，為他「自見」的表現渴欲獲取一份交代滿足。

在此他明白地表示出委屈不甘，他的轉向是在「終不可用」之後被迫而行的退而求其次。「空文」一詞代表了他的觀念，認為文學效用的空虛比不上事功的實際。這小小的一段文字不僅詮釋了他生命歷程的轉變，也為古今中外無數智能之士宣告代言。顯示出人生常行的一條轍跡——由於行使表現渴欲最為迅捷易見功效的就是事功，所以誘使了絕大多數的智能之士開始時熱切奔赴，一直要等到挫折痛定思痛之後，才放棄那必須與眾人相處，難免於刺蝟觸痛的事功，轉向縮回到無須與多人接觸，以立言表現構築起的自我天地中去安身託命。由此看來，文學創作這一條路上的行人，多數都是些半路出家的易轍者，帶著有挫折的經歷與委屈不甘，難怪日人廚川白村要說文學是苦悶的象徵了。

由以上分析的歸結可見：文學創作常是作者表現自我的變型，或是藉著創作發表理想，或是藉著人物的假象來謀求補償平衡。從作品中看人物的性行心態，作者的影子不難索得。從作品的

❶ 見太史公《報任少卿書》。

意識探討中，不難尋得作者企求表現的重點所在。

就題材來分析文學創作意識表現的線路，筆者認為可以歸納為現實的與超現實的兩大類：

(1)現實的：可分為二：

①自傳式：有如王國維所言：「人生充滿了慾望，由慾望而引起了追尋，追尋的途程中不擇手段，因而產生了過惡，由過惡而產生痛苦，由痛苦而產生懺悔的情緒，由懺悔之情的盪滌，陷於泥淖的靈魂得以淨化，得以昇騰。」❷這一線路的作用在藉懺悔的抒發而獲致平衡調適。作品例如曹雪芹的《紅樓夢》、郁達夫的《遲桂花》，以及歌德(Johann Welfgang von Goethe, 1749–1832)的《少年維特之煩惱》(*Leiden des Jungen Werther*)。

②寫實性：以寫實素材切剖社會橫層。作者常托身在作品人物之中，表現他的理想寄托，提供觀照層面，顯示調適作用。作品例如吳敬梓的《儒林外史》、劉鶚的《老殘遊記》，以及巴爾扎克(Honore de Balzac, 1799–1850)的《人間喜劇》(*Comedie Humaine*)。

(2)超現實的：可分為四：

①超向過去：是一種舊瓶新釀，借用歷史人物，以借屍還魂方式賦以作者的理想情感。本質雖如畫餅充饑，但對作者而言，寄托理想，發抒平衡的效用是確具的；對讀者而言也足能引發共鳴與認知。作品例如羅貫中的《三國演義》，以及荷馬(Homer)的史詩《伊里

---

❷ 見《王國維先生三種》。

亞特》(*Iliad*)。

②超向幽冥：死亡結束的必然，是為人類與生俱來先天性最大的恐懼迫壓，最大的悲情。文學創作就利用這人性最為敏銳的部份來作為素材。藉著陰森恐怖的媒體，引發讀者怖慄的感官刺戟，通過強烈的刺戟使讀者獲致被虐後快感的舒暢，進展到醜暗昇華美化，讀者在比較之後平衡，獲得調適效應。原理與亞里士多德的「以憐憫與恐怖使情緒得到正當的發洩」悲劇定義相合。這一線路的使用多見於詩文與戲劇。作品例如晚唐超現實先驅者李賀的詩作，以及辜勒律芝(Samuel Taylor Coleridge, 1772–1834)的《古舟子詠》(*The Rime of the Ancient Mariner*)。

③超向未來：以未來世界的想像，提供讀者以新鮮的瞻望；或是蘊含警意，提示科學盲目發展，物極必反的隱憂。作品範圍，中外的科幻文學屬之。

④造境想像：製造子虛烏有的人物情節，超越現實，不是真人真事。作者意識作用在以塑造的人物與假想的情節來表現理想或抒發情感。作品例如夏敬渠的《野叟曝言》，魯迅的《阿Q正傳》，以及卡繆(Albert Camus, 1913–1960)的《異鄉人》(*L'Etranger*)，傑克倫敦(Jack London, 1876–1916)的《海狼》(*The Sea Wolf*)。

文學創作的神明骨髓既在意識，而意識表現又非藉重人物情節不克為功。所以創作素材無論是現實或是超現實，人物的塑造與情節的設計都是作者著力的重點。收縮範圍來談小說人物塑造的兩種手法，一是化零為整的綜合（如《阿Q正傳》），一是化整為零的分化。本文今就後者例舉介紹，以本國古典小說《三國演義》與西洋現代小說《海狼》試作分析比較，用以來管窺小說意識藉人物分化手法表現線路的一斑。

## 2.三國演義——依性向理想而分別塑造人物❸

研究中國古典小說，困難之處常在於作者外緣資料的不夠。四大奇書之中，除了《西遊記》的吳承恩之外，其他三部的作者都還未獲定論。造成這現象的原因之一即在年代的久遠，就《三國演義》藍本《全相平話三國志》來看，新安虞氏刊本早在元至治年間（元英宗年號，西元一三二一年至一三二三年），距今已超過了六百五十年。活在元明兩代之間標準亂世的羅貫中，他散見於後世書篇的資料不但很少而且可信度也多未確定。雖然如此，迄至目前為止，我們仍能相信在元末明初，有一位揚棄平話荒誕傳說，回顧到真實歷史，完成了第一部「按鑑重編」歷史小說《三國志通俗演義》的偉大作家，他的名字很可能是羅貫中，他是早在毛宗崗之前就已使得三國演義具備藝術價值的大功臣。

在前曾述及作家創作意識動力的來源。明・王圻《稗史彙編》中有一段：「……如宗秀、羅貫中，國初葛可久，皆有志圖王者，乃遇真主，而葛寄神醫工，羅傳神稗史……」又清徐渭仁徐鈉所繪水滸一百單八將圖題跋云：「施耐菴感時政陵夷，作水滸傳七十回，羅貫中客偽吳，欲諷

❸ 用三民書局《三國演義》，六十七年三月四版。

士誠，續成百二十回。」這兩段文字雖不盡可信，但就演義中的意氣飛揚和時代背景來進行考徵，我們不難為羅貫中勾勒出性行形象。那是一個「時勢造英雄」的時代，元蒙統治崩潰已見，群雄並起，有智能有理想抱負的作者，當然也會激起「彼可取而代之」、「有為者亦若是」的豪情壯志。可惜的是分久必合，群雄的帝王事業次第瓦解於朱明的一統。讀書人本質的作者空懷大志，而事功畢竟未能顯著，甚至不能如張士誠、陳友諒那樣轟烈地做過一番。但是他要求表現的生命動力仍然旺熾，以至於迫得轉向去稗史中「傳神」以另築寄托、另謀表現。

演義中尊劉抑曹一面倒的基調，應該是作者憎恨元蒙，明正統意識的借喻。而屬於他表現自己的部份，筆者認為他用的是超現實舊事取材借屍還魂的手法，把自己的性格理想分化寄托於書中三位重要的歷史人物。老子一炁化三清，三個僵冷了的歷史人物，因作者眷愛的情熱而在書頁中鮮活重生。人物的表現就是作者理想發表假象的滿足，人物的悲喜也就是作者情感的鳴應，作者的生命動力血淚萃聚於斯。六百年來贏得億萬讀者嗟嘆激賞，歷史人物藉小說之功而傳留不朽，也就是羅貫中表現的不朽。今日的讀者熟悉並喜愛這三位人物，不能不感念人物的製作者。是應該試著回溯到作者創作之時，沿著「披文以入情」的線路去體認他「情動而辭發」的意識真相。

作者借屍還魂的三位歷史人物是諸葛亮、劉備和關羽。意識寄托運作的概略，現在分述如下：

(1)諸葛亮：多有讀者表示：《三國演義》要到三顧茅廬才光采，而在秋風五丈原之後就黯淡了；換言之，這部書的精采部份全以諸葛亮為始終。這不足為怪，因為諸葛亮就是作者自己，代表了他讀書人身份的意識寄托，讀書人生命動力表現渴欲的發抒。

主角出場時就已不同凡響，作者先以側寫手法，借水鏡、徐庶之口渲染揄揚：智能的讀書人隱居守身待時，而流露出來的理想抱負卻是自比為管仲、樂毅的不凡。由於已有徐庶的走馬之薦在前，三顧中的兩度不遇，分明就是讀書人不汲汲於功名的適度矜持。出山之前的充實準備，盱衡大局胸有成竹的設計，贏得了侷促困境飄泊將軍的敬重。但在決定合作之前，還得要對方以一哭來充分證明誠意（先生不出，如蒼生何！）臨行吩咐諸葛均躬耕田畝，留下功成身退的地步，是讀書人志在大事不在大官的原則高節。博望坡一役的牛刀小試，事先命孫乾簡雍準備功勞簿慶功宴，勝負只在掌握之中，讀書人的智能大展一戰成功，演義裏孔明的意氣，就是現實裡作者悒結心志的暢發。江東舌戰一場，作者的表現極見其迴旋騁馳的才智之雄：首先以沉疴糜粥之理，因仁義保民而敗來折服張昭；再以兵精糧足的江東，竟有謀士勸主屈膝實為可恥來譏諷虞翻；對步騭誇蘇秦、張儀為豪傑，那是作者自己竊慕蘇張意識的呈現；面斥薛綜無父無君，以文士義烈表現明正統的意識，舌戰的緊弦至此拉滿，升到高潮。緊張的頂峰作者能夠運作迴旋，一轉而為嘲弄懷橘遺母陸郎的幽默。再行升起，借辯才表現作者自己性行的洒脫：向嚴畯表示不屑做尋章摘句的腐儒；向程德樞說明君子之儒與小人之儒的分別。峰巒波瀾的起伏迴盪，精采不只是作者的筆觸工力，更因為這就是作者在表現他自己，所以特能自然真切。

讀書人的懷才不遇，渴望遭遇知己英主的那一份強烈的自憐，在蔣幹過江時又作了一次變型的表現，那是當周瑜領著蔣幹參觀軍備之後的一段：

> 瑜佯醉大笑曰：「想周瑜與子翼同學時，不曾望有今日。」幹曰：「以吾兄高才，實不為過。」瑜執幹手曰：「大丈夫處世，遇知己之主，外託君臣之義，內結骨肉之恩，言必行，計必從，禍福共之，假使蘇秦，張儀，陸賈，酈生，復出，口似懸河，舌如利刃，安能動我心哉？」

雄姿英發的顧曲周郎，在演義裡是被作者故意糟蹋了的，被用來作為襯托孔明的犧牲品。為擡高孔明而壓抑周瑜，周瑜被寫成為一個氣量狹小的匹夫。只有這一段寫得周郎意氣飛揚，髣髴東坡〈念奴嬌〉赤壁懷古的英雄氣概，何以如此？筆者以為這是作者熱切的自惜，正好藉著這段情節升浮出現，為了要發表他「遇知己之主」假象的快意滿足，一時忘了周瑜這角色的扮相，出現了這樣一次突兀明顯的「跳離」。

百廿回演義之中，有七十回大半的篇幅在寫孔明。寫他虞淵日落，魯戈獨奮，砥柱中流的英雄形象。從赤壁之戰的借箭借風，到三氣周公瑾，下益州、白帝城托孤、平南蠻、出祁山，一直到秋風五丈原感性淋漓的死亡終結：

……孔明強支病體，令左右扶上小車出寨遍觀各營；自覺秋風吹面，徹骨生寒；孔明淚流滿面，長嘆曰：「吾再不能臨陣討賊矣！悠悠蒼天，曷其有極！」……。

雖然是歷史人物近似的形容，但也是作者的感情之所寄，是作者以自身的悲愴把人物情節感情化了。是他認為一個讀書人就該這樣鞠躬盡瘁、死而後已的，捨此以外已別無他途。歷史上的孔明畢竟不能成功，作者在命定的灰黯氛圍下，特別強調他為知己而死，明知其不可為的悲劇精神。一半是歷史人物的原型，另一半是作者這位讀書人的性格理想。作者寫下了悲劇英雄之死，同時也宣洩了他自己的抑悒，宣告了他自己的悲劇生命。秋風五丈原一段，古往今來，賺取了無數讀者同情共鳴：同情的是幕前賚志未竟的歷史人物孔明，也是隱在幕後賚志不得伸展的作者，主角與作者原是一體。

陳壽評諸葛亮：「亮才於治戎為長，奇謀為短，理民之幹，優於將略。」裴松之引袁子（諸葛後數十年）之說：「諸葛治軍，止如山、進退如風，聰明、正直而一者也。」歷史上的諸葛亮確是一流人才，但卻絕非如小說所述，小說裡的孔明被渲染成各種才能集大成的神話人物。除卻政治軍事才能之外，天文地理機械占卜無所不通：木牛流馬運輸器製作方法載於本傳，借東風還可說是氣象常識豐富，但空城計就能騙過敵人，一番話就能罵死王朗，甚至他還會縮地法，驅獸上陣，實在是匪夷所思，難怪被評為「諸葛多智而近妖」❹。偏失的原因之一是寫作時代的科學思想不夠發達，更重要而可信的是作者的自我珍憐，太愛這位代表自己的人物，以致於愛之深切難免渲染過甚。

⑵劉備：作者「有志圖王」領袖慾的寄托表現。第一回中勾勒出的形象：「不甚好讀書、性寬和、寡言語，喜怒不形於色，素有大志，專好結交天下豪傑……」正是領袖條件。而「當日見了榜文，慨然長歎。」這一聲吐氣，可想而知是發之於作者的胸臆。時當元蒙帝國末葉，天下鼎沸，群豪蠭起，正是英雄騁力建功立業的大好時機，而列身於「九儒」等級的作者，無拳無勇，何餉何兵？空有一腔壯志雄心，畢竟難能從孤窮的環境瓶頸中突破。這一聲志士扼腕的長歎，六百多年之後，我們仍能共鳴到他沉重的抑悒，由此可知他改向創作的由來和創作意識的根本了。太史慈持著孔融的信突圍來求救，玄德的一句：「孔北海知世間有劉備耶！」是讀書人重視知己的本色，也是作者的自惜。龍虎英雄的遇時變化表現在玄德的性行之中，有寄身許昌時的澆菜學圃，青梅煮酒時的聞雷失筯，那是神物自晦守身待時的斂芒隱藏；而在髀肉復生之歎，不肯求田問舍的昌言裡又情不自禁流露出不同凡俗的英雄氣概。這些情節裡都混合了作者讀書明理的心得和他對人物的珍愛，筆觸鮮活可感。而最值得注意的兩處，一是在玄德躍馬過檀溪的一段：

> 卻說玄德躍馬過溪，似醉如癡；想此闊澗一躍而過，豈非天意？迤邐望南漳，策馬而行，

---

❹見孟瑤《中國小說史》第三冊，舉《周氏史略》言，《文星叢刊》五十五年三月初版。

日將沉西。正行之間，見一牧童跨於牛背上，口吹短笛而來，玄德歎曰：「吾不如也！」遂立馬觀之。……

牛背上的牧童雖然平凡，但他正掌握著平安快樂；濕淋淋馬背上濕淋淋的將軍，有任重道遠的不平凡，同時也充滿著焦慮，兩者形成為尖銳的對比。說明了人生得失互見的定則，若是不甘於平凡平淡平實，要求生命動力在有生之年揮發煌燦，那必然就得捨棄平凡之樂，去承受一切艱危的錯勵。而在巨大心力付出，功業遙遙無期的情形之下，難免有人生疲乏之感的湧起，意志動搖，想著要放棄追尋，去田園山林享受恬適安樂。所以玄德會有此一句：「吾不如也。」這是古今中外無數智能之士的心路歷程：由追求絢爛而付出，由付出過多而產生疲乏，由疲乏而轉思返回到平淡。只是生命動力強大的人都該有自知之明；除非事功已遂，憑恃差可交代自己的肯定，能使自己安於息肩之所，否則希求平淡無非只是因疲乏而生的短暫需要，休息恢復之後，又將忍不住要投身於十丈紅塵中去以汗血淋漓與龍蛇角鬥。因此，對動力強旺的人來說，追求絢爛的里程無限，平淡的作用有如加油充氣，永不止歇的長是他萬里之行的決志追求。

另一處精采的人性剖示是玄德的東吳招親。人類常因不同的環境形成不同的性格，從困境中掙扎突破自立的人，優點在心志強韌能力爭上游，缺點之一是不免於自憐。對不曾擁有過的人生享受，一旦獲得常易陷溺。想著：「人生不過如此，何必太辛苦！」以此安慰自己，並作為放棄追尋的藉口。東吳看中了織蓆販屨出身的英雄的缺點，以安富尊榮的人生享受來誘惑玄德陷溺墮志。這基於人性缺失設計使出的一招的確厲害，在作者的筆下曾寫出玄德一如凡人的中計，滿足在養尊處優的生活裡不知警惕。可貴的是英雄畢竟是英雄，生命動力強大的領袖人物劉玄德，終能憬悟到溫柔鄉是英雄塚，功業未成，享樂的時候未到，迢迢長路蜿蜒在前等待奔馳，決志有待履踐，逸安只有割捨。必須要回去荊州，上馬拚命，參與雄豪共爭逐鹿，從剛獲得的據點擴展建立起他的帝國來，非如此不能滿足他表現的渴欲，這就是玄德與阿斗，英雄與凡庸所以不同的所在了。早在阿斗的幼年，雖然也經歷過長坂坡那樣的九死一生，但對一個襁褓嬰兒來說，是不可能有什麼記憶影響的。其後在漢中王、蜀漢帝國的宮廷裡以太子身份長大，福氣的阿斗有他父王所沒有的逸安環境，自然也沒有他父王那樣櫛風沐雨，親冒矢石征戰拚命的機會。他的一生，前段托庇在父親的羽翼之下，中段有諸葛亮丞相和群臣諸將為他服務，環境造成他不能拚命的習性，也影響到他的不能捨棄尊榮逸安。到了後段，他終不能上馬抗敵，為保全父親傳留的帝國基業而背城一戰，寧願以十萬二千帶甲將士向鄧艾的三萬五千偏師作不戰之降，延續他「安樂公」「此間樂，不思蜀」的生活。阿斗的性行顯示他非是不為而是不能，所以不能是由於他環境影響的性格使然。再回頭來看他的英雄父親，返回荊州的因素有二：一是男性化的孫夫人沒有糜、甘兩夫人的溫柔，英雄渴需的情愛滋潤平衡不夠，美人計的網羅仍有缺口，中計的吞舟大魚終能突網而去。而另一更重要的原因是在玄德的英雄本質個性使然，他克服艱難創造快樂的習慣，以及他心志的堅決終能發揮作用，召喚他回頭去賡續奔赴事功之途。即使如糜夫人所言：「可憐他父親飄蕩半世」的勞碌終生。最後兵敗死在白帝江城，英雄事業的終極仍然不免於中道崩殂的憾恨。但，做過畢竟不同於未做，智能之士的才力能有施展揮發，事功的顯示，歷史的刻度，也足以交代他一己生命的價值了。

在作者的筆下讀到這位領袖人才，英雄人物的性行功業，所以特別鮮明，六百年來一直引發讀者同情嗟歎的，不僅只是歷史人物的素材，重要的是作者自我成份的加入揉合。作者在這一位歷史人物身上，寄托了他志未得伸的領袖欲望理想情感。玄德的表現就是作者的表現。由於這一份真切強烈，才能使得人物的性行形象藉著作品而傳流不朽。

(3)關羽：演義作者借用了三位歷史人物的軀殼，分別賦予自己的部份靈魂，而以三足的並立，鑄就了他生命意識的表現之鼎。三位人物之中，關羽最為特殊，筆者認為他代表的是作者潛意識升浮的一面。在人類的潛意識裡，經常嚮往著一些自身未之能行的智能，人海之中，如發現有如此性行的，常就會禁不住私心竊慕。這種現象同時又基於人類共性中的比較作用：總是這山望那山，對已得的經常忽略不知珍惜；對得來不易的倍加珍愛；對得不到的最是興趣盎然，那種企羨之所以能濃烈持久的原因就在於未曾得到。小說素材表現這種潛意識升浮層面的：如《紅樓夢》裡的寶玉與柳湘蓮，當然我們不便武斷認為是同性戀的傾向。但文弱的貴家公子竊慕飄零俠士的英風卻是分明，那種人的身份、環境和行事，都是公子爺只能慕想而絕得不到也做不成的。其後就因他的一句「尤物」誤評使得良緣不諧，造成三姐伏劍身殉、湘蓮憾恨終身的悲劇。這一句闖下大禍的話果是出於寶玉的無心？還是出於他絕難自認的微妙潛在意識？可供尋索之處不是沒有。再如《水滸》裡宋江對李逵、武松的特別眷愛也是同理，李逵的血腥嗜殺，代表著宋江潛意識裡的魔性；而武松的快意殲仇，又正是一直縈迴在宋江潛意識裡未之能行的憾恨抑壓。拉回到演義中來，由於羅貫中外緣資料的缺乏，不知他是否文武全才？就一般而言，同具文才武功的畢竟不多，這位讀書人身份的作者，很可能就沒有叱咤喑嗚，斬將搴旗的勇武。這一份不足的憾缺與嚮往，蟄伏在他的潛意識裡，一直吶喊著要求補償，促使他另塑一個勇武絕倫的人物，藉著人物豪勇的快意來滿足平衡他自己。

關羽的神武，精采始見於溫酒斬華雄一段：

> 操教釃熱酒一盃，與關公飲了上馬。關公曰：「酒且斟下，某去便來。」出帳提刀，飛身上馬。眾諸侯聽得關外鼓聲大振，喊聲大舉，如天摧地塌，岳撼山崩，眾皆失驚。正欲探聽，鸞鈴響處，馬到中軍，雲長提華雄之頭，擲於地上，其酒尚溫。……

難能可貴的是作者的敘事手法，不採正面交鋒，而由帳內的聽覺來形容表現，實在佳妙。自此美髯公與赤兔馬、青龍偃月刀相得益彰，大將名馬寶刀，樹立起凜然神威，其後在斬顏良的時候：

關公奮然上馬，倒提青龍刀，跑下山來，鳳目圓睜，蠶眉直豎，直衝彼陣，河北軍如波開浪裂。關公逕奔顏良。顏良正在麾蓋下，見關公衝來，方欲問時，關公赤兔馬快，早已跑到面前；顏良措手不及，被雲長手起一刀，刺於馬下。忽地下馬，割了顏良首級，拴於馬項之下，飛身上馬，提刀出陣，如入無人之境。……

斬文醜的時候又是：

文醜回馬復來，徐晃急輪大斧，截住廝殺。只見文醜後面軍馬齊到，晃料敵不過，撥馬而回。文醜沿河趕來。忽見十餘騎馬，旗號翩翩，一將當頭提刀飛馬而來，乃關雲長也。大喝「賊將休走！」與文醜交馬，戰不三回，文醜心怯，便撥馬遶河而走，那關公馬快，趕上文醜腦後一刀，將文醜斬下馬來。……

作者筆下的大將神威，正如毛宗崗所評的「如生龍活虎」。六百年來一直引得讀者們快意敬佩無已。只是明眼人一看就知這是過分的誇張。小說場景寫的是戰場而不是戲臺。萬軍之中，哪有可能一人一騎衝進去斬殺主帥，又能從容下馬割頭拴頭，再能全身而退安然返回本陣，除非這真是「無人之境」。這是文人「想當然耳」沒有戰陣經驗的想像筆觸，荒謬近乎神話的描述，把兵凶戰危的沙場美化、簡化得離了譜。

當然，除了這些不合理的成份之外，作者之寫關公還多有著可信可感的地方。如他的重義，對玄德的精誠不渝，穿著玄德所贈的舊袍，明示不忘故主；獲贈赤兔馬一再道謝，想著的是一日千里的驥足能助他縮短迢遙，提前晤見玄德；義釋華容表現他大丈夫的恩怨分明，刮骨療毒顯示他自制力的超越常人。小說中表現歷史人物的事蹟，雖然部份是實，但作者不僅對真實事件有所渲染，更在真實之外另行製造想像情節。例如寫關公性行的嚴正不苟，絲毫不與女性有所關聯。由他侍奉二嫂，恪守禮義，在暫歸曹操，班師返回許昌的途中，好色的曹操想要「亂其君臣之禮」，故意安排使關公與二嫂共處一室，書中所記的關公是：「乃秉燭立於戶外，自夜達旦，毫無倦色。」傳說後世的狂才金聖歎，大膽在頁上加上他的疑問：「誰人見著？」到晚夢見關公來送一車金（影射斬字），其後夢兆應驗，聖歎果然死於刀下。如果這一傳說是真，金聖歎是犯了創作的大忌——未能祛除心理的不協調——（在聖歎處身的清代，關公已被渲染成神，天下廟食供奉，狂士雖有大膽的著墨，內心不無畏懼）。其實章學誠也已指出演義之作是「七實三虛」，虛的部份多半得之於稗史傳說，混入正史不易分解。歷史的批評如：

……古今傳聞譌謬，率不足欺有識，惟關壯繆明燭一章，則大可笑。乃讀書之士，亦什九信之，何也？蓋繇勝國末村學究編魏吳蜀演義，因傳有羽守下邳，見執曹氏之文，撰為斯說；而俚儒潘氏又不考而贊其大節，遂致談者紛紛。案三國志羽傳及裴松之注及通鑑綱目，並無此文，演義何所據哉。（《少室山房筆叢四十一》）❺

而由《三國志》關羽本傳註又見一條：

蜀記曰：曹公與劉備圍呂布於下邳，關羽啟公，布使秦宜祿行求救，乞娶其妻，公許之。臨破，又屢啟於公。公疑其有異色，先遣迎看，因自留之，羽心不自安。此與魏氏春秋所說無異也。

這一條資料的可信度很強。曹操的好色已見於他納張繡的寡嬸，使得張繡降而又叛，這一節中所述的悅美自留當然不足為奇；不妙的是兩雄爭美的另一位竟是關公。雖然我們還不致懷疑到關公對兩嫂的守禮，但他是人而非神，仍具有人性弱點是可信的，秉燭一事為後人臆測妄加是可信的。這位歷史人物，在演義中成仁之後，就已被妄加上一連串的迷信成份：玉泉山顯聖（還我

❺ 同注❹。

頭來）；東吳慶功宴上附體迫殺呂蒙；首級送到洛陽，開匣時的口開自動，鬚髮皆張驚倒了曹操；托夢泣告玄德；以及在先主征吳時顯聖助子復仇。他的靈魂竟然一直在呵護著兒子關興，其後在關興與戰陣危殆之時再度顯聖救助，不但有形與力的運作甚至還能發聲說話。小說素材迷信如此，亡人與生人無異，實在已是匪夷所思的神話。在科學昌明的現代，讀者們應當無人採信，奇怪的是至今讀者猶能不介意這些迷信落伍的成份，而為這位亦人亦神的人物感動嗟歎。甚至多有人在閱讀演義時略去敗走麥城一段，不忍於英雄末路的傷悼。原因何在？兩項明顯的因素：一是武聖關公的神化，自宋真宗時即已被封為武安王，其後歷經明清兩代，近千年來屢次加封為王為帝，國境之中各地普建關廟，武聖的血食供奉勝過文聖孔子。垂傳千年的世俗習慣，已在國人的心理立下敬畏的牢基，心理因素不由得不信，即使不信也將難負於惴惴不安。另一項重要因素是演義普及民間家喻戶曉的宣揚之功，功效之所以龐沛宏大，就在於作者以人物代表自身，以理想與情感的貫注，使得人物自然地昇華成聖成神。

### 3. 海狼——依理想與現實的不同而分別塑造人物❻

研究傑克倫敦比研究羅貫中容易得多，不但是前者與後者相差了五百五十年接近現代的便利，前者外緣資料的完備不同於後者資料的既少而不確。而且更明晰的是傑克倫敦自然主義的文學傾向，便利研究能有線路可循，對作品意識的探究較有把握，不致流於臆測或偏差太大。

---

❻ 用拾穗月刊社《拾穗譯叢》《海狼》，山隱、相聲合譯，五十一年十一月再版。

文學創作要求寫境與造境的充實，寫境的源泉在作者生活的采姿，造境的根本在作者性格的複雜敏銳。而生活與性格兩者的形成又都是由於環境。一般來說，「窮而後工」是可信的。基於人類好逸惡勞的共性，智能的發揮常需要借重環境的迫壓刺戟，就如蕞爾原子經過撞擊放出巨大核能一樣。富足安樂的人生固然可喜，但逸安使智能不需發揮也無從發揮，地底暗流畢竟未能破土而出蔚為滾滾江河，終其一生的凡庸沒有價值，那就不是可喜而是可悲了。因此，雖然我們悲憫於作家們的困逆，但另一方面也為他們慶幸，失之東隅收之桑榆，正因為有此困境的磨練，刺戟了作家們才情煥發，偉大的作品於焉而生。

類同於中國文學史許多位窮而後工的作家，傑克倫敦的一生極不尋常。生父詹尼是一位星相家和精神哲學的「教授」，母親芙羅蕾系出名門但情緒不穩，小傑克出生之時，她就曾企圖自殺未遂，產後八個月嫁給經常更換職業的約翰·倫敦。生活常是漂泊流動而又貧困。幼年時的傑克沒人管教，生父已不知去處，繼父經常失業。母親以教授音樂、精神學以及如何迅速致富的方法為業，音樂與精神學既未能使她穩定，教人致富而自己貧窮又徒然是可笑的反諷。傑克秉承遺傳的敏銳思想，在沒有羈勒也沒有指導的成長發展裡形成過分敏感早熟。幼年時就已學會成人們的一切嗜好，經常耽溺於幻想，如他的自述：

我是一個病態的孩子……我時常陷入於精神狂亂的狀態中。於是孩子們頭腦中所能想像得出的種種可怕的事情，一齊湧到眼前成為事實般的搬演出來。我看見別人犯了謀殺罪，也看見兇手前來追逐我。我喊叫，我掙扎……漸漸陷入於狂亂的狀態。我好像被關在瘋人院裡，被看守人鞭打，四面圍繞著狂喊的瘋人。

從小就在為混飽肚子的童工零工生活裡掙扎，經常為一角錢工資在機器旁做苦工，十六歲參加舊金山灣劫蠔賊隊，藉著騎馬、航海、拳擊與酗酒來訓練自己的男子氣概，冒險的生活裡有衝動縱慾也充滿焦慮。十七歲參加去日本海白令海獵海獺的船隊，這一次不凡的經歷，成為他日後創作《海狼》素材的依據。一八九三年參加科克西運動❼，曾以懾人的力量拯救友人。一八九四年因遊蕩罪判刑三個月，出獄後返回故鄉奧克蘭，夢想著寫作、成名和財富。開始發憤讀書，孤獨而著魔地閱讀一切可看的書，用以來教導自己。每天工作十九小時，以鐵的意志來規範自己要求達到成功。兩年後進入加州大學，因不滿學校的教育方法而在數月後放棄。開始拼命寫作，投稿極不順利，其後為了生活去洗衣坊做苦工，耗盡體力的勞動竟使他的寫作力不從心。

一八九六年偕同姊丈參加去加拿大的淘金隊，歷經艱困，因罹患壞血症被迫中止回國。「行萬里路」充實了他創作的寫境，常在半飢餓的狀態下日以繼夜地打字，以他流浪生活豐富的閱歷

❼ Coxey，美國政治改革家。原註見《二十世紀美國文學》，W・斯魯伯著，王敬義譯，今日世界社五十七年三月初版。

配合理想發表，以一定成功的自信堅持克服沮喪。直到一九〇〇年短篇結集《狼的兒子》出版，終於使他嶄露頭角。他的小說以嶄新的筆觸揚棄了十九世紀文藝的貧血、敏感、逃避、偽善的濫調，勇敢地剖示人生的殘酷、醜惡、嚴峻以及美善，袒陳人們視為禁忌而避諱的縱慾、野性與死亡。題材著重人與自然的鬥爭，元氣力量龐沛強大，為現代美國小說展開了新紀元。擺脫傳統束縛，以真實的文學型態促使小說走向大眾平民化的天地，率先透過二十世紀的科學態度，把美國人用來征服新大陸，建設龐大產業的力量元氣，藉著文學酣暢表現出來。

一九〇一年短篇集《他祖先們的上帝》(*The God of His Fathers*)出版，傑克的技巧再進為嚴謹簡潔，部份的粗糙冷酷特具震撼，作品意識顯示文學中死亡的誘惑更勝於性力誘惑。一九〇三年出版以一隻狗為主角的《野性的呼喚》(*The Call of the Wild*)，作品的新穎強力又贏得大量的讚美。小說的暢銷使他獲得財富，傑克買下一條名為浪花號的單桅船，在船上反芻他水手的經歷，寫出了他的長篇力作《海狼》。一九〇四年出版，出版前就已被預訂了四萬部，出版後作者被譽為稀有的獨創天才，提高了現代想像文學的品質。這部小說成為美國文學中另一個里程碑，不僅是由於寫實大膽，更重要的是內涵表現的唯心唯物，現實與理想的衝突，提高了現代小說的學術成份。出版三週之後就躍登暢銷書的首位。

這位勤持終成，具備自我特殊風格的作家，成名之後仍然賡續他的習慣，經常旅行，不停地寫作。每年收入上萬，但無時不在負債之中。在他往日的困逆裡所透支的體力太多，健康的耗損不是金錢所能彌補。同時由於切望寫出自己滿意的偉大作品，而又一直不得不遷就現實賺取稿費還債，作家自期的層面再上表現突破，格於環境健康而力不從心，再加上家庭的失和，一種徒勞無功的空寥，迫使他在四十英年自戕。這位傑出的人才曾如彗星出現似的一夜成名，也曾以創作炫示異彩，結果竟如曇花似的急遽凋落。

形成為傑克倫敦作品意識主幹的是自然主義(naturalism)思想。自然主義以十九世紀末葉現代科學方法來研究自然環境和遺傳對於人類社會的影響，根據達爾文的物種原始論，把人生當作是一種生物化學的現象。認為人類先天性地具有著和宇宙不能調和的弱點，先天性地被命定必然走向死亡解脫之途。上帝不存，形而上學只是一種沒有意識的遊戲。文學領域的自然主義，本質是為對人類進步與理想的反諷，是面對著冷漠世界和沒知覺宇宙的絕望。自然主義冷漠無情的科學與法俄兩國頹廢陰暗的文學，在南北戰爭之後逐漸影響到美國文學。美國社會在工業迅速而無節制的發展之下，資本的集中為勞工大眾造成日益增長的痛苦不安，社會問題影響到思想與文學的是深刻的悲觀主義，進化論生存競爭，冷酷無情的思想在現實社會裡普遍地被信奉運用。傑克倫敦的人生經歷就是自然主義文學絕好的素材，他曾經不加選擇地吞噬了含有雜質的達爾文與馬克斯思想，接受尼采的超人哲學，認為人可以分成兩類，一類是超人另一類是普通大眾。超人要比普通人更高大、強壯、聰明、能克服一切障礙，並且堅信群眾須由少數超人來統治，因為：「絕大多數是愚人，必須由少數智者來予以照顧。」同時宣告他的自信：「我一定會使自己成為有用的超人，我一定會使自己成名。」

成名前的困逆當然是誘使他傾向自然主義的根源。他的作品常以奮鬥求生存作為主題，超人英雄有如金髮野獸，常與輕視傳統的女性相配，以表現作者對世俗的輕蔑與否定。作品意識就是他性行理想的表白，形式表現真切大膽而又充具強力。可是這位自許為超人英雄的作家，在現實生活裡卻節節敗退，一直在向傳統世俗妥協，英雄的努力並沒有推翻什麼新建什麼。不斷向上的結果，書中的主角人物無不以失敗為收場，而他自己也和他筆下的悲劇人物一樣，獲得的只是無垠的空寥。在他自傳式的小說《馬丁・伊登》(*Martin Eden*)扉頁所寫的小詩，可說就是他作品的總結與人生終極的先兆：

讓我在熱血沸騰中度此一生！
讓我痛飲夢者之酒後醉臥！
但不要讓我見到泥塑的軀體
踉蹌的復歸塵土——一個空虛的神龕！

敏感的作家不能忍受白髮老醜的難堪，難忍與生俱來先天性死亡迫壓的沉重，難禁復歸塵土空寥的悲愴，一直憧憬著憑恃智力長擁有情熱與香美。得自遺傳的過敏特性，可悲的身世與艱困成長流浪的經歷，以及他後天自建的思想線路，驅迫著他去奔赴擷取一朵虛無飄渺的絕巔奇花——以超人成就來肯定交代自己——而人世間的現實與理想永遠是懸差巨大，懷抱著熱切嚮往的傑克倫敦，雖曾在現實人生中努力表現他類似超人的形象，但與他書中塑造的，理想擁抱的畢竟相差太遠。絕巔奇花的可望而不可及，創作的華采雖能使讀者滿意，苦的是卻都不是他自許追求的偉大。生命苦短，表現的渴欲預估已難有滿足的機會，過猶不及的敏感作家，既不能忍受現實與理想的差距，就只好接受他書中著墨最濃的死亡誘惑而結束自己。

筆者以為《海狼》一書的意識表現是在現實與理想的衝突。作者塑造了兩個人物來分別代表這對立的兩面：以海狼拉森的超人形象代表作者的理想線路；以韓福的凡人形象代表他現實人生的線路。因為書中大半篇幅側重拉森，所以先行分析這位超人的形象和理念，然後再來介紹與他對立的韓福。

(1)超人的形象：作者以韓福第一人稱進行敘述，寫出初見時超人的外型以及敘述者的感覺：

一位壯漢，在艙口踱來踱去，狂嚼著口中的雪茄煙蒂，就是這人無心的一瞥，將我從大海中救了起來，他身高不過五呎十吋或五呎十吋半，但我對他的第一個印象並非如此，而是被他那種體力充沛的神態懾住；他身體雖然並不太高，但非常魁梧；寬闊的肩膀，堅實的胸膛，顯示出瘦削健壯的人特有的堅韌無比的力量。他身材寬厚，好似一隻大猩猩，但面容上卻絲毫沒有猩猩的蠢態。我努力描述的，僅是他那無窮的力量，這是原始動物——野獸，緣木而居的原人——所具有的力量，它的本質是兇殘、野蠻而敏捷。生命的本質在於活動的力量，力量的本質塑出各種不同的生命。總之，這股力量在體內蠕動，好似一塊龜肉或截去了頭的蛇，在手指的刺戳下彈躍顫動。這給與我強有力印象的人，在甲板上來回踱著，步履穩健而有力，每一絲肌肉的動作——從擺動的肩膀直到咬著雪茄緊閉的嘴唇——都顯得堅強果斷，透出一股力量。實際上，雖然他每一下動作均充滿力量，但卻似更有無窮的力量潛伏體內，待機而動，令人望而生畏，好似雄獅的發威和暴風雨的狂怒。

這是常態時超人的素描，再看他雄力運作時的動態，也是經由韓福以旁觀角度的形容：

海狼拉森潛伏的力量再度鼓動起來，這一切是出乎意料的快捷，時間不出『的答』兩秒鐘，他從甲板上向前躍過六呎有餘，把拳頭送上這孩子的肚腹，一剎時，我自己好似挨了一拳，肚子裏感到一陣難受，由此可見我的神經組織是過於靈敏，見不得兇殘的景象，這侍役——體重至少有一百六十五磅——被拳頭打得雙足騰空，凹癟的肚腹貼住拳頭，像是裹在木棒上的一塊濕布，他身體被擊得向上躍起，在空間劃了一條短弧，然後倒跌下來，頭和肩膀衝在甲板上，正跌在大副的屍體旁邊，他痛苦的呻吟著。

以上對超人的印象還只是停留在外型的階段，其後海狼拉森在敉平一次船上的叛亂中受了傷，韓福替他包紮，有一段深入到男性健美藝術感受的形容：

> 我煮好開水，將藥品整理清楚，準備替他包紮傷口，他談笑自若，打量自己的傷處。我從未見過他赤裸的身體，他那強壯的肌肉，使我驚羨得幾乎停止呼吸，這並非由於我自身的瘦弱，而是全憑內在的藝術眼光，使我如此感覺。
>
> 我被他全身完美的線條懾住了；那簡直是出奇的美麗。我曾見到前艙那些漢子們的裸體，雖然其中數人也具有堅強的肌肉，但總有些什麼地方不對勁；不是這裡肌肉不足，就是那裡過份發展或彎曲，破壞了人體的對稱，不然就是腿生得太短或太長，筋肉過份飽脹或太弱，祇有夏威夷佬全身線條勻稱，但太勻稱了，好似女人的體態。
>
> 海狼拉森的身體，洋溢著一股男性美，舉手投足之間，堅強的肌肉在光滑的皮膚下躍動，我忘卻聲明——祇有他顏面的皮膚，被日光灼成古銅色；他的身體，由於斯坎拉維安的族系——潔白得一如婦女的皮膚，他舉手撫摸頭上的創口，我看見他的雙頭肌在皮層下閃動，像是一個活的東西；就是那強壯的雙頭肌幾乎奪去了我的生命，我親眼見到他無數次揮動

致人死命的拳頭，我出神凝視著他，一小團消毒棉花，從我手中墜落地下。

從外緣資料可以想見作者是一位具備強力而慓悍的男子，但在他的心目中，另有著更強的力與智與美綜合的超人形象。在書中透過韓福的敘述，作者塑造了這樣一個近似完美、人間絕無的神。從一些細緻的描述中表現了作者對超人塑像的崇拜，甚至我們還可以察覺到作者潛意識的升浮，有著自愧弗如暗戀著、仰使著超人假象的變型表現，例如：

海狼拉森沒有笑，雖然他那灰色的眼睛微微閃出一絲笑意，我這時站得離他很近，他剛才向死者咒罵時，我對他的第一個印象，是屬於身體方面；他的臉是方形的；線條強勁，五官端正。第一眼望去，神態是粗壯的。但當你繼續觀察他全身時，這種粗壯的感覺消失，他體內好似蘊著一股無窮的精力和勇氣，下巴，兩頰，濃密的眉毛高低適度的覆在眼睛上——這些，全都是勁氣內涵，深不可測。

那雙眼睛——我有機會認識清楚——巨大而漂亮，兩眼距離很寬，隱在濃密的眉毛下，四周鑲著長黑的睫毛，眼珠本身是灰色的，但顏色時時改變，好似日光下閃爍的絲光；時而淺灰，時而灰綠，有時更變成海水般的清藍色，這眼睛用多種偽裝將靈魂掩飾，但在極少情形下，這兩扇靈魂之窗突然開啟，赤裸的眼光射出，這雙眼睛有時凝出灰色天空般的陰鬱，有時爆出劍光揮舞的火花，有時閃出北極的寒光，但同時又能射出溫暖柔和的光芒，強烈而剛毅，誘惑而逼人，贏得婦女們的心，使她們心悅誠服的獻身於他。

(2)超人的理念：作者筆下的超人不是徒具健美強力的匹夫，而是同時具備有豐富的學識智能，並且又已建立起一己思想系統的完人。《海狼》一書最主要的部分是在表現超人的理念線路，也就是作者畢生編織的思想體系。這些理念藉著拉森與韓福的對話表現出來，一片片的，在小說裡顯得生硬而不自然。但我們也得想到作者的難處，這種集錦式的設計雖然未臻理想，但總比一條鞭式的直述說教要好一些。理性主體的發表，筆者認為作者的主要目的有二：一是謀求意識表現之後交代自我的肯定快感。另一項更重要的是，以他的思想理念向讀者世人徵詢同意與否。

本文的析介程序，首先歸納他對生命的基本觀念：

「我認為生命是一堆污穢，」……「他好似是酵母；一個可以活動一分鐘，一點鐘，一年或一百年的東西；但最後仍是靜止不動，大的吃掉小的，為的是繼續生存，強者吞噬弱者，為的是保全氣力；最幸運的將其他一切均咽下肚腹，於是牠活得最長久；這就是一切，……」

「我認為生命就是酵母，要活著就得吞噬別人的生命，生存僅是卑鄙的成功，嘻，如果按照『供與求』的關係來說，生命是世界上最賤的東西。祇有這樣多的海洋，祇有這樣多的土地和這樣多的空氣，但生命的激增是無限的，『大自然』是一個揮霍的傢伙，不信請看那些魚和牠們數百萬顆的魚卵，由此再反觀你我二人，祇要我們有時間和機會，我們的生殖機能可以製造出數百萬的生命，那麼我們就成為一個或一洲人的父親。生命？呸！它是沒有價值的，是賤東西中最賤的東西，到處擁塞充斥。『大自然』用一隻濫手撒佈生命。祇能容納一個生命的地方，她播下成千的生命，於是生命吞食生命，直到最強壯最卑鄙的生命存留下來。」

「那麼為什麼要動？因為動就是生存嗎？停止不動成為酵母的一部分那就萬事皆休；但是——就是這樣——我們要生存和動，雖然並沒有理由如此；因為生命的本質就是生存和動，求得生存和動。……」

由於這種植根於進化論，偏於物質主義的基本觀念，產生出作者對世俗人性缺失的檢討，也列出了他反傳統、反永生的意見：

「你下不了手的，你並不是真的怕，而是軟弱。你的傳統道德觀念勝過了你。你是日常聽到和書本讀到流行於一般人中間的觀念的奴隸，在你還是口齒不清的孩子時，這些信條就塞進你的腦袋，它不顧你的哲學思想，和我所教給你的一切東西，不准你殺一個手無寸鐵和不作抵抗的人。」

「而你知道我會殺死一個沒有武器的人，像抽支雪茄那樣平淡無奇，……你知道我是怎樣的人，你罵過我是蛇、老虎、鯊魚、魔鬼和卡力班，並且，你這可憐的傀儡，你這小應聲蟲，你不能殺死我——好像你也是一條蛇或一尾鯊魚，因為我也和你一樣的有著四肢和軀體。」

「這一切是污穢的，這就是生命。生命是如此污穢，那麼永生又有什麼用處和意義？什麼是最後結局？這一切又是什麼？你自己不會耕種，但你吃掉或耗去的食物，可以救活許多勞苦耕種而自己沒有東西吃的窮人。你信仰的永生是什麼？他們信仰的又是什麼？以你我二人作比，當你我二人生命發生衝突時，你那強調的『永生』還值什麼？你希望回到陸地上，因為那裡對你這類污穢的生命較為相宜，但我的怪念使你留在船上，這裡是像我這類污穢的生命興旺的所在，我將你留在這裡；我可以使你生，也可以使你死。可以在今天，這個星期，或下個月內死去，我現在就可以殺死你，用我拳頭的一擊；因為你是一個悲慘的弱者，但如果我們是永生的，這又是為什麼？為什麼我把你留在這裡？……」

「他鼓起反抗精神，他不懼怕上帝的雷電，雖然被驅入地獄，但他並未被擊敗，他煽動世人反抗上帝。為什麼他被摒出天堂之外？因為他沒有上帝勇敢？沒有上帝榮耀？不！一千個不！誠如他言，上帝是更具威力，他的電雷威猛強烈，但魔魂是一個自由的靈魂，為了自由，他寧願拋棄安樂，忍受痛苦，他不屑於伺奉上帝，什麼都不屑於伺奉，他不是傀儡，他用自己的腿站立，他是一個獨立的人。」

一種思想體系的建立，價值就在能影響人類社會破舊佈新。人世之間本無絕對，所有的人類想出來的理念，都要受到不同時空的考驗。舊有的一切合理美善，在空間上既不能涵蓋舉世，在時間上又不能永久恆存，必然會隨著時代進展而變動革新。新建基於破舊的精神是對的，但若只是破壞而沒有建設，那就是淺薄的不智。傑克倫敦的思想體系有破舊也有創新。例如他表現在書中海狼的生活態度，生活意義，以及對快樂的詮釋：

「強權就是公理，這就是一切。懦弱就是錯誤，說也可憐——一個人強壯就是好，懦弱就是壞——或者可以說：強壯是一件快事，因為能佔便宜。懦弱是一件憾事，因為到處吃虧，拿眼前情形作比：佔有這筆錢是快樂的；佔有這筆錢對我是件好事，如果我把這錢給你，我就對不起我自己。」

「一個人不會對不起別人，祇會對不起自己。當我考慮別人的利益時，我就對不起我自己，你不懂？當兩個酵母互相吞噬時，怎能顧及對方的利益？這是牠們注定的命運；互相吞噬，要吞食對方，而不為對方所吞食，不如此，那牠們就錯了。」

「這是你自己的事，你現在沒有任何律師或代理人，所以你必得倚仗自己，當你賺得一塊錢時，緊緊抓牢它，一個人像你這樣，把錢隨手亂放，是應該丟失的，並且你還犯了罪；你沒有權力引誘你的同類，你引誘廚子，於是他落了圈套，你使他永生的靈魂陷入險境……。」

「你想我為什麼弄出這玩意？」他突然問道：「想揚名於後世嗎？」他嘲弄似的大笑：「完全不是這回事，想獲得專利權，由此賺錢，因貪得無饜而整夜工作，這就是我的目的，同時，完成一件工作也使我快樂。」

「創作的快樂，」我說。

「我想應該這麼說，這是表現生命快樂的另一種方式——它是活的；活動克服了物質，有生命的勝過了死亡的，這就是酵母的驕傲，因為它活著而且能蠕動。」

「當一個人的生命被別人掌握著時，這對他是一種刺激；人類生來就是賭徒，生命乃是他們最大的賭注，賭注愈大，刺激也愈大，是我將里奇刺激得憤怒如狂，我為何否認這種快樂？關於此點，我待他真是不薄，我使他活得比前艙一切都有價值，雖然他自己並不知道，因為他現在有了目標——想殺死我。說真的，韓福，他現在活得很有意義，我猜他過去一定從未活得這樣起勁過。老實說，在他憤怒極點的時候，我還真有些妒忌他呢。」

以上前三段是海狼迴異於一般的自私和冷漠。第四段顯示的創作快樂，目的不同於一般的利他，而是純物質的利己，甚且運作的原理也是基於進化論式的酵母作用。第五段所述的快樂來自畸形的施虐刺戟，雖然在人性中有著因被虐、自虐而產生快感的情形，但那是明智的人類都願去調適而不願強調的。冷酷的物性偏差如此，相對地削弱了人性。同時，在這一段裡強調生命意義價值只在保持生存，忽略了人類有異於禽獸的生活意義。果然生命只是單純的生存而非具備貢獻價值的生活，人和禽獸又有什麼分別？歷史文明為人類建立起超越物性的尊貴，而傑克倫敦的物化思想卻要把人類拉回到原始，這豈不是一種荒謬的倒車！綜合以上，作者新建的一些理念是不合於現世人類社會情理的。可以想見這只是作者的理想，就連作者自己在現實生活裡也必然做不到。由此分析，可以測度出他的理想與現實之間的懸差之大。

超人典型居然也有與一般人相同的情感，對他的身世環境表示出委屈不甘，這一點與常人的認同，雖只是偶然間情不自禁的一閃，卻也彌足珍貴，那也就是傑克倫敦表現自我的假託了。傳出的訊息不僅是他的不平之鳴，間接也說明了他偏激思想形成的根源。這一段寫的是：

於是他說道：「韓福，你知道農夫播種的這個譬喻嗎？如果你還記得，有些種子落在石頭上，那兒土壤不夠，它們就在那裡生長，太陽上升時，它們被灼焦，因為他們沒有根，於是乾枯了，荊棘又阻遏它們的生長。」

「那麼怎樣呢？」我說。

「怎樣？」他問，略帶怒容，「這是一件憾事，我就是這樣一粒種子。」

(3)韓福代表的線路和對立的結果：韓福是本書的敘述者，也是捨超人拉森之外的另一主角，代表著與超人理想相對立的另一線路，唯心而理性，生活在現實中的現代人。身分且是文明人中的尖端分子——文學評論家。由於一次傳奇性的海難，被海狼拉森救起，文明人成了超人的擄獲品，被迫充當侍役。幽靈號航行在大海裡，遠離人類文明國土；整條船在超人的統治之下，也就回溯到原始世紀，成為達爾文生存競爭的試驗場。文明紳士淪落到這隔絕的野性天地裡來自是十分尷尬，他所擅長恃以贏得尊敬的智能一下子變得全然無用，就像是滿腹經綸的羅貫中不幸處身在元代，被列為只比乞丐高一等的「九儒」。飽受嘲弄折磨的韓福，可能的抉擇一是反抗一是適應，反抗既然絕無希望，那就只有適應。韓福奮力掙扎求生，在動輒得咎侮辱欺凌的陌生環境裡從頭學習自衛，他向水手們學習，向超人拉森學習，也在自己錯誤裡學習：在目睹暴行時能抑壓正義衝動而沉默隱忍；利用學識吸引海狼交談，使自己獲得養傷休息的機會；看出廚役的色厲內荏，以牙還牙爭回地位，贏得大眾的刮目；不參加強生、里奇的反叛，是他有先見之明的智慧。一位文弱書生，在強權蠻橫的環境裡居然不曾沮喪犧牲，反而逐漸適應改進強化。等到海狼船長敉平叛亂，他被擢升為大副，成為幽靈號僅次於超人領袖的第二號人物。促成文明人韓福蛻變的因素是環境的壓力，原始的血腥刺戟（如開刀沒有麻醉，患者狂飲威士忌忍痛），以及接近超人拉森的濡染，喚起了潛藏在韓福文明人心性裡的原始動力，恢復了他原始人類求生的本能。而另一項更重要的因素是這位文明人理性自制，智慧運作的功能。蛻變後的韓福已接近超人的標準，只是文明人的理性情義仍在，不同於拉森的物化殘暴，這就是作者自我期許的模式，也就是他矛盾衝突的所在了。

海狼拉森改造韓福的訓練成功，甚至連韓福自己也不無驕傲，執行大副職務能夠稱職，甚至在海狼病發時，他能獨立發號施令統理全船。強生、里奇逃亡，追捕的結果意外地出現惟一的女角毛黛，在近似原始的純男性的環境裡，突來一位秀外慧中的文明女性，情節不免於有男有女的俗套。作者的安排絕不只是在增加傳奇故事的浪漫色彩，筆者認為毛黛出現的作用是很重要的。是她激發了海狼拉森原始的性欲需求，撕破他堅強自制的假面；催促一個獨夫潛藏的自卑感升浮。（在韓福與毛黛惺惺相惜熱切談論文學之時，海狼的冀圖加入凌駕已經力不從心，自卑感促使他遷怒廚師，野性顯露暴力橫施，使這小人物在鯊吻下斷肢殘廢）；促使他企圖以表現來平衡自卑而倒行逆施（暴力演示，懲死強生、里奇，向活閻羅挑釁）。直到後來海狼企圖強暴毛黛，物種遺傳的原型顯露，超人的自制力全面崩決。毛黛的危機與愛慕的傾心加速激發了韓福的勇決（韓福的自信已逐漸重建，在毛黛出場之後就已激發他表現的氣概，為維護強生、里奇敢於正面反對海狼），同時也斬絕了韓福為近似超人而傲的微妙眷戀之絲。重返文明社會的意願燃起，加上所愛者朝不保夕的危機煎迫，促使他偕同毛黛登上冒險的逃亡之途。值得深究的是，作為韓福逃亡勇氣憑依的，除了愛情力量與文明社會生活習慣的召喚之外，還有沒有其他？有的！那就是本書主題意識的重點所在——超人理想的終不可行，理性的抉擇是復返到現實的文明世界。

海狼拉森命終荒島，理想與現實，兩線的對立與比較有了結果。正如毛黛所說：「他現在已掙脫一切桎梏，他已是一個自由的靈魂。」桎梏著使他不得自由的就是那超人思想的附骨之蛆，一直要到死時才得掙脫。從超人一分分一寸寸的衰竭休止，顯示出即使強者也難免於死亡終結的可悲。活著的人類不能隨心所欲，又苦於不能有充足的時間來爭取。「乾坤終有同休日，天海原無不了緣。」絕無永恆原是人類先天性最沉重的愴懷，空寥原是宇宙間最大的悲情，傑克倫敦總算是為億萬人類的抑悒，做了一次差強人意的抒發。

是超人而有不治之症，象徵了人類不可能十全的命定。有病而病在腦部——一切心智體能的中樞——，點明超人致命的所在是他思想的謬誤。超人思想只是一種不宜實踐的理想。過高的理想只是人類自築的空中樓閣，就只能讓它一直懸在嚮往裡，用以來平衡稍減現實生活裡的痛苦。圓顱方趾的人類裡，任何人也不該幻想超越所有的同類，中國易經裡宣告的哲理「亢龍有悔」，早已明示那高處不勝寒的孤絕境地是去不得也達不到的。是以明智者只讓它在意識裡縈迴運作，提供調適功效，而永不去妄求實踐；妄想超人的看似高明其實不智，追尋的途中既只是徒增痛苦，追尋的結果也只是徒勞無功。

如前所述，作者以理念發表向讀者徵詢，而那否定的答案又已由他自製，在結尾時宣告。許多因素驅迫傑克倫敦曾經試作超人之旅，在這本書裡，藉著對立的線路人物表現他理想與現實意識的衝突。顯示的結果是此路不通，超人永遠只存在於理想；而人——仍必須生活在現實裡。

### 4. 比較與評估

(1) 比較

①作者：以十四世紀的羅貫中與十九世紀的傑克倫敦比較。處身亂世的羅貫中真是「才秀人微，故取湮當代」「人代冥滅、清音獨遠」，他的作品價值金玉沉埋，光采直到後世始被發現肯定。

對一位死後享名的作家，可以想見他生時不為人知的抑悒寂寞。他的生年卒年已不可考，但可信的是會比傑克倫敦老壽。作者不幸，生長在文士最受輕視迫害的元蒙，遭逢改朝換代的大動亂，生活極可能是坎坷飄零。坎坷的寫境經歷雖不能進入他的歷史小說充作素材，但變相形成為動力，配合他敏銳的想像，促成了傑作的表現，這一點是可信的。傑克倫敦的生命雖然橫跨十九、二十兩個世紀，但只有短促的四十年華。他的外緣資料完整，不同於羅貫中的是，在他活著的時候就已由創作表現得享盛名。自戕早逝的因素多半不是外在的社會環境，而是他內在心理的病毒。作者身處的時代，雖是如日正昇的美國現代盛世，但受到當代思潮暗流的激盪，加上他身世的悲苦、飄零坎坷的經歷、複雜的性格與想像力的敏銳豐富，他所具備一流作家的條件，正與羅貫中相同。

②素材：《演義》是歷史小說；《海狼》是想像小說。但就作家寫境言：《海狼》有作者早年獵獺的經歷依據；《演義》卻是假借歷史素材的架空。《演義》素材採自史事傳說，難免受到拘束；而《海狼》全憑作者傳奇性的編造，能有不受拘限的想像恣放：這是兩書造境方面的不同。時代的不同影響古典小說與現代小說在素材採取上多有差異：在《演義》的時代裡，科學實證精神不夠，作品不免有迷信成份；而作者又常以宿命觀的強調用來沖淡讀者對英雄人物失敗的悲愴；在現代文學《海狼》裡就看不到這些成份。此外，在《演義》中的女性是被忽略的，雖有貂蟬、孫夫人表現稍具個性，但也未能構成為明晰完整的線路；在《海狼》裡則不然，毛黛的安排雖是輔佐韓福線路的配角，但自有她性行表現的價值。這些素材取捨輕重的不同，是因為中西民

族性的不同，也是時代進展，科學實證的影響和男女平等觀念的改進之故。

③手法：如前所述，兩書都是藉人物分化方式來表現作者的意識，但是線路不同。《演義》是寄情於歷史人物的借屍還魂，將作者自己一分為三各具重點，分別作性向理想不同的表現；《海狼》則是依理想與現實將作者自己一分為二，由人物性行的對立中去產生比較。兩部作品手法最好的一點是意識全在人物對話，情節進行中表露，避免正面主觀，最能符合尊重讀者的原則。在小說天地裡，作者只擔任敘述而不做法官，讓讀者自去抉擇、裁斷、認知。讀者的獲得是內發的自然而非外來的接受，讀者在尋繹玩味之餘，除卻理性認擇的獲得之外，還能自有其一份參與的珍貴。這一點，在屬於現代文學的《海狼》來說應是不足為奇，但在《演義》寫成五百多年前的環境來說，實是難能可貴。

④形式：篇幅的大小：《海狼》的卅九章廿萬言，是《演義》百廿回六十萬言的三分之一。時空的比較：《演義》敘述史事，自靈帝宦官外戚之亂到西晉一統，時間超過了一個世紀；而《海狼》只是一段海上經歷的短短時日。空間來說：《演義》包括了整個古中國甚至邊地蠻夷；而《海狼》的情節進行只在船上海中荒島三處。人物數目：《海狼》一共只有廿七個有名字、曾經出現的人；而《演義》的敘述之廣，人物繁多，有名而重要的無慮百千。就使用文字來說：《演義》用的是中國古典淺近文言；《海狼》使用現代語言。結構方面都是直敘，《演義》採用舊格章回體；《海狼》用的是現代小說的分章。

⑤內涵：兩部作品都是作者「表現」渴欲的發表，但表現的目的不同。《演義》是在藉著人物的表現達到作者假象式自我肯定的目的；《海狼》是在借人物而行對比檢討，以表現作者的認知為目的。《演義》述朝代的興衰，英雄人物的成敗，充具著感性；《海狼》以理念思想為主，偏向理性。思想背景方面：《海狼》一書以作者崇奉的自然主義、進化論為主線；《演義》則以作者的自我意識為中心，以中國讀書人傳統的儒家思想為中堅。在《演義》中的作者是主觀的，由於主觀的愛憎分明以及作者的自我珍愛，在處理人物時難免有偏；而《海狼》的作者就比較客觀，偏激的只是思想本體，在處理人物時態度冷靜，不曾流於感情化的大揚大抑。兩書同樣給予讀者以觀照效用，但各有不同的特性：《演義》是藉人物的優缺互見提供讀者人性調適的省思；《海狼》是以理想與現實的懸差提供讀者人生調適的悟得。

(2)評估

一項定則理應先被確信接受，因為在人類社會裡，古今中外絕無十全十美的人，所以人為的文學也絕無十全十美，有的只是優點多於瑕疵的接近理想。

有關兩部作品的瑕疵，已見於在前的分析與比較部份，不再贅列。今就兩書的價值試作評估。就形式方面說：這是小說意識藉人物分化手法而行表現的兩種線路，可供為創作手法的參考。就內涵方面說：由人物的性行表現，《演義》的教仁義，說忠烈，《海狼》的理想與現實的調劑，對於人類社會的效用，都是不受時空限制，長存而有用的。

最為重要的一項價值：《演義》和《海狼》所寫的都是「真實的人」，和現代億萬讀者一樣，都有優點也都有缺點，而且優點缺點常就是同時存在的一體兩面。就因為兩位作者具有如此正確的認識，筆下的人物因此鮮活真切，能被讀者接受，感覺到親近親切，小說的意識效用，因此能由人物的表現充分傳達發揮出來。

令人惘然驚心的是，人物的結局常就是由於他性格形成必然不可避免的因素。如在《演義》裡的諸葛亮，這位讀書人的自白：「吾非不知，但受先帝托孤之重，惟恐他人不似我盡心也。」鞠躬盡瘁是負責的優點，但若過分，就成了讀書人拘泥的短見。身膺重任而事必躬親，影響到分層負責運作功能的失效，以致於勞累早死，功業淩遲，辜負昭烈托孤，多智的孔明嚴重的缺點，就在這過猶不及的不智。如在劉備行事中透露出來的權術：當陽一役，明知沒有勝算，竟然宣告鼓勵百姓追隨，目的在為他製造因護民遲行而被敵軍追及，因護民而戰敗的藉口。至於故摔親兒，市恩趙雲一節，已是盡人皆知的不誠。甚至在白帝托孤，對著孔明的那一句：「若嗣子可輔則輔之，如其不才，君可自為成都之主。」看來也不是他的肺腑之言，而是一次有把握的冒險。深知面皮薄是讀書人的特性，這著力有效的一句必能換得諸葛亮肯定的承諾。人君劉備的仁厚竟是如此，稍稍深入，虛偽的另一面分明可見。再如關羽的待人，性行上先天的缺失適與張飛相反。張飛是「淩下」，對待部屬嚴苛；關羽則是「傲上」，瞧不起同僚。馬超來投時他要挑戰比武，名列五虎上將之首還不滿足，大言羞與老卒黃忠同列。忘了他流浪漢的出身，完全沒想到謙遜待人，以增強團結力量。他的剛愎自用，不僅孤立了自己，更影響到蜀漢整體。最嚴重的是違反了「聯吳制曹」的政策，一句「虎女豈配犬子」的率性堅拒闖下了大禍。（金聖歎的指責是「然則虎兄又何配犬嫂？」）破壞了吳蜀聯盟，失去荊州，從此斬絕了蜀漢進圖中原的希望。

《海狼》裡的兩線代表人物亦復如此：拉森只顧他超人理想的向前，卻未警覺他人性的淡失與離群的不智。照理說他早就可以從部屬怨毒的眼光裡警覺回頭的，可悲的是這位一意孤行的獨夫，竟在眾叛親離的情形之下猶不反省，執意去追求那高危而孤絕的境界，終於以生命為他荒謬的理想殉葬。至於韓福，看似正常其實不然，從環境的更易與海狼的鑑照中，甚至連他自己都能察覺有虛偽做作、懦怯、自憐、多項物種遺傳的原型未除。

兩部書裡的主角人物何以都會如此？最大的理由是他們都是人，是人就會有不自知的共性，看得清別人的缺點而看不到自己嚴重的缺失。這一共性又永遠無法根絕，因為優缺互見本是人類與生俱來的本質如此。

而文學的價值功效就在於斯，是它藉著人物的性行情節，表現了作者經歷深思的悟得，提供給所有活著的讀者省思調適。雖然在人類社會，人類歷史之中，所有活過的人都只能佔有片段時空，所有的人都不能生活得十全十美，但透過文學觀照調適的功能，能使讀者們在有生之年做得比較好，比較理想，這一點是可信而無疑的。

## 五、參考書篇

古典小說散論　樂蘅軍　純文學
分水嶺上　余光中　純文學
意志與命運　樂蘅軍　大安

# 滄海叢刊書目（一）

## 國學類

| | |
|---|---|
| 中國學術思想史論叢（一）～（八） | 錢　穆　著 |
| 現代中國學術論衡 | 錢　穆　著 |
| 兩漢經學今古文平議 | 錢　穆　著 |
| 宋代理學三書隨箚 | 錢　穆　著 |
| 論戴震與章學誠——清代中期學術思想史研究 | 余英時　著 |
| 論語體認 | 姚式川　著 |
| 論語新注 | 陳冠學　著 |
| 西漢經學源流 | 王葆玹　著 |
| 文字聲韻論叢 | 陳新雄　著 |
| 入聲字箋論 | 陳慧劍　著 |
| 楚辭綜論 | 徐志嘯　著 |

## 哲學類

| | |
|---|---|
| 國父道德言論類輯 | 陳立夫　著 |
| 文化哲學講錄（一）～（六） | 鄔昆如　著 |
| 哲學：理性與信仰 | 金春峰　著 |
| 哲學與思想 | 王曉波　著 |
| 內心悅樂之源泉 | 吳經熊　著 |
| 知識・理性與生命 | 孫寶琛　著 |
| 語言哲學 | 劉福增　著 |
| 哲學演講錄 | 吳　怡　著 |
| 日本近代哲學思想史 | 江日新　譯 |
| 比較哲學與文化（一）、（二） | 吳　森　著 |
| 從西方哲學到禪佛教——哲學與宗教一集 | 傅偉勳　著 |
| 批判的繼承與創造的發展——哲學與宗教二集 | 傅偉勳　著 |
| 「文化中國」與中國文化——哲學與宗教三集 | 傅偉勳　著 |

| | |
|---|---|
| 從創造的詮釋學到大乘佛學<br>——哲學與宗教四集 | 傅偉勳 著 |
| 佛教思想的現代探索<br>——哲學與宗教五集 | 傅偉勳 著 |
| 中國哲學與懷德海 | 東海大學哲學研究所主編 |
| 人生十論 | 錢 穆 著 |
| 湖上閒思錄 | 錢 穆 著 |
| 晚學盲言（上）、（下） | 錢 穆 著 |
| 愛的哲學 | 蘇昌美 著 |
| 邁向未來的哲學思考 | 項退結 著 |
| 逍遙的莊子 | 吳 怡 著 |
| 莊子新注（內篇） | 陳冠學 著 |
| 莊子的生命哲學 | 葉海煙 著 |
| 墨家的哲學方法 | 鍾友聯 著 |
| 韓非子析論 | 謝雲飛 著 |
| 韓非子的哲學 | 王邦雄 著 |
| 法家哲學 | 姚蒸民 著 |
| 中國法家哲學 | 王讚源 著 |
| 二程學管見 | 張永儁 著 |
| 王陽明<br>——中國十六世紀的唯心主義哲學家 | 張君勱著、江日新 譯 |
| 王船山人性史哲學之研究 | 林安梧 著 |
| 西洋百位哲學家 | 鄔昆如 著 |
| 西洋哲學十二講 | 鄔昆如 著 |
| 希臘哲學趣談 | 鄔昆如 著 |
| 中世哲學趣談 | 鄔昆如 著 |
| 近代哲學趣談 | 鄔昆如 著 |
| 現代哲學趣談 | 鄔昆如 著 |
| 思辯錄<br>——思光近作集 | 勞思光 著 |
| 中國十九世紀思想史（上）、（下） | 韋政通 著 |
| 存有・意識與實踐<br>——熊十力體用哲學之詮釋與重建 | 林安梧 著 |
| 先秦諸子論叢 | 唐端正 著 |
| 先秦諸子論叢（續編） | 唐端正 著 |
| 周易與儒道墨 | 張立文 著 |

孔學漫談　余家菊 著
中國近代新學的展開　張立文 著
哲學與思想——胡秋原選集第二卷　胡秋原 著
從哲學的觀點看　關子尹 著
中國死亡智慧　鄭曉江 著
後設倫理學之基本問題　黃慧英 著
道德之關懷　黃慧英 著
異時空裡的知識追逐——科學史與科學哲學論文集　傅大為 著

## 宗教類

天人之際　李杏邨 著
佛學研究　周中一 著
佛學思想新論　楊惠南 著
現代佛學原理　鄭金德 著
絕對與圓融——佛教思想論集　霍韜晦 著
佛學研究指南　關世謙 譯
當代學人談佛教　楊惠南編著
從傳統到現代——佛教倫理與現代社會　傅偉勳主編
簡明佛學概論　于凌波 著
修多羅頌歌　陳慧劍譯註
禪　話　周中一 著
佛家哲理通析　陳沛然 著
唯識三論今詮　于凌波 著

## 應用科學類

壽而康講座　胡佩鏘 著

## 社會科學類

中國古代游藝史——樂舞百戲與社會生活之研究　李建民 著
憲法論叢　鄭彥棻 著
憲法論集　林紀東 著

| | |
|---|---|
| 國家論 | 薩孟武 譯 |
| 中國歷代政治得失 | 錢穆 著 |
| 先秦政治思想史 | 梁啟超原著、賈馥茗標點 |
| 當代中國與民主 | 周陽山 著 |
| 我見我思 | 洪文湘 著 |
| 釣魚政治學 | 鄭赤琰 著 |
| 政治與文化 | 吳俊才 著 |
| 中華國協與俠客清流 | 陶百川 著 |
| 世界局勢與中國文化 | 錢穆 著 |
| 海峽兩岸社會之比較 | 蔡文輝 著 |
| 印度文化十八篇 | 糜文開 著 |
| 美國社會與美國華僑 | 蔡文輝 著 |
| 日本社會的結構 | 福武直原著、王世雄 譯 |
| 文化與教育 | 錢穆 著 |
| 開放社會的教育 | 葉學志 著 |
| 大眾傳播的挑戰 | 石永貴 著 |
| 傳播研究補白 | 彭家發 著 |
| 「時代」的經驗 | 汪琪、彭家發 著 |
| 新聞與我 | 楚崧秋 著 |
| 書法心理學 | 高尚仁 著 |
| 書法與認知 | 高尚仁、管慶慧 著 |
| 清代科舉 | 劉兆璸 著 |
| 排外與中國政治 | 廖光生 著 |
| 中國文化路向問題的新檢討 | 勞思光 著 |
| 立足臺灣，關懷大陸 | 韋政通 著 |
| 開放的多元社會 | 楊國樞 著 |
| 現代與多元<br>——跨學科的思考 | 周英雄主編 |
| 臺灣人口與社會發展 | 李文朗 著 |
| 財經文存 | 王作榮 著 |
| 財經時論 | 楊道淮 著 |
| 經營力的時代 | 青龍豐作著、白龍芽 譯 |
| 宗教與社會 | 宋光宇 著 |
| 唐宋時期的公園文化 | 侯迺慧 著 |

## 史地類

| | |
|---|---|
| 古史地理論叢 | 錢　　穆　著 |
| 歷史與文化論叢 | 錢　　穆　著 |
| 中國史學發微 | 錢　　穆　著 |
| 中國歷史研究法 | 錢　　穆　著 |
| 中國歷史精神 | 錢　　穆　著 |
| 中華郵政史 | 張　　翊　著 |
| 憂患與史學 | 杜維運　著 |
| 與西方史家論中國史學 | 杜維運　著 |
| 清代史學與史家 | 杜維運　著 |
| 中西古代史學比較 | 杜維運　著 |
| 歷史與人物 | 吳相湘　著 |
| 歷史人物與文化危機 | 余英時　著 |
| 共產國際與中國革命 | 郭恒鈺　著 |
| 共產世界的變遷<br>——四個共黨政權的比較 | 吳玉山　著 |
| 俄共中國革命祕檔（一九二〇～一九二五） | 郭恒鈺　著 |
| 俄共中國革命祕檔（一九二六） | 郭恒鈺　著 |
| 聯共、共產國際與中國（1920～1925）　第一卷 | 李玉貞　譯 |
| 民族主義與近代中國思想 | 羅志田　著 |
| 抗日戰史論集 | 劉鳳翰　著 |
| 盧溝橋事變 | 李雲漢　著 |
| 歷史講演集 | 張玉法　著 |
| 老臺灣 | 陳冠學　著 |
| 臺灣史與臺灣人 | 王曉波　著 |
| 清史論集 | 陳捷先　著 |
| 黃　帝 | 錢　　穆　著 |
| 孔子傳 | 錢　　穆　著 |
| 宋儒風範 | 董金裕　著 |
| 弘一大師新譜 | 林子青　著 |
| 精忠岳飛傳 | 李　　安　著 |
| 鄭彥棻傳 | 馮成榮　著 |
| 張公難先之生平 | 李飛鵬　著 |
| 唐玄奘三藏傳史彙編 | 釋光中　編 |
| 一顆永不隕落的巨星 | 釋光中　著 |

新亞遺鐸　錢穆 著
困勉強狷八十年　陶百川 著
困強回憶又十年　陶百川 著
我的創造・倡建與服務　陳立夫 著
我生之旅　方治 著
逝者如斯　李孝定 著

## 語文類

文學與音律　謝雲飛 著
中國文字學　潘重規 著
中國聲韻學　潘重規、陳紹棠 著
魏晉南北朝韻部之演變　周祖謨 著
詩經研讀指導　裴普賢 著
莊子及其文學　黃錦鋐 著
管子述評　湯孝純 著
離騷九歌九章淺釋　繆天華 著
北朝民歌　譚潤生 著
陶淵明評論　李辰冬 著
鍾嶸詩歌美學　羅立乾 著
杜甫作品繫年　李辰冬 著
唐宋詩詞選——詩選之部　巴壺天 編
唐宋詩詞選——詞選之部　巴壺天 編
清真詞研究　王支洪 著
苕華詞與人間詞話述評　王宗樂 著
優游詞曲天地　王熙元 著
月華清　樸月 著
梅花引　樸月 著
元曲六大家　應裕康、王忠林 著
四說論叢　羅盤 著
紅樓夢的文學價值　羅德湛 著
紅樓夢與中華文化　周汝昌 著
紅樓夢研究　王關仕 著
紅樓血淚史　潘重規 著
微觀紅樓夢　王關仕 著

| | |
|---|---|
| 中國文學論叢 | 錢　穆　著 |
| 牛李黨爭與唐代文學 | 傅錫壬　著 |
| 迦陵談詩二集 | 葉嘉瑩　著 |
| 西洋兒童文學史 | 葉詠琍　著 |
| 一九八四 | George Orwell原著、劉紹銘　譯 |
| 文學原理 | 趙滋蕃　著 |
| 文學新論 | 李辰冬　著 |
| 文學圖繪 | 周慶華　著 |
| 分析文學 | 陳啟佑　著 |
| 學林尋幽——見南山居論學集 | 黃慶萱　著 |
| 中西文學關係研究 | 王潤華　著 |
| 魯迅小說新論 | 王潤華　著 |
| 比較文學的墾拓在臺灣 | 古添洪、陳慧樺編著 |
| 從比較神話到文學 | 古添洪、陳慧樺主編 |
| 現代文學評論 | 亞　菁　著 |
| 現代散文新風貌 | 楊昌年　著 |
| 現代散文欣賞 | 鄭明娳　著 |
| 葫蘆・再見 | 鄭明娳　著 |
| 實用文纂 | 姜超嶽　著 |
| 增訂江皋集 | 吳俊升　著 |
| 孟武自選文集 | 薩孟武　著 |
| 藍天白雲集 | 梁容若　著 |
| 野草詞 | 韋瀚章　著 |
| 野草詞總集 | 韋瀚章　著 |
| 李韶歌詞集 | 李　韶　著 |
| 石頭的研究 | 戴　天　著 |
| 寫作是藝術 | 張秀亞　著 |
| 讀書與生活 | 琦　君　著 |
| 文開隨筆 | 糜文開　著 |
| 文開隨筆續編 | 糜文開　著 |
| 印度文學歷代名著選（上）、（下） | 糜文開編譯 |
| 城市筆記 | 也　斯　著 |
| 留不住的航渡 | 葉維廉　著 |
| 三十年詩 | 葉維廉　著 |
| 歐羅巴的蘆笛 | 葉維廉　著 |

| | |
|---|---|
| 移向成熟的年齡<br>——1987～1992 詩 | 葉 維 廉 著 |
| 一個中國的海 | 葉 維 廉 著 |
| 尋索：藝術與人生 | 葉 維 廉 著 |
| 從現象到表現<br>——葉維廉早期文集 | 葉 維 廉 著 |
| 解讀現代・後現代<br>——文化空間與生活空間的思索 | 葉 維 廉 著 |
| 紅葉的追尋 | 葉 維 廉 著 |
| 山外有山 | 李 英 豪 著 |
| 知識之劍 | 陳 鼎 環 著 |
| 還鄉夢的幻滅 | 賴 景 瑚 著 |
| 大地之歌 | 大地詩社 編 |
| 往日旋律 | 幼 柏 著 |
| 鼓瑟集 | 幼 柏 著 |
| 耕心散文集 | 耕 心 著 |
| 女兵自傳 | 謝 冰 瑩 著 |
| 詩與禪 | 孫 昌 武 著 |
| 禪境與詩情 | 李 杏 邨 著 |
| 文學與史地 | 任 遵 時 著 |
| 抗戰日記 | 謝 冰 瑩 著 |
| 給青年朋友的信（上）、（下） | 謝 冰 瑩 著 |
| 冰瑩書柬 | 謝 冰 瑩 著 |
| 我在日本 | 謝 冰 瑩 著 |
| 大漢心聲 | 張 起 鈞 著 |
| 人生小語（一）～（八） | 何 秀 煌 著 |
| 人生小語（一）（彩色版） | 何 秀 煌 著 |
| 記憶裡有一個小窗 | 何 秀 煌 著 |
| 回首叫雲飛起 | 羊 令 野 著 |
| 康莊有待 | 向 陽 著 |
| 湍流偶拾 | 繆 天 華 著 |
| 文學之旅 | 蕭 傳 文 著 |
| 文學邊緣 | 周 玉 山 著 |
| 文學徘徊 | 周 玉 山 著 |
| 無聲的臺灣 | 周 玉 山 著 |
| 種子落地 | 葉 海 煙 著 |

| | |
|---|---|
| 向未來交卷 | 葉海煙 著 |
| 不拿耳朵當眼睛 | 王讚源 著 |
| 古厝懷思 | 張文貫 著 |
| 材與不材之間 | 王邦雄 著 |
| 劫餘低吟 | 法　天 著 |
| 忘機隨筆<br>——卷一・卷二・卷三・卷四 | 王覺源 著 |
| 過　客 | 莊　因 著 |
| 詩情畫意<br>——明代題畫詩的詩畫對應內涵 | 鄭文惠 著 |
| 文學與政治之間<br>——魯迅・新月・文學史 | 王宏志 著 |
| 洛夫與中國現代詩 | 費　勇 著 |
| 老舍小說新論 | 王潤華 著 |
| 交織的邊緣<br>——政治和性別 | 康正果 著 |
| 還原民間<br>——文學的省思 | 陳思和 著 |

## 美術類

| | |
|---|---|
| 音樂人生 | 黃友棣 著 |
| 樂圃長春 | 黃友棣 著 |
| 樂苑春回 | 黃友棣 著 |
| 樂風泱泱 | 黃友棣 著 |
| 樂境花開 | 黃友棣 著 |
| 樂浦珠還 | 黃友棣 著 |
| 音樂伴我遊 | 趙　琴 著 |
| 談音論樂 | 林聲翕 著 |
| 戲劇編寫法 | 方　寸 著 |
| 與當代藝術家的對話 | 葉維廉 著 |
| 藝術的興味 | 吳道文 著 |
| 根源之美 | 莊　申編著 |
| 扇子與中國文化 | 莊　申 著 |
| 從白紙到白銀（上）、（下） | 莊　申 著 |
| 畫壇師友錄 | 黃苗子 著 |
| 水彩技巧與創作 | 劉其偉 著 |

| | |
|---|---|
| 繪畫隨筆 | 陳景容 著 |
| 素描的技法 | 陳景容 著 |
| 建築鋼屋架結構設計 | 王萬雄 著 |
| 建築基本畫 | 陳榮美、楊麗黛 著 |
| 中國的建築藝術 | 張紹載 著 |
| 室內環境設計 | 李琬琬 著 |
| 雕塑技法 | 何恆雄 著 |
| 生命的倒影 | 侯淑姿 著 |
| 文物之美——與專業攝影技術 | 林傑人 著 |
| 清代玉器之美 | 宋小君 著 |

～涵泳浩瀚書海　激起智慧波濤～